Johannes Gillhoff:
Jürnjakob Swehn
der Amerikafahrer

Deutscher
Taschenbuch
Verlag

November 1978
12. Auflage September 1993
Deutscher Taschenbuch Verlag GmbH & Co. KG,
München
Lizenzausgabe mit freundlicher Genehmigung des
Weiß Verlags GmbH, Dreieich
Umschlaggestaltung: Celestino Piatti
Gesamtherstellung: C. H. Beck'sche Buchdruckerei,
Nördlingen
Printed in Germany · ISBN 3-423-01402-4

Das Buch

Im Jahre 1868 fährt der mecklenburgische Tagelöhnersohn
Jürnjakob Swehn auf einem morschen, verlausten Segelschiff als
Auswanderer nach Amerika. Nachdem er zwei Jahre mit anderen Landsleuten auf einer Farm in Iowa gearbeitet hat, legen er
und Wieschen Schröder ihr Erspartes zusammen, heiraten und
pachten eine kleine Farm. Weitere fünf harte Jahre folgen, bis
sich Jürnjakob den Wunsch erfüllen kann, seine Füße unter
einen eigenen Tisch zu strecken. Aber es ist am Anfang nur ein
kleines Stück Land im Busch, das ihm gehört. Jahr um Jahr fällt
er Bäume, rodet Wurzelstöcke und legt neue Felder an. Am
Ende haben sich seine Hoffnungen erfüllt. Frau, Kinder, Reichtum und Ansehen sind ihm zuteil geworden. Aber stets fühlt er
sich seiner Heimat jenseits des Meeres verbunden. Alt geworden, berichtet er in langen Briefen an seinen ehemaligen Lehrer
von seinem Leben. In einer kraftvollen, oft der Bibel entlehn-
ten, aber auch an Fritz Reuter erinnernden Sprache, vor allem
aber mit herzerfrischendem Humor, erzählt er von den grotes-
ken Folgen der landwirtschaftlichen Überproduktion, vom Bau
der Kirche und der Schule und wie die Gemeinde versuchte,
ohne Pastor fertig zu werden. Dem stehen die ergreifende Schil-
derung vom Tode der Mutter oder kritisch abwägende Betrachtungen zu den Lebensformen der alten und neuen Welt gegen-
über. – Johannes Gillhoff, der Sohn jenes Lehrers, dem die
Briefe galten, hat diese geordnet, gestrafft und behutsam aus
Mitteilungen anderer Auswanderer ergänzt. Er schuf damit ein
Volksbuch, das seit seiner Erstveröffentlichung im Jahre 1917
bis heute weit über eine halbe Million Leser gefunden hat.

Der Autor

Johannes Gillhoff, geboren am 24. Mai 1861 in Glaisin (Mecklenburg), war Seminar-Lehrer und Schriftleiter der ›Mecklenburgischen Monatshefte‹. Er starb am 16. Januar 1930 in Par-
chim. Weitere Werke: ›Die mecklenburgischen Volksrätsel‹
(1892), ›Bilder aus dem Dorfleben‹ (1905), ›Zur Sprache und
Geschichte des kleinen Katechismus‹ (1909).

Inhalt

Auf der südwestmecklenburgischen Heide liegt ein stilles Bau-
erndorf, das seine wendische Hufeisenform von Westen öffnet.
Seine dunklen Strohdächer senken sich tief hernieder; warm
und weich umhüllen sie Menschenleid und -freud. Vor dem
festgefügten Hufeisen hängt ein alter Strohkaten müde und halb
versackt in seinen Pfosten und Riegeln. Für hochmütige Menschen ist da kein Raum, weil die Stubendecke zu niedrig ist. So
sagt Jürnjakob Swehn, und er muß es wissen, denn er ist in dem
alten Tagelöhnerkaten aufgewachsen. Aber nicht darin ver-
blieben.

Das Streben nach eigen Hüsung und eigen Land trieb ihn fort
wie so viele. In harter Arbeit wahrten sie doch den Zusammen-
hang mit der Heimat, und regelmäßig zu Weihnacht flogen ihre
Briefe dem Lehrer ins Haus. Der las sie den Angehörigen vor,
denn das Lesen der amerikanischen Briefe war auch eine Kunst.
Die meisten kamen nicht hinaus über nüchterne Aufzählung der
Wirtschaftsverträge, der Geschehnisse in der Familie und bei
Verwandten oder Bekannten. Aber aus den unbeholfen gestell-
ten Worten sprach rührendtreuer Sinn und aus den kargen Sät-
zen viel Herzensdank gegen den Mann, der der Jugend Lehrer
und den Erwachsenen in allen Nöten des Leibes und der Seele
ein treuer Berater war. Es gab kaum ein Sterbebett im Dorf, an
das er nicht gerufen wurde. Des Schulamts im Dorf pflegten
schon sein Vater und sein Großvater, und er führte es durch
vierundfünfzig lange Jahre. Das schuf ein starkes Band zwischen Schulhaus und Dorf. Das ließ ihm auch die amerikanischen Briefe ins Haus fliegen.

So mußte er sie auch beantworten. »Ick möcht Sei woll bid-
den, minen Unkel in Amerika en Brief räwer tau schrieben.« –
»Wat sall ick em denn schrieben?« – »Ja, dat weiten Sei jo
ebenso gaud as ick.« – »Schön, denn kumm man Sünnabend
abend wedder her; denn will ick di den Brief vörlesen.« – Am
Sonnabend fand sich dann, daß dem Brief nichts mehr zuzufü-
gen war. – »Wat kost' dat nu?« – »Dat Wedderkamen!« – »Na,
denn bedank ick mi ok.« – Das war stehend der Auftrag und
seine Erledigung.

In den nüchternen, knappen Berichten der Amerikaner stand
die Mühseligkeit des Tages doch zum Greifen zwischen den

Zeilen. Zudem war der pfluggewohnten Farmerhand die Feder-
führung sichtlich ein saures Stück Arbeit. Kam dann der Ruhe-
abend, so war die Kraft zumeist verbraucht und das dürftige
Restlein ging brieflich nur ins Breite. – Einer aber war da, der
fand Gefallen am Buchstabenmalen, und das war Jürnjakob
Swehn, der Tagelöhnersohn aus dem Katen vor dem Dorf. Er
ging seinen Jugendweg – er ging nach drüben und war einer
unter vielen. Er kam drüben vorwärts und blieb einer unter
Tausenden. Seine Briefe waren nüchtern und knapp wie hundert andere. Aber als dann der Abend kam, da erwachte Jürnjakob Swehn. Da ward viel verhaltene, gesammelte Kraft offenbar. Wenn der lange amerikanische Winter Fenz (Zaun) und
Farm mit Schnee verbaute, dann saß er und schrieb mit breit
hingequetschter Feder Seite um Seite und Bogen um Bogen, bis
der Acker wieder nach dem Pflug schrie. So kamen seine Briefe
meist erst um Ostern ins Schulhaus auf dem Berge, und zwar als
dicke Bündel. Seine Lebensberichte setzten ein, als sein Jakobs-
traum im Dünensand hinter Hornkaten sich längst erfüllt hatte
– als seine Farm, deutsch gerechnet, fünf Nullen hinter der
positiven Ziffer wert war. Er hielt Schlagordnung in seinem
Schreiben, als sein früherer Lehrer ihn aufforderte, alles hübsch
der Reihe nach zu erzählen.

Für den Druck waren die Briefe trotz ihres hohen Reizes
nicht ohne weiteres geeignet. Wiederholungen und Plattheiten
mußten gestrichen, Teilstücke aus ihrem brieflichen Zusam-
menhang gelöst und anderswo eingestellt werden. Zahlreiche
Unklarheiten und Widersprüche verdunkelten das Bild des
Schreibers, in abgebrochenen Darstellungen und Lücken trat
die bruchstückartige Entstehung der Briefe zu stark hervor. Mit
vorsichtiger Hand versuchte ich Schatten zu tilgen, Lücken zu
füllen, abgebrochene Lebens- und Wirtschaftsberichte fortzu-
führen. Die Ergänzungsstoffe lieferten Rückwanderer, die
durch Bremen kamen, – daneben briefliche Mitteilungen von
Auswanderern. Die sorgfältige Schonung der Originalbriefe
wies den Änderungen Maß, Ziel und Stil und der Durcharbei-
tung der Briefe damit ihre Aufgabe: klar und treu als Lebens-
bild hervortreten zu lassen Jürnjakob Swehn, den Mann und
sein Werk.

J. Gillhoff

Lieber Freund und Lehrer! Mit Freuden ergreife ich die Feder, um dir zu schreiben, daß wir noch bei guter Gesundheit sind, was wir auch von dir hoffen. Nun soll ich dir erzählen aus der Zeit, da ich in dies Land kam und wie ich als Farmer gearbeitet habe und von Haus und Hof, von Acker und Vieh, von guten Freunden, getreuen Nachbarn und all solchen Dingen, die in der vierten Bitte vorkommen. Es ist nicht leicht. Ich kann noch einen Sack Korn schmeißen von 200 Pfund, aber Buchstaben malen ist schwer für meine Pranken. Ich kann mit dem Pflug noch eine Furche ziehen, da kannst du mit dem Lineal nachmessen. Aber mit der Feder eine gerade Reihe langgehen, das ist nicht leicht für einen alten Mann. Denn siehe, ich fange an, Großvater zu werden.

Aber wissen tu ich das alles noch von Anfang an, und dichten kann ich das auch. Wenn auch viel Gras gewachsen ist über die alten Geschichten und viel Gras gemäht ist seit der Zeit und wenn da auch viel Wasser rübergelaufen ist – sie gehören doch zu den Dingen, die auch viele Wasser nicht können auslöschen. Du hast uns in der Schule davon erzählt. Darum hab ich es mir aufmerksam in meinen Kopf genommen. Aber vom Kopf bis in die Feder, das ist ein weiter Weg zu gehen. Denn die Feder hat man ein Bein, und das ist bannig dünn und bricht immer bald ab. Dann gibt es einen Klecks. Die Federn taugen nichts. Aber versuchen will ich es, wo ich nun doch Zeit habe und mein Zweiter schon die Arbeit machen kann.

Wenn ich diesen Winter nicht fertig werde, dann setz ich mich im nächsten wieder achter den Blackpott. Kommst du an eine Stelle und kannst es nicht lesen, dann mußt du denken: Na, er hat viel zu arbeiten gehabt in seinem Leben, und einen ganzen Posten Buchstaben hat er wohl vergessen. Wenn du das gedacht hast, dann mußt du überhopsen. Ich hab das auch so gemacht, wenn ich mit dem Pflug an einen Stubben kam. Ja well.

Lieber Freund, ich kann dir mitteilen, daß ich das gern aufschreibe, und freue mich dabei. Das hat der Mensch gern, wenn er sich freuen kann. Wenn man alt wird, muß man wahrschauen, daß einem die Freude nicht an der Pforte vorbeiläuft. Da muß man die Tür fix aufklinken und sie mit freundlichen

Wörtern einladen: Bleibe bei uns, denn es will Abend werden, und der Tag hat sich geneiget. Wenn man jung ist, hat man das nicht nötig. Da kommt sie einem von selbst über den Zaun gesprungen.

Die Reisekarte hatte Kaufmann Danckert in Ludwigslust mir besorgt. Sie kostete bis New York 29 Taler, und einen hab ich ihm runtergehandelt. Aber es war doch viel Geld, wo mein Vater der ärmste Tagelöhner im Dorfe war. Das meiste Geld hatte ich mir als Kleinknecht beim Bauern verdient. Drei Jahre lang bei Hannjürn Timmermann, das machte 27 Taler, denn 3 × 9 = 27. Siehe, ich habe das kleine Einmaleins mit herübergenommen; das gilt auch in Land Amerika. Und einen Rock extra.

Heute kriegt der Großknecht bei euch ja wohl seine 400 Mark, und für den Vater muß der Bauer noch 300 Ruten pflügen und eggen. Aber Geld haben sie darum doch nicht in der Bücks. Bei uns auf der Farm kriegt der Knecht hundert Dollars das Mond und ein Reitpferd durchzufüttern. Dafür heißt er auch Farmhand. Man bloß, es ist keiner zu haben, ob er nun Knecht oder Farmhand heißt, und Dirns erst recht nicht. – Fünf Taler hab ich mir noch zugeliehen vom alten Köhn und von Karl Busacker, und sie haben keinen Schein gefordert. So war das Geld zusammen und noch ein paar Schilling für den Notfall, daß die Amerikaner nicht sagen sollten: Seht, da kommt er an als wie ein Handwerksbursche und hat keinen roten Dreiling im Sack. –

Im Dorf ging ich rund und sagte Adschüs. Das ging fix. Dann kam Mutter an die Reihe. Das ging nicht fix. Sie sprach: Nu schick dich auch und schreib mal, woans es dir gehen tut, und paß auch auf deine Hemden und Strümpfe und auf dein Geld, daß dir da nichts von wegkommt. Und vergiß auch das Beten nicht! – Dann mein Bruder. Ich sprach: Halt sie gut, wenn sie alt wird. Ich will dir auch Geld schicken, daß du ihr sonntags mal Fleisch kaufen kannst und zum Winter ein wollen Umschlagetuch. Er sprach: Da sorg dich man nicht um. Sorg du man erst für dich selbst, daß dir unterwegs kein Wasser in die Höltentüffel (Holzpantoffel) kommt.

Als das fertig war, schwenkte ich mir meinen Sack auf die Schulter und nahm meines Vaters eichen Gundagstock (Guten-Tag-, Spazierstock) in die Hand. Vater hatte seine letzte Reise schon hinter sich. Dazu brauchte er keinen Stützstock mehr. So faßte ich ihn bei der Krücke und ging nach Ludwigslust. Meine Mutter stand an der Katentür, hielt die Hände unter der

Schürze und sah mir nach. Siehe, ich habe sie in 32 Jahren nicht mehr gesehen.

Hinter Hornkaten, in den Lieper Bergen, wo der Sand am dünnsten war, da stand ich still. Das war so die Angewohnheit an der Stelle. Da hatte der alte Hannjürn mit Pferd und Wagen auch immer stillgehalten, auf daß sie sich verpusteten. Er aber stand daneben und kuckte sich um, und dann sagte er so ganz langsam und ebendrächtig vor sich hin: Dies Land ist dem lieben Gott auch man mäßig geglückt. Wenn er das gesagt hatte, dann sagte er: Hüh! und fuhr weiter. Denn er war ein Mann, der wenig Wörter machte. Wenn du seinen Sohn siehst, dann grüß ihn von mir.

Da stand ich auch still und sah zurück und sprach zu mir: Jürnjakob Swehn, du bist den Weg schon mehr als fünfzigmal gegangen. Aber heute ist es anders als sonst. Wo dir das wohl gehen wird im fremden Lande. Da sind vor dir schon viele in ein fremdes Land gewandert, und ihre Spuren hat der Sand verweht. Und Jakob auch, als er nach Haran zog, wie du uns in der Schule gelehrt hast. Mich soll man bloß wundern, ob ich auch zwei Kuhherden vor dem Stock habe, wenn ich zurückkomme. Wenn's auch man bloß eine ist wie Karl Busacker seine zwölf Stück. Aber Jakob brauchte auch nicht über das große Wasser. – Als ich das gedacht hatte, sagte ich zu meinem Sack: Nun komm man wieder her! So ging ich weiter. Das war 1868. Ich war neunzehn Jahre alt, und am 20. Juli sollte ich von Hamburg gehen.

Mit meinem Sack auf dem Rücken ging ich in Hamburg ins Auswanderungshaus, weil die auch was verdienen wollten, und einen Krug voll Rum mußte ich auch vom Wirt kaufen. Er sagte, sonst tät ich auf der See sterben, und sterben wollte ich nicht, denn ich war neunzehn Jahre und wollte nach Amerika. – Die andern waren auch schon da, meist mit Frachtwagen. Die lagen voll von Kisten und Säcken, und obenauf die Menschen: über dreißig Familien und viele Einschichtige. Die meisten waren aus unserer Gegend. Dann noch Hochdeutsche und ein paar Ausländer. Im Auswanderungshaus war kein Platz mehr. So lagen wir im Gang auf Kisten und Säcken, und die Schlesier sangen ein Lied, wie Kolumbus die Kartoffel nach Deutschland brachte:

Kolumbus war ein braver Mann,
Der vor zweihundert Jahren kam

Von Deutschland nach Amerika
Und suchte die Kartoffel da.

Weiter weiß ich es nicht mehr. Ich glaube, es war nicht so ganz
richtig. In unserm Lesebuch stand das anders. Sie kamen auch
nicht zu Ende mit ihrem Kartoffelgesang. Denn siehe, der Auf-
seher kam und wollte sie rausschmeißen. Da waren sie still. Auf
der See haben sie man bloß noch zu Anfang gesungen. Nachher
saßen sie in ihren Ecken und dösten vor sich hin. Sie haben sich
all die Wochen so rübergedöst.

Zur Kaffeezeit ging ich mit meinem Sack und Krug auf den
englischen Frachtdampfer. Abends elf Uhr kam der Polizist mit
der Laterne. Ich zeigte ihm meinen Paß. – Du bist neunzehn
Jahr; es ist gut. Der Krenzliner seinen Heimatschein: Es ist gut.
Der Dömitzer Schneider seinen Geburtsschein: Es ist gut. Der
Hebenkieker (Himmelgucker) aus unserm Dorf seinen Dienstschein: Es ist gut. Aber der Dienstschein war schon fünf Jahre
alt. Als er rund war, sah er uns freundlich an und sprach: Es
muß eben sein. Jeder gibt zwei Dollars! So gaben wir jeder zwei
Dollars. – Weißt du, was ich glaube? Ich glaube, es war kein
Polizist. Das Geld aber waren wir los.

Morgens zwei Uhr dampften wir die Elbe hinunter. Ich
schlief oben, und die Ochsen brüllten unten. Kurz vor zwölf
kamen wir auf die Nordsee. So was habe ich in meinem Leben
nicht gesehen. Lieber Freund, ich kann dir mitteilen, daß die
Nordsee viel Wasser in sich hat. Da ist genug für den Hornkatener Sand, und der Bockuper kann auch noch was abkriegen,
dazu die Lüneburger Heide. Und dann ist das doch bloß, als
wenn du einen Tropfen aus eurem großen Waschtuppen voll
rausgenommen hast. Siehe, das ist alles noch von der Sündflut
nachgeblieben. Nun sag mal bloß, was tut all das Wasser da
man? Was könnte da für Roggen wachsen!

Die Nordsee war ruhig, aber man zu Anfang. Dann kriegte
sie weiße Köpfe. Da wurde der Frachtdampfer unruhig. Da
schmiß er sich auf die Seite. Da richtete er sich wieder auf. Da
schmiß er sich auf die andere Seite. Akkrat wie eine Kuh, die
kalben will und kann nicht. Da war bei uns ein feiner Mann aus
Hamburg. Denn er sprach immer hochdeutsch und hatte ein
hübsches Ofenrohr auf, aber zuviel getrunken. Der hielt den
Kopf über Bord. Ihm war nicht fein zumute. Er mußte spucken.
Da lag der Hut im Wasser. Da schwamm er hin. Wir lachten,
und er setzte eine Kips auf, wie Kollmorgen aus Grabow sie in

seiner Bude auf dem Martinimarkt in Eldena zu verkaufen hatte. Ich glaube, sie kostete sechzehn Schilling. – Am Nachmittag wurde es stürmisch, und das Schiff legte sich doll auf die Seite. Ich rutschte aus und lag auf dem Rücken, daß mir die Flammen aus den Augen gingen. Da lachten sie alle über mir. Man nicht lange taten sie das. Dann mußten wir alle nach unten, und die Tür wurde geschlossen. Das Schiff rollte, die Ochsen brüllten, die Frauensleute heulten, und alle steckten die Köpfe in die Eimer. Die welchen (etliche) schrien auch zu Gott. Das war ganz so wie in Jonas seinem Schiff. Manchmal dachte ich auch an den Sand in den Lieper Bergen. Da steht man wenigstens fest drin, und da liegt man auch sicherer drin als im Wasser. Da kann man sich die Kartoffeln und den Roggen von unten ansehen. Das ist besser, als wenn einem so ein Schiff mit 85 Ochsen auf die Nase fällt. Nun wird die Welt wohl untergehen, dachte ich, und mit den beiden Kuhherden ist es nichts, und der alte Vater Köhn und Karl Busacker sind ihre fünf Taler auch los, und sie haben nicht mal einen Schein in ihrer Beilade.

Abends ging ich auf das Deck. Da hab ich die ganze Nacht gesessen, weil es unten vor Gestank nicht auszuhalten war. Oben war es schwarz wie ein Sack, aber die Luft war gut zum Verholen. Da fühlte ich mich gut. Als ich mich verholt hatte, hab ich auch an deine Mutter gedacht. Die gab mir mal zu Weihnacht fünfzehn Walnüsse, weil wir selbst keine hatten, und du hast mir mal zum Herbst zwei Stiefel geschenkt, weil sie dir zu klein waren und mir passen taten. Die Stiefel haben gut gehalten.

Als der Tag vorüber war, da kam ein anderer, der war gerade so stürmisch. Der Hamburger mit der Kips kuckte wieder über Bord. Da ging die Kips auch hin. So setzte er einen Käppel mit Troddel auf. Der war blau und weiß gekringelt als wie Busackers Großvater seiner, und so kamen wir in Grimsby an. Der Zollmensch paßte schon auf. Er sprach: Was hast du in dem Krug? Ich sprach: Da hab ich Rum in, daß ich nicht auf der See sterbe. Er sprach: So mußt du einen Schilling Zoll bezahlen. – Ne, das tu ich nicht. – Das tust du doch: sonst kommst du hier nicht durch. Ich sprach: Hoho, das sollst du gleich sehen. Als ich das gesagt hatte, da goß ich ein paar Finger breit hinter die Binde, und die andern nahmen den Rest. Siehst du, sagte ich, nun mußt du uns doch durchlassen. Was man im Bauch hat, da gilt kein Zoll. Er schalt mächtig, aber wir lachten uns, und er mußte uns durchlassen.

Dann fuhren wir mit der Eisenbahn nach Liverpool. Jungedi, das ging, als ob wir noch vor der See sterben sollten. Der Hamburger mit dem Käppel steckte den Kopf zum Fenster raus. Da ging der Käppel auch hin. Siehst du, sagte ich, warum hast du den Käppel nicht eine Nummer größer genommen! Nun kommst du in bloßen Haaren in Liverpool an. Was die wohl sagen, wenn sie dich sehen. Der Dömitzer hatte Geld und fuhr mit dem Dampfschiff. Ich hatte kein Geld und mußte dableiben, denn ein Segelschiff ging man alle zwei Wochen. Aber ich habe in der Zeit viel gesehen und auch was gelernt und dritthalb Taler dazuverdient.

Endlich kam das Schiff, und als ich es besah, siehe, da war es alt und wackelig, und ich dachte: Wenn dieser verolmte (vermoderte) Kasten nach Amerika kommt, dann ist das Gottes Wille. Rum hilft hier auch nicht mehr. – Auf dem Schiff waren bei vierhundert Menschen, meist Irländer. Die Lebensmittel wurden gleich auf dem Deck verteilt: ein Pfund Zucker, ein Pfund Tee, den hatte ich schon bei euch gesehen, aber im Munde kannte ich ihn noch nicht. Weiter ein Pfund Reis, ein Pfund Kornmehl, ein Pfund Pökelfleisch, ein Pfund Kringel und Zwieback. Der war so hart, den mußten wir erst mit dem Hammer entzweischlagen. Welche haben es auch mit dem Stiefelhakken getan.

Die Irländer wußten von allem Bescheid und hatten sich kleine Beutel mitgebracht. Ich wußte von nichts Bescheid und hatte mir keinen Beutel mitgebracht. So hielt ich meinen Hut hin. Da schütteten sie alles hinein. Was nicht reinging, das fiel vorbei. So steckte ich die Taschen auch noch voll. Auch bekamen wir jeden Morgen ein Quart Wasser für den Durst. Wer sich andrängte, kriegte eine Tracht Prügel. Die Irländer wußten damit schon Bescheid und hielten still. Ich wußte damit nicht Bescheid und hielt nicht still. Ich rakte man bloß so 'n bißchen mit dem Arm durch die Luft. Da lag der Küchenknecht am Boden. Aber es ist mir schlecht bekommen. Das nächste Mal ging er an mir vorbei, und mein Hut blieb leer.

Die Küche war mitten auf dem Deck, an beiden Seiten eine Tür. Da an der Tür mußten wir unsere Blechtöpfe mit Reis, Kornmehl, Tee oder Fleisch hinsetzen. Dann gingen wir rum und warteten an der andern Tür, bis sie wieder rauskamen. Wer in die Küche reinkuckte, bekam was mit dem Besenstiel. So lernten wir die richtige Hausordnung kennen. Lieber Freund, ich kann dir mitteilen, in der ersten Zeit lernten wir die Hausordnung oft kennen. Da hatten wir uns noch nicht an das Hungern gewöhnt.

In der Küche war nur ein eiserner Ofen: dreimal drei Fuß, dazu vierhundert Töpfe. Die sahen sich im ganzen ziemlich gleich. Das ist so die Gewohnheit bei den Blechtöpfen. Da wurde viel gestohlen, und mein Pfund Fleisch hab ich immer gleich roh aufgegessen, bloß daß ich erst die größten Würmer rauspulte. Denn im Magen konnte es mir keiner stehlen. Einmal hatte ich wieder zwei Tage gefastet, und dann kam der dritte Tag. Da wurde mir mein Topf wieder gestohlen. Da dachte ich: In zwei Tagen nichts mehr, und am dritten wieder gestohlen – das ist nicht auszuhalten. Von der Ehrlichkeit wird hierzulande kein Mensch satt, und mit dem siebten Gebot verhungerst du noch vor New York. So nahm ich den ersten Topf, der herauskam, und aß den Reis auf. Den leeren Topf warf ich über Bord. So hatte ich das von den andern gesehen. Auch hab ich einmal einem polnischen Juden sein Schweinefleisch roh aufgegessen, denn ich dachte: Das ist gegen seinen Glauben. Aber Hunger hatte ich auch grade.

War mein Topf mal warm geworden, so fühlte ich mich glücklich. In siebzehn Tagen ist er man dreimal auf dem Ofen gewesen. Es hatte nicht gekocht, aber es roch doch nach der Küche und war warm. Die Reise dauerte sieben Wochen und zwei Tage, und vom achtzehnten Tage an hatte ich Glück. Lieber Freund, ich kann dir mitteilen, daß der oberste Koch einen Küchengesellen hatte. Der wurde krank. Der Kapitän war Doktor und Apotheker zugleich. Das mußte damals so sein. So fragte der Kapitän ihn: Was fehlt dir? Er weiß es nicht. Der Kapitän sagt: Wo tut es dir weh? Er weiß es nicht. Der Kapitän betrachtet ihn. Er denkt nach. Er weiß es auch nicht. Er denkt döller nach. Da weiß er es. Er sagt: Ich will dir Nr. 13 aus dem Medizinkasten geben. Er geht hin. Nr. 13 ist alle. Der Gesell stöhnt am ganzen Leibe. Der Kapitän hat ein mitleidiges Herz an sich. Er denkt: Du mußt dem Menschen doch helfen, denn er gehört zu deinen Schiffsleuten. Nr. 13 ist alle. So mischt er Nr. 6 und Nr. 7. Das gibt auch Nr. 13. So geschah es. Was geschah weiter? Ich will es dir erzählen. Der Küchengesell kriegte von Nr. 13 einen Durchfall, der reichte vom Schiff bis nach New York. Aber der Kapitän war froh, daß er an Nr. 13 nicht gestorben war, und der Gesell brauchte nachher keine Arbeit mehr zu tun. Er brauchte bloß am Leben zu bleiben. Das hat er denn auch getan.

Es war da auf dem Schiff ein Franzosendoktor. Dem sein Großvater war Leibarzt bei Napoleon gewesen. Aber mit seinem Namen hieß er Weber. Er hatte einen mächtigen, großen Kopf, einen kaffeebraunen Überzieher und ein Maul – na, dachte ich, wenn er sich damit man nicht mal aus Versehen die Ohren abbeißt. Er aß für drei. Er trank für sechs. Er log für zwölf. Der sprach: Der Kapitän hat den Küchengesellen vergiftet. Ich sprach: Halt dein Maul, Franzosendoktor. Du mitsamt deinem Großvater, ich wollt euch nicht an meinem Bett haben, wenn ich mal krank wäre und noch gern leben wollte. Der Kapitän ist ein braver Mann, und wenn du noch mal ein Wort von Vergiften sagst, dann nehme ich dich zwischen meine Klammern und fertige Beefsteak aus dir an. Da klappte er seinen Mund zusammen und ging davon.

Mit dem Durchfall des Küchengesellen fing mein Glück an. Ich ging zum obersten Koch und sprach: Siehe, dein Küchengesell ist krank geworden; so mußt du einen andern haben. Kann ich einspringen? Er kuckte mich an, als wollte er taxieren, wieviel Pfund ich hakenrein auf dem Desem* wiege: Kannst du kochen? Ich antwortete und sprach: Kein Mensch kann vom Sperling verlangen, daß er Gänseeier legt. Aber was hier zu kochen ist, das hab ich meiner Mutter schon als Jung abgesehen. Er grifflachte sich (schmunzelte). Er sagte: Ich will's versuchen.

An dem Tage hab ich mich zum erstenmal nach der Abreise ordentlich sattgegessen. Und als ich satt war, legte ich den Löffel weg und wischte mir den Mund. Denn der Mensch soll nicht mehr essen, als er mit aller Gewalt runterkriegen kann. Auch trank ich so lange Wasser, als noch Platz da war. Die andern haben oft hart gedurstet. Er war ein kleiner, dicker Mann und fix in seinem Geschäft. Er sagte: Gehe hin! so ging ich. Er sagte: Komm her! so kam ich. Ich mußte mächtig springen. Vom Steuermann zum Koch. Vom Koch zum Steuermann. Der hatte die Schlüssel.

Einmal gab es einen richtigen Aufruhr und Empörung. Der kam aus dem Magen. Lieber Freund, ich kann dir mitteilen, es gibt vieles auf der Welt, was aus dem Magen kommt. Drei Irländer schrien vor Hunger und wollten satt haben vom Koch. Der Koch schickte mich zum Steuermann. Der Steuermann rechnete. Als er fertig war, sagte er: Wir haben zuviel verbraucht. Für drei Tage kann ich nur halbe Rationen ausgeben.

* Kleine Schnellwaage mit Laufgewicht.

Ihr müßt eure Riemen ein paar Löcher enger ziehen. Die drei Mann gingen mit ihren halben Rationen und mit ihrem hungrigen Magen zum Kapitän. Halb Irland zog hinterher und lärmte. Der Kapitän sprach: Es ist genug Vorrat da. Gebt den Leuten zu essen, daß sie nicht hungern.

Das war ein gutes Wort. Darauf kochten wir eine Reissuppe – der Löffel blieb darin stehen, so schön war sie. Jeder kriegte einen Pott voll, und die Irländischen ihren zweimal. Da haben sie nicht mehr geschrien. Da haben sie sich den Mund gewischt und uns freundlich angekuckt und genickköppt. Das war das Lob und Dank für den Reis. Ja well. So war es oft. Wir sahen uns aber auch vor mit Salz und daß die Suppe nicht anbrannte.

Als der oberste Koch sah, daß er mich brauchen konnte, da hat er mich auch über die Wassertonne gesetzt. Da mußten wir das Wasser rauspumpen, so groß war sie. Aber es waren etliche da, die haben Wasser gestohlen. Nimm mal bloß an: so knapp kann das Wasser werden mitten auf dem großen Meer. Ich aber kuckte manchmal weg, denn es war sehr heiß. Wenn sie ihre Tinn (Gefäß) halb voll hatten, dann kuckte ich wieder hin. Dann machte ich Lärm. Dann prügelte ich sie wieder raus. Das hatte ich dem Koch bald abgesehen. Aber das Wasser nahmen sie mit und dankten mir mit freundlichen Wörtern, denn es war sehr heiß. Aber waschen taten wir uns alle mit Salzwasser. Da kann man keine Seife brauchen. Das machte nichts, denn kein Mensch hatte da die Gewohnheit, daß er Seife brauchte.

Unsere Küche hielt ich rein, aber das Schiff war ein richtiger Schweinestall. Soviel Krätze, Wanzen und Läuse. Die Wanzen nahm ein alter Irländer auf sich; der hatte einen griesen (grauen) Bart und krumme Knie. Heinrich Möller machte eine Wette mit ihm. Er sprach: Ich will dir all meinen Priem geben, wenn du bis New York auf tausend Stück kommst. Der Irländer sprach: Ich will erst Überschlag machen. Am andern Morgen: Ich habe Überschlag gemacht; ich nehme die Wette an. Denn er priemte für sein Leben gern. So ging er jeden Abend auf die Jagd. Einmal kam eine Nacht, da wachte ich auf: Woweit bist du? – Das ist heute die achtunddreißigste, sagte er und schmetterte mit seinem Höltentüffel die achtunddreißigste tot. Morgens schrieb er mit seinem Bleistift an die Planken, was er gejagt hatte. Mogeln konnte er nicht, denn er mußte Möller alle Morgen die toten Leichen vorzählen. Wir waren noch lange nicht nach Amerika, da hatte er seinen Priem gewonnen. Er bot noch eine

Wette um tausend an, aber keiner wollte. Er war sehr fröhlich. Die Zeit vorher war er traurig, denn er hatte kein Geld und keinen Priemtabak. Mit ein Paar neuen Schuhen ging er da rum. Die waren ganz gut gearbeitet. Tabak wollte er dafür, aber er hat keinen gekriegt, und Heinrich Möller wollte ihm keinen auf Abschlag geben. So hat er einen ledernen Hosenträger halb aufgepriemt. Nachher aber lachte er sich über das ganze Gesicht, und den andern Hosenträger brachte er nach Amerika.

Lieber Freund, ich kann dir mitteilen, der Priem auf dem Schiff taugte auch nichts. Es war lauter falsches Zeug und Betrug. Inwendig ein Ende Bast oder Strick, und bloß ein bißchen Tabak rumgewickelt.

Von den Läusen will ich auch noch ein paar Wörter machen. Das waren keine gewöhnlichen. Das waren solche, wovon sechs Stück einen Hammel festhalten. An einem Tag kam Wilhelm Rump mit der Axt. Was willst du? – Schlachten! – Woso? Was willst du schlachten? – Komm und siehe es. – Ich ging mit. Da saß der Hebenkieker auf den Brettern und hielt eine Laus fest. Die war mächtig groß und gräsig anzusehen. Mein Lebtag hab ich so ein Biest nicht gesehen. Die hatte er gefangengenommen auf der Grenze zwischen dem irischen und deutschen Distrikt. Dort hat Rump sie erschlagen. Ein Irländer sprach: Die Laus gehört euch zu. Ein anderer: Sie ist gerade so langsam wie die Deutschen. Ein dritter: Aber es ist eine gute, schiere Rasse. So rieben sie sich mit Wörtern an uns. Ich sprach: Nun paßt Achtung, ihr Männer von Irland, und höret, was ich euch zu sagen habe. Sie sprachen: Was hast du uns zu sagen? Ich sprach: Alles, was recht ist. Aber bei uns gibt es höchstens die gewöhnlichen kleinen Mücken, die manchmal auch in der feinsten Hemdnaht rumspazieren. So ein Biest aber kommt nicht vor von den Alpen bis an die Nordsee. Auch trägt sie einen roten Sattel quer über den Rücken. Den gibt es bei uns auch nicht. Die Laus gehört in euren Distrikt, und ihren Heimatschein trägt sie bei sich. Ich sehe es an der Ähnlichkeit, daß sie eine Irländerin ist. Ihr Irländer tragt alle blaue Unterbüchsen. Aber die Farbe taugt nichts, denn sie färben ab. Darum habt ihr auch alle blaue Beine, wenn ihr morgens aufsteht. Die Laus gehört zu euch, denn siehe, ihre Beine sind auch blau. In euren Unterbüchsen ist Überbevölkerung eingetreten, darum wollte sie auswandern. So ist sie bis an die Grenze gekommen.

Als ich so weit gekommen war mit meiner Rede, da kam ich nicht weiter. Da erhob sich ganz Irland wider mich. Da nahm ich meine längsten Beine in die Hand. Da machte ich, daß ich fortkam.

Wieschen sagt, ich soll das nicht schreiben, weil sich das nicht schicken tut. Ich sage: Wieschen, sage ich; das verstehst du nicht. Ich habe versprochen, alles so aufzuschreiben, wie es richtig war. So gehören die lausigen Geschichten auch dazu. Ich will dir sagen, schlimmer ist es bei Pharao und seinen Plagen auch nicht gewesen, und das steht in der Bibel. Aber wir konnten man nicht ausziehen. Nein, Wieschen, das Kapitel von der irländischen Laus muß mit hinein. –

Da war ein Mädchen auf dem Schiff, die kam weit her aus Breslau oder da herum. Die sagte: Ich bin 28 Jahre und sehr gebildet, und ich sollte mit ihr kommen nach Baltimore. Aber sie war lebendig von Läusen, und ich sprach: Du hast noch nicht genug Bildung gelernt, denn du hast dich auf dem Schiff erst einmal gekämmt, und das auch man im ganzen ziemlich mittelmäßig. Sie sprach: Ja, das will ich auch noch tun, wenn wir erst an Land sind. Hier lohnt sich das nicht. Ich sagte: von meinetwegen sollte sie sich man keine Umstände machen, und ließ sie stehen. Nachher hatte der Franzosendoktor oft mit ihr zu tun in den Ecken vom Schiff.

Auch habe ich einen Tag gesehen, da saß der erste Offizier auf den Knien und betete. Ich dachte: Das muß ein frommer Mann sein; vor dem muß man Ehrfurcht haben. Darum ging ich auf den Zehen an ihm vorbei. Und dann stand er auf und stach einen Matrosen mit dem Messer ins Bein, weil er ihm nicht fix genug in den Mast kommen konnte. Die Wörter, die er dabei brauchte, stammen auch nicht aus der Bibel. Da dachte ich: Also so sind die Frommen hierzulande. Als der Matrose oben war, setzte er sich wieder auf die Knie und betete weiter. Da bin ich um ihn rumgegangen und hab ihn so von der Seite aus angesehen, aber von ferne, und dabei hab ich gedacht: Erst beten, dann stechen, dann wieder beten, woans reimt sich das? Da möchte ich aber keinem von der Sorte abends im Dunkeln begegnen ohne einen dägten (tüchtigen) Handstock. Wenn ein Pastor da gewesen wäre, dann hätte ich ihn gefragt. Aber ich will doch lieber bei meinem Glauben bleiben, und Ehrfurcht habe ich auch nicht mehr vor ihm gehabt, und auf den Zehen tat ich auch nicht mehr gehen, wenn er betete.

Das Schiff aber fuhr unterdes immer weiter, ohne Wegweiser, ohne Traden (Wagenspuren) und Geleise. Das Blaue auf dem Wasser wollte gar nicht aufhören, und zuletzt war uns allen ganz wässerig und elendig zumute von all dem Wasser. Viele wurden auch krank. Wir dachten schon, daß Amerika gar nicht mehr kommen täte, und einer sagte: Ihr sollt mal sehen, dies geht nicht mit rechten Dingen zu, und wir werden noch ganz von der Erde runterfahren. Aber der Mensch kommt nirgends runter von der Erde, so weit er auch reist; höchstens kommt er in die Erde. Wir hatten uns auch alle steif gesessen und gelegen, weil wir uns nicht ordentlich ausarbeiten konnten. Schade, daß da nicht ein paar Faden* Holz kleinzumachen waren oder ein paar hundert Ruten Roggen zu mähen. So sagte ich zu dem Kapitän: Dies ist eine traurige Gegend, da möchte ich nicht wohnen. Da hat er sich ein bißchen gelacht und weitergeraucht auf seinem Stummel. Da kuckte er wieder ernsthaft über das Wasser. Da war nichts zu sehen. Aber er tat es doch und war gleichwie ein Mann, der ein Ziel hat und sieht weder zur Rechten noch zur Linken. Von solchem Mann kann man lernen, wie man sein Leben machen muß, wenn man vorwärts will.

Zuletzt kam Amerika doch. Da waren alle froh. Ich auch, denn der oberste Koch gab mir einen Dollar und sagte: Du hast deine Sache gut gemacht. Da bin ich hingegangen und hab mich gründlich reingemacht und meine Matratze mit allem, was drin rumhüpfte, über Bord geworfen. Die anderen machten es auch so, und wir freuten uns noch mal alle zusammen, daß wir den alten Lausekasten verlassen konnten. Aber der Franzosendoktor hat noch Schacht gekriegt in einer düstern Ecke, und heute weiß er noch nicht, bei wem er sich dafür zu bedanken hat. Der Erste Offizier trat auch mit den Füßen auf ihm rum. Ob er nachher wieder gebetet hat, kann ich dir nicht schreiben.

Als wir beinah nach Amerika ran waren, ließ der Kapitän uns zusammenkommen und hielt uns eine Rede. Er war ein braver Mann, darum haben wir gut zugehört; bloß es hat keiner verstanden, was er wollte. Er fing an zu schelten und hielt uns die Rede noch einmal. Es hat ihn keiner verstanden. Da schalt er noch mehr, und zuletzt jagte er uns alle hinaus. Aber es hat ihn keiner verstanden, und heute weiß ich es noch nicht.

Als wir ans Land kamen, mußten wir uns alle aufstellen und wußten nicht, warum. Bloß der Franzosendoktor fehlte. Zuletzt kam er hinter uns angeschlichen. Er dükerte sich noch mehr und ging mit dem schlesischen Mädchen mit der Bildung und den Läusen unter ihrem Kleid sitzen, und sie sagte nichts.

* 1 Faden = 4 Raummeter.

Die Schiffsleute haben ihn gesucht und geflucht. Es war umsonst. Als die Offiziere und Schiffsleute fort waren, kam er wieder hervor und lief davon. Sie lief hinter ihm her. An der Straßenecke hielt er still. So gingen sie zusammen fort. Ich möchte wohl wissen, was er ausgefressen hatte.

Als wir wieder auf dem festen Lande waren, zählte ich mein Geld. Ich hatte noch zwei Taler und vier Schilling. Dazu den Dollar vom obersten Koch. So, dachte ich, bei der ersten Million bist du schon. Wenn du die zweite voll hast, dann kann's dir nicht fehlen. Dann kaufst du dir ganz Amerika und was dabei noch rumbaumelt.

Lieber Herr Lehrer, in der Schule hast du uns gelehrt, daß die Sonne im Sommer hier aufgeht, wenn sie bei euch untergeht. Lieber Herr Lehrer, ich muß dir mitteilen, daß das eine Irrlehre ist. Die Sonne geht hier auch morgens auf und abends unter. Ich hab gleich den ersten Tag gut aufgepaßt. Mit dem Mond ist das hier auch so beschaffen wie bei uns zu Hause. Auf der Reise ist mir auch richtig klar geworden, wozu es gut ist, daß die Erde so rund ist. Das ist darum, Sonne und Mond könnten sonst nicht so gut rumkommen um die Erde. Und wir wären mit dem Schiff sonst nicht so gut nach Amerika gekommen. Das hat alles seinen Sinn und Verstand.

Lieber Herr Lehrer, ich muß dir mitteilen, da ist etwas, was ich nicht verstanden habe. Auf der Fahrt von England nach Amerika ist die Sonne sieben Wochen und zwei Tage lang morgens richtig aufgegangen und abends richtig unter. Das hat alles seinen Schick wie bei uns zu Hause. Aber als wir hier ankamen, da wurden die Uhren ungefähr sechs Stunden nachgestellt. Lieber Freund, du mußt mir das mal ganz richtig erklären, warum das sein mußte. Ich weiß nicht, wo die sechs Stunden geblieben sind. Vielleicht liegen sie auch da, wo unsere Matratzen liegen.

Siehe, das ist ein großer Packen geworden und kein Brief. Ich hab auch beinah ein Vierteljahr lang daran geschrieben. Nu kiek tau, ob du twüschen de Ulen und Kreien dörchfinnen kannst. Ich hab für den nächsten Brief schon wieder zwei Pfund Papier in Chicago bestellt. Man bloß, es ist noch nicht fertig.

In New York zeigten sie mir das Auswanderungshaus. Ich ging ins Arbeitszimmer und schmiß meinen Sack unter die Bank. Es dauerte nicht lange, so kam ein Franzose. Er konnte deutsch. Er kuckte uns alle der Reihe nach an. Als er mit seinen Augen bei mir angekommen war, fragte er, ob ich ein Mond bei ihm arbeiten wollte. – Wieviel zahlst du das Mond? – Zwölf Dollars. – Ja, dann geh ich mit, wenn du am Weg nach Chicago wohnst. Da will ich nachher hin, wenn die andern aus meiner Gegend kommen. – Ja, sagte er, da wohne ich. Aber er wohnte über hundert Meilen Nord, und ich wußte mit den amerikanischen Himmelsrichtungen noch keinen Bescheid. Abends ging es zu Schiff den Nord River hundert Meilen hinauf. Ich fragte: Warum mietest du dir keinen Knecht aus deinem Dorf? – Wir haben hier keine Dörfer; hier wohnt jeder für sich auf seiner Farm. – Also wie die Büdner auf Hornkaten, sage ich. Da hat er sich gelacht. Das hat der Mensch nicht gern, wenn man über ihn lacht; noch dazu, wenn es der neue Dienstherr ist.

Als es Bettgehenszeit war, fragte er: Hast du Geld, daß du ins Schlafzimmer gehen kannst? – Nein. – So ging er allein, und ich stieg mit meinem Sack hinunter zu den Feuerleuten, weil daß es auf dem Wasser kalt wurde. Sie sagten was; ich rührte mich nicht. Sie sagten nochmal was und zeigten nach oben. Ich rührte mich nicht. So ließen sie mich die Nacht durch in der Ecke sitzen, und ich hab auch geschlafen. Das waren freundliche Menschen. Ja well.

Endlich waren wir in Hudson. Da kam ein sehr schöner Wagen. Darin saß ein Herr, der hatte sich sehr hübsch angezogen. Ich nahm meine Mütze ab und sagte: Das ist wohl der Großherzog von Amerika. Nein, sagte mein Franzose, wir haben hier keinen Großherzog. Da setzte ich meine Mütze wieder auf und dachte: Wo kann das Land leben ohne Großherzog? – Dann fuhren wir achtzehn Meilen auf der Eisenbahn. Das kostet 53 Cents. Da kriegte meine erste Million ein großes Loch. Wie aber gewöhnlich ein Ereignis nach dem andern kommt, so auch hier. In der Stadt wartete seine Tochter schon mit Pferd und Wagen. Sie war ein glattes, schieres Mädchen, aber das Pferd war lange nicht gestriegelt und der Wagen schlecht gebaut. Sie fuhren nach Haus, mein Sack fuhr mit, und ich wackelte hinterher. So ein Sack hat es manchmal besser als sein Herr.

Dann bekam ich endlich was zu essen. Ich glaube, der Riese Goliath hat nicht mehr Speck und Brot und Pellkartoffeln und Stipp essen können, als ich tat. Zuletzt wurde ich doch satt, und als ich das Messer weglegte, da dachte ich: Oh, nun sieht Amerika schon anders aus. Mein Franzose sagte: Ich sehe an deinem Beten, daß du kein Katholik bist. – Nein, ich bin lutherisch. – Ja, wir haben den Rahm und ihr die saure Milch. – Ja, sagte ich, und dann kommt die schwarze Katze und frißt den Rahm. Da machte er große Augen.

Es war ein Tag, da fragte er: Was hast du für Bücher in deinem Sack? Oh, sagte ich, einen ganzen Posten: Bibel, Gesangbuch, Katechismus und Starks Gebetbuch. Damit kommt man schon ein ganz Ende durch die Welt. Im Starkenbuch hat er öfter gelesen, und wenn er es zuklappte, sagte er: Das ist ein gutes Buch.

Am andern Tag sollte ich melken und konnte nicht, weil das bei uns Dirnsarbeit ist. Die Kuh merkte auch bald, daß ich nichts davon verstand. Sie sah mich mit Verachtung an und schlug mir den Schwanz um die Ohren. Als das geschehen war, schlug sie hinten auch noch aus, und ich und mein Eimer, wir flogen in den Dreck. So melkte er die Kuh. Das ging ihm läufig von der Hand. – Dann sollte ich die beiden Ochsen aufjochen und pflügen. Ich ging auf die Weide, sie zu holen. Als die Ochsen mich sahen, nahmen sie Kopf und Schwanz hoch und kniffen aus. Ich lief hinterher; da nahmen sie noch mehr Reißaus. Ich dachte: Amerika ist heil und deil verrückt. Hier haben die Ochsen es auch schon mit den Nerven zu tun. Nun jochte er sie auf. Kriegen die Ochsen keine Leine? fragte ich. Nein, sagte er, die werden mit Wörtern und Peitsche regiert. Ich dachte: Diese Welt steht auch nicht mehr lange. Und das will die neue Welt sein? Wenn Kolumbus sich man nicht geirrt hat. – Die Ochsen zogen den Pflug an einer Kette. Das kannte ich. Er pflügte das erstemal rum. Ich tüffelte nebenher. Er sagte mir die Wörter, die ich zu den Ochsen sprechen sollte. Denn siehe, seine Ochsen verstanden kein Deutsch. So was von Wörtern hab ich in meinem Leben nicht gehört.

Dann fuhr er mit seiner Tochter nach der Stadt, und nun hatte ich das Reich und mußte pflügen. Das ging ziemlich mittelmäßig, denn das Land war voll Stubben. Das zweitemal rum hatte ich alle Wörter vergessen und sprach plattdeutsch mit den Och-

sen. Aber als ich Hüh! sagte, da standen sie still und spitzten die
Ohren, und als ich Hott! sagte, standen sie noch stiller. Als ich
aber Kemm! und Tudi! sagte, da nahmen sie Reißaus. Ich hielt
die Pflug. Sie liefen kreuz und quer nach allen Richtungen; ich
hielt die Pflug. Sie liefen immer döller; ich hielt die Pflug. Sie
liefen in den Busch; ich hielt die Pflug. Als wir im Busch steckten, sah ich mich nach allen vier Winden um und sprach: O du
mein liebes Vaterland, wo geht das deinen Kindern hier! Und
das soll Amerika sein? Das ist den Deubel Amerika! Das ist
noch schlimmer als bei den Türken oder in Konstantinopel. –
Als ich das gesagt hatte, prügelte ich sie wieder raus aus dem
Busch. Aber gründlich. Als das besorgt war, ging es besser.
Aber das Stück Land sah bös aus, und es war man gut, daß da
keiner aus unserm Dorf grade vorbeikam. Sonst hätte kein
Bauer mich mehr als Knecht genommen und Hannjürn Timmermann erst recht nicht.

Auf einen andern Tag mußte ich Holz hauen, hartes natürlich. Mein Franzose sagte: Ein Amerikaner haut zwei Faden den
Tag und setzt es auch auf. Wenn du einen Faden machst, bin ich
zufrieden. Aber es ist mir sauer geworden. – Er hatte auch
Buchweizen; der wurde mit Haken gemäht. Ich hatte schon von
Haken gehört, aber noch keinen gesehen, noch weniger damit
gemäht. Mit der Sense wollte ich schon fertig werden; da sollte
mir keiner über sein. So ging es los. Ich mit der Sense voran. Die
beiden baumlangen Amerikaner hauten zweimal zu, da waren
sie mir auf den Hacken. Sie standen und lachten. Ich mähte und
schwitzte. Ich mähte aus Leibeskräften. Sie hauten wieder zweimal zu. Da war ich gefangen. Da mähten sie im Bogen um mich
rum. Ich haperte hinterher. Dies Land mag der Kuckuck holen!
dachte ich und besah die Quesen (Schwielen) an meinen Händen. Man bloß, es gibt hier keinen Kuckuck. Aber die Sensen
hier im Land haben auch schuld. Sie sind gegossen und lassen
sich nicht mit dem Hammer haaren (schärfen). Dann brechen
sie aus. So werden sie auf dem Schleifstein geschliffen. Sie kosten bloß drei Mark deutsches Geld, sind aber auch danach.
Eine gut geschmiedete Sense aus Deutschland kostet hier sieben
bis acht Mark und ist schwer zu haben.

Das war ein langer Mond in meinem Leben, aber zuletzt hatte
ich ihn doch bei seinem kurzen Ende. Man bloß, daß ich wieder
loslassen mußte. Mein Franzose wollte mich nach der Stadt
fahren und meinen Sack auch, denn es waren fünfzehn Meilen
englische Maß. Aber ich sollte noch eine Woche bleiben und

seinen Buchweizen dreschen helfen. Er tät mich auch dafür bezahlen. Ich wollte nicht recht. Er machte noch ein Angebot: Fleisch satt! Das war mir neu in meinem Leben. In der Sprache hatte noch kein Mensch zu mir gesprochen. Das gefiel mir. Ich blieb, ich drosch, ich aß. Als die Woche zu Ende war, gab er mir für die ganze Zeit sieben Dollars und sagte: Das ist genug für einen Grünen, und nach der Stadt fahren tät er mich auch nicht. Aber seine Tochter hatte ein barmherziges Herz; darum gab sie mir einen ordentlichen Knacken Brot mit und durchgewachsenen Speck.

Damit machte ich mich auf die Socken und wickelte den Weg wieder ab. Der Speck war mir sehr angenehm auf meinem Wege. Als er alle war, ging ich auf eine Farm. Die gehörte einem Mann aus Schwaben. Da hab ich vier Tage gedroschen, $1\frac{1}{4}$ Dollars den Tag. Aber ein Engländer, mit dem ich zusammen schlief, hat mir in der letzten Nacht die fünf Dollars gestohlen. Am Abend vor dem Einschlafen und Stehlen hat er noch ganz christlich gebetet. Da hatte ich wieder nichts. Ich suchte eine andere Farm. Willst du dreschen? – Ich blieb und verdiente sechs Dollars. Ich zog weiter. Nachher bin ich auf dem Wege noch zweimal bestohlen worden und einmal betrogen. Das war, als wenn alle Spitzbuben von Amerika sich da niedergelassen hatten und auf mich warteten. Das war beinah als in der Gegend zwischen Jerusalem und Jerichow. Das kannte ich von zu Hause nicht. Aber da gab es auch keine Räuber, Spitzbuben und Betrüger.

So zog ich weiter und kam an einen Berg. Der war ähnlich getrachtet wie der Püttberg in unserm Dorf. Oben auch mit einem Wasserloch. Bloß daß er höher war. Oben auf dem Berge stand ich still. Da besah ich mich inwendig und auswendig, von unten bis oben. Und siehe, da stand ich vor mir und hatte nichts als einen Rock, einen Stock und meinen Gott. Mir gehörte nichts als die Knochen in meinem Fell und der Sack auf meinen Schultern. Da machte ich einen Strich unter das erste Mond. Da dachte ich nach über mich. Als ich das getan hatte, sprach ich zu mir:

Jürnjakob Swehn, du bist dumm gewesen, darum hat es dich begriesmult (angeführt). Zwölf Dollars hat er dir versprochen, sieben gegeben. Nach der Stadt gefahren hat er dich auch nicht. Das Geld hast du dir auch stehlen lassen. Du schiltst auf die Menschen, daß sie so schlecht sind, aber warum läßt du dich bestehlen? Jürnjakob, du bist dumm gewesen. Du mußt mehr

Vorsicht lernen. Du mußt Achtung geben in diesem Lande. Sonst kriegst du von den beiden Kuhherden keinen Kälberschwanz zu sehen, den du in deinen Stall ziehen kannst. Du mußt auch ganz anders arbeiten lernen, Jürnjakob. Auf mecklenburgisch geht das zu ebendrächtig, das hast du beim Buchweizenmähen gesehen. Mit dem Pflügen und Holzhauen, das ging man auch so so. Die Knochen hast du, aber die haben die Ochsen auch. Du mußt umlernen in diesem Lande, Jürnjakob. Du mußt all deinen Grips brauchen, sonst wird mein Lebtag nichts aus dir. Sonst bist du übers Jahr wieder in deinem Dorf, aber als der Peter in der Fremde, und die Kinder zeigen mit dem Finger auf dich: Kiek mal, dat is Jürnjakob Swehn. Jürnjakob wer tau dumm för Amerika. Doröm hebben sei em wedder trüggeschickt.

Als ich das gesprochen hatte, sah ich mich nach allen vier Winden um. Aber das war nicht ich; das war noch der alte Jürnjakob, der das tat. Der dachte an seinen Großvater. Der kam in seinem Leben auch mal an eine Ecke und wußte nicht, wohin. Da warf er seinen Hut in die Luft und sprach: Wohin der Wind ihn weht, dahin gehst du. Das war zum Anhören eine lustige Geschichte. Aber für Amerika paßte sie nicht. Da darf man sich nicht nach dem Wind richten und nach Großvater Swehn seinem alten Hut. Darum schwengte ich mir den Speck wieder auf die Schulter, nahm Vaters Eichenstock in die Hand und stieg den Berg hinab. Und von dem Tage an wurde ich nicht mehr betrogen und bestohlen. So ging ich den graden Weg nach New York und sah mich nicht mehr um. Ich sah bloß noch vorwärts.

So ein Berg ist manchmal eine ganz gute Einrichtung im Leben, wenn's man auch ein kleiner ist. Man kann sich da oben besser besinnen. Es haben schon viele Menschen auf Bergen gestanden. Ich kenne einen, der stieg auch gern auf einen Berg, wenn er allein sein und sich mit Gott bereden wollte. Den haben wir bei dir in der Schule kennengelernt. Man kann sich da oben auch besser mit sich selbst bereden. Seinen Sack oder was man sonst mit sich rumträgt, kann man da auch leichter ablegen. Man kann da auch besser um sich sehen. Ich sah zurück auf meinen ersten Mond im neuen Lande. Aber ich sah auch vorwärts und lernte, wie ich mein Leben machen mußte, um voran zu kommen. Als das geschehen war, stieg ich wieder hinab und kam zu Menschen. Denn die Berge sind nicht dazu da, daß man da oben stehenbleibt. –

Als ich in New York ankam, hatte ich noch einen Dollar. Aber die andern aus unserm Dorf waren da eben auch angekommen, und ich sah sie alle mit Namen: Schröder, Schuldt, Timmermann, Düde, Saß, Wiedow, Völß und Brüning. Dann fuhren wir alle nach Iowa; dazu borgte Schröder mir das Geld. Dort habe ich mich auf ein Jahr vermietet für 210 Dollars. Da geriet es mir gut. Schröders Tochter Wieschen diente ja auch auf der Farm. So blieb ich da und ging noch für ein Jahr auf die Nachbarfarm. Als das Jahr um war und noch ein halbes dazu, da zählte ich mein Geld. Es waren rund 350 Dollars. Ich ging zu Wieschen. Es war Sonntag nachmittag. Sie saß mit dem Knüttstrumpf vor der Tür. Ich setzte mich auch auf die Bank. Wir sprachen vom Wetter und von der Wirtschaft. Als das besorgt war, fragte ich: Wieschen, wieviel Geld hast du zusammen? Sie holte ihren Beutel. Sie hatte gut 200 Dollars. Ich legte meine 350 daneben und sagte: Ich weiß da eine kleine Farm in der Nähe von Springfield. Es sind nur zwei Kühe und zwölf Schweine da; aber für den Anfang ist das genug. Ich will sie rennen, das meint: pachten, wenn du mit mir gehen willst. Sie folgte ihre Hände und kuckte einen Augenblick vor sich hin. Dann strich sie über die Schürze. Als sie das getan hatte, sagte sie Ja und gab mir die Hand. Siehe, so sind wir Brautleute geworden, und von dem Tage an war ich glücklich.

Aber wenn man ins Land kommt, ist einer so grun wie der andere. Was glaubst du wohl, wie klug einer ist, wenn er rüberkommt? So dumm as en Daglöhnerfarken, einer wie der andre. Wenn Dummheit weh täte, dann wär am Hafen von New York vom Morgen bis an den Abend nichts zu hören als Heulen und Wehklagen. Aber das verlernt sich bald. Einer wird hier auch ganz anders rumgestoßen als drüben, und wenn man erst ein paarmal ordentlich angeeckt ist mit seinem dicken Kopf, dann lernt man bald Vorsicht und fest auf den Beinen stehen und fest zufassen. Wer das nicht kann, der soll das Reisegeld sparen; der soll Deutschland nicht mit dem Rücken ansehen. Denn dort ist der liebe Gott noch dem Dummen sein Vormund. Dor is de Minsch noch den leiwen Gott sin Dummerjahn. Hier gilt das nicht so recht. Hier sitzt den meisten ihr lieber Gott im Geldkasten. Ich könnte drollige Geschichten erzählen von manchen, die rübergekommen sind. Aber ich will keinen rügen, und bei den meisten würde es bloß mein eigenes Bild geben.

Nun ist mir der Blackpott runtergefallen, und bei den letzten Wörtern mußte ich vom Fußboden stippen. Nun ist Berti dabei und füllt die Dinte wieder ein. Mit dem Teelöffel tut sie das. Dabei sagt sie: Das kommt davon, wenn man so'n Mann als Vater im Haus hat. – Ja, so sind die Gören hierzulande.

Ein halbes Jahr zurück, da hast du gefragt, ob der Jürnjakob hier auch Heimweh gekriegt hat. Ne, nie nicht. Bloß mal als Junge Masern. Ich weiß nicht genau, woans das Heimweh sich regieren tut. Aber ich glaube nicht, daß es noch kommt. Nur welche von den Alten, die können das hier nicht so recht anwenden. Das ist, weil sie so spät rübergekommen sind oder sonst kein Murr (Kraft) in den Knochen haben. Tagsüber, bei der Arbeit, geht es noch. Aber abends in der Stube oder, wenn's Wetter ist, vor der Tür, dann fühlen sie nicht gut. Dann sacken sie zusammen und lassen den Kopf hängen. Dann folgen sie die Hände zwischen den Knien und sinnieren über ihr Dorf und sind kreuzunglücklich. Die lassen sich man schlecht aufmuntern. Alles zu seiner Zeit, sagte Salomo und zählt einen ganzen Posten auf, auch Steine sammeln und Steine zerstreuen. Aber das Auswandern nach Amerika hat er vergessen. Das war damals wohl noch keine Mode.

Für die Alten ist das hier nichts mehr, und für die Weichen erst recht nicht. Für die ist die amerikanische Luft zu scharf. Hier muß einer Eisen im Blut haben. Hier darf er seine Harfe nicht an die Trauerweiden hängen, wenn er eine hat. Hier ist es nicht so gemütlich als wie zu Hause. Hier hat keiner recht Zeit. Selbst der Rauch, wenn er aus dem Schornstein kommt, dann hat er hier nicht soviel Zeit als bei euch im Dorf. Da kroch er langsam aus der Tür oder durch die Wände, wo gerade Platz war, und dann kuckte er sich erst mal gemütlich um, und wenn das besorgt war, dann sagte er: Na, denn kannst du ja erst mal so'n bißchen die Dorfstraße entlang schmöken. Aber hier geht er auf und davon und kuckt sich nicht mal um.

Nein, ich bin hier zu Hause. Hier ist ja auch meist alles plattdeutsch und aus Mecklenburg. Und dann bin ich in jungen Jahren rübergekommen. Ich habe hier geheiratet. Ich habe hier eine gute Familie gereest*. Ich habe hier gebaut. Ich habe hier gesät und geerntet. Ich habe hier viel Schweiß auf dem Acker liegen, und der Schweiß tut hier sein Ding gerade so gut als drüben. – Ne, dat deiht hei nich. Bi mi hett hei en ganz Deil mihr dahn, als hei tau Hus dahn hadd. Im Dorf wär ich bei aller

---

* Englisch: raised = aufgezogen.

Arbeit doch man Tagelöhner geblieben und, wenn's hoch kam, Häusler, und meine Kinder wären wieder Tagelöhner geworden. Wir haben hier auch scharf ranmüssen, viel schärfer als in old Country. Das muß wahr sein. Aber dafür hab ich auch mehr vor mich gebracht. Das muß auch wahr sein. Hier hab ich mich frei gemacht. Hier stehe ich mit meinen Füßen auf meinem eigenen Boden und taglöhnere nicht beim Bauern. Das Freisein ist schon ein paar Eimer Schweiß wert.

Mein Vater kriegte vier Schilling im Taglohn, bloß in der Aust (Ernte) mehr. Dort ging der Wind durch alle Katenwände. Hier hab ich mir ein schönes Haus gebaut mit acht Stuben und was dazu gehört. Dort hatten wir im ganzen vier Fensterscheiben, und eine ist entzwei gewesen, so lang ich denken kann. Hier haben wir viele feste Wände und große Fenster. Die sind alle neu. Die arbeiten mit Gewichtern. Die Scheiben sind 24 mal 26 Zoll und an der Südseite ein großes, 3 mal 5 Fuß, ein Glas, und um die große herum sind kleine mit bunten Farben. Die Verkleidungen an Türen und Fenstern hab ich selbst gemacht, weil daß der Zimmerer sechzig Dollars haben wollte und mir das zu steif war. Eine große Veranda ist auch gleich dabei. Die haben wir hier meist alle.

Unser Haus haben wir gründlich um- und durchgebaut. Dabei konnte ich gerade so viel arbeiten, wie ich mochte. Als es fertig war, ließ ich es mit buntem Papier ausbacken (auskleben). Das kostete dreißig Dollars, die Arbeit zwanzig. Binnen und buten fertig kostete das Haus im Umbau rund 1500 Dollars, ohne meine Arbeit gerechnet. Ein paar Narben zur Erinnerung gab es für mich extra, weil ich mit dem Hammer am Haus vorbeiklopfte und den Daumen traf, daß das Blut rausprang. Da sagte Wieschen: So, dat hest du nu dorvon. Dacht heff ick mi dat all lang. Ja, so sind die Weiber. Aber dann ist sie doch hingegangen und hat mich verbunden, und am anderen Tag konnte ich weiterhämmern.

Nein, mit dem alten Strohkaten zu Hause will ich nicht mehr tauschen. Da gehörte mir kein Kuhschwanz. Bloß einmal, ich war so bei acht Jahr rum, da hat Düfferts Mutter mir einen Farkenstert geschenkt. Man bloß, das Ferkel war da schon abgeschnitten, und aus einem Schweineschwanz läßt sich kein seidenes Halstuch machen. Na, das kann man auch bleiben lassen. Das hat man ja auch nicht nötig.

Jetzt hab ich zehn Pferde, achtzig Kühe, ein paar Ochsen, dazu hundertzwanzig Schweine. Schweine waren es früher weniger. Aber in den letzten Jahren ist das Korn gut geraten. So haben wir mehr. Hühner mögen es bei sechshundert sein oder auch mehr. Die werden hier nicht gezählt.

Aber vom Vieh will ich dir diesen Winter durch erzählen. Denn was ein richtiger Farmer ist, der macht es wie ein richtiger Bauer bei euch. Er erzählt erstens vom Vieh und zweitens vom Vieh, und drittens holt er nach, was vom Vieh übrig geblieben ist. Erst kommen die Schweine.

Die haben hier auch einen ringeligten Schwanz und sagen auch öcke, öcke. Aber sonst ist das hier alles anders. In einer Bucht oder einem engen Stall kann man keine Schweine aufziehen. Wir haben das erst auch so gemacht, denn wir dachten: das muß so sein, weil es zu Hause so war. Aber dies Land hat andre Gebräuche bei den Schweinen. So haben wir umgelernt. Die Schweine müssen sich bewegen und viel Sonne haben. Das Schwein liebt das Licht, darin schlachtet es nach dem Menschen. Darum sind sie hier auch immer gesund, und wenn wir in euren Zeitungen lesen, daß die amerikanischen Schweine Trichinen haben, so ist das in unsern Ohren zum Lachen. Denn siehe, in euren Zeitungen lesen wir oft, daß Hof und Markt da und da gesperrt sind von wegen Rotlauf unter den Schweinen.

Auf 320 Acker kann ich genug Futter bauen für meine Kühe, denn das Land ist danach. Dabei hab ich auch genug Weide für die Schweine, beinahe vierzig Acker. Sie können vom Hof aus gleich reingehen. Alle acht Fuß ein Pfosten, unten zwei Brett von sechs Zoll, oben drei Stacheldraht. Das macht eine gute Fenz, das meint Zaun. Wir rechnen für das Schwein drei bis vier Mond auf der Weide. So gewinnt es in der Zeit bei hundert Pfund, und zehn Schweine auf einen Acker, das macht vierzig Dollars auf den Acker. Bloß, daß sie sind billiger als bei euch. Sie kosten jetzt vier Dollars das hundert Pfund. Aber hundert Schweine das Jahr macht doch was. Wenn man Korn pflanzt und kriegt fünfzig Bushel per Acker und zwanzig Cents den Bushel, das ist ein Unterschied; den fühlt der Geldbeutel. Da sagt der Geldbeutel: Dies Land ist mir lieb.

Wenn das Korn (d. i. Mais) reif ist, machen wir das so: Wir schaufeln die Kolben zusammen und stecken sie an. Wenn es ordentlich brennt, dann stellen sie sich um die Haufen rum und fressen von der Außenseite, was schon abgekühlt ist. So was haben die Schweine gern, ja well. Dann können sie Wasser zusaufen. Am zweiten Februar war ich mit achtzig Schweinen nach Chicago. Die brachten 685 Dollars. Nach Neujahr muß ich wieder hin. Schade, daß ich sie nicht auf einen deutschen Markt bringen kann.

Ochsen muß ich mir auch wieder anschaffen, weil wir über 120 Fuder Heu gemacht haben. Vor Weihnacht schickte ich zwanzig Stück nach Chicago, die brachten etwas über achthundert Dollars. Das ist hier schon ein guter Preis. Bloß Kühe sind hier jetzt billig; eine gute Kuh kostet 15 bis 23 Dollars. An Korn hab ich dies Jahr über 3000 Bushel, davon 400 Bushel verkauft, den Bushel zu 35 Cents. Das ist hier auch schon ein guter Preis. An die Kühe verfüttern wir auch viel Korn. Wir schneiden es grün und packen es luftdicht ein. Dann hält es sich. Sie geben dabei mehr Milch als bloß bei Kleie.

Sonst machen wir es mit den Kühen so: Wir jagen sie auch auf die Weide. Aber ein Kuhjunge ist nicht dabei. Sie kommen von selbst wieder rein. Im Winter bleiben sie bei den Häusern. Ist das Gras raus, gehen sie weiter, daß man sie nicht mehr sehen kann. Aber zum Melken kommen sie wieder ans Haus. Die Milch treibt sie. Das ist um halb fünf im Winter und Schlag sieben im Sommer. Unsre Uhr war stehengeblieben. Es hat doch keine Not. Wir haben gewartet, bis die Kühe nach Hause kamen. So haben wir die Uhr nach den Kühen gestellt. Als ich das nächste Mal nach dem Town kam, hab ich sie mit der Stadtuhr verglichen. Und siehe, sie ging richtig.

Dies Jahr konnten wir bis jetzt nur 36 Kälber verkaufen. Die welchen waren von der Ernte her alt; die haben ihre Milch selber von den Kühen geholt. So sparten wir uns das Melken. Ein paar Mond taten sie das. Dann haben wir sie abgenommen und ihnen etwas Hafer gegeben. Sie haben 590 Dollars gebracht. Bei euch wären sie noch mal so viel wert gewesen. Aber Kälber verkaufen ist der reinlichste Kram. Warum soll man die Butterfabriken auch noch reich machen? Bei mir kam auch mal so ein Rahmherr und Sahnenonkel angefahren. Gleich mit Auto. Dafür war er auch ein Amerikaner. Aber was die Sorte Rahm nennt oder einen Zoll Rahm, daraus machen wir 1 1/4 Pfund Butter. Er sprach: Ich will dir deinen Rahm abkaufen. Gleich fürs ganze Jahr will ich das tun, wo du hier doch so einsam wohnst. Dann bist du alle Sorgen los. Ich sprach: Das ist eine brave Gesinnung von dir; die mußt du dir einpökeln für schlechte Zeiten. Er sprach: Ich will dich auch gut bezahlen. Ich sprach: Von meinetwegen kannst du Sand buttern; ich gebe dir eine Fuhre umsonst. Da fuhr er hin. Da ist er nicht wiedergekommen. Die Sorte sucht bloß Dumme; aber dann muß er früher aufstehen, und mit einem neuen Auto lassen wir hier uns noch lange nicht die Augen voll Sand streuen.

Mit dem Mist ist das hier so, daß er nicht so geehrt wird als bei euch, wo jeder Forkvoll in acht genommen wird und die Kinder ihn aufsammeln auf der Straße. Der Urwaldboden braucht lange Jahre keinen Meß. Aber zu Anfang ist er zu wählig (übermütig, ungebärdig). Dann trägt er bloß Lagerkorn. Erst mit den Jahren wird er zahm. Dann ist er sehr gut. Dann gibt er Korn, wie es bei euch nicht zu sehen ist. Zuletzt kommt er ganz sachten in die Jahre, wo er Meß braucht. Meinem Nachbarn lag seiner im Wege. Er lag auf dem ganzen Hof rum und hinter der Fenz auch noch. Ich sagte zu ihm: Ich will dir deinen Dung abfahren. Ganz umsonst will ich das tun. Aus Nachbarschaft will ich das tun. So hat er ja gesagt, und ich fuhr ihn ab. Das waren über hundert Fuhren. Das ist meinem Acker gut bekommen. Aber das nächste Jahr gab er nichts mehr auf Nachbarschaft von wegen dem Meß. Da hat er ihn selbst abgefahren. Da war er klug geworden.

Von den Eiern will ich diesen Winter auch noch ein paar Wörter machen. Sie sind hier teurer als bei euch auf dem Dorf. Sie kosten heute das Dutz 1,80 Mark. Das macht, weil sie alle nach New York gehen. Da kommen sie in große Kühlhäuser und liegen da, bis die Eierbarone den richtigen Preis raushaben. Dann drücken sie uns wieder die Preise. Aber wir können die Hühner man nicht drücken, daß sie streiken mit dem Eierlegen. Dann essen wir so viel Eier, daß wir bloß noch Kikeriki sagen können. Dann kommen wir zuletzt in einen Zustand, daß wir den ganzen Himmel für einen Eierdopp ansehen und die Abendsonne für einen Pfannkuchen.

Zwei Jahre zurück, da konnten wir zuletzt keine Eier mehr sehen. Es war ein Elend. Es war wie eine von Pharao seinen zehn Plagen. Zu der Zeit waren auch die kleinen Ferkel so billig. Wir gaben gern eins zu, um das andere los zu werden. Bloß, wir wurden das andere nicht los, und die Muttersauen ferkelten wie unklug. Ganz leidenschaftlich taten sie das. Es quiekte in allen Ecken. Was haben wir da gemacht? – Ich sage zu Wieschen: Wieschen, sage ich, weißt du, was Hannjürn Timmermann mir mal sagte, als auch solche Heimsuchung über old Country gekommen war? – Was hat er gesagt? sagt sie. – Er hat gesagt, seine Großmutter hat auch mal solche Not durchgemacht und ihm gesagt, daß sie die Ferkel an die Hühner verfüttert haben. Und seine Großmutter war eine brave Frau.

Äwer du büst unklaug, Jürnjakob, sagte sie. Heil und deil büst du unklaug. Wo kannst du so'ne olle abergläubische Saken glöwen. Woans sall dat woll angahn, dat de Häuhner de Swien upfreten. Häuhner freten Roggen un Kurn un Brot un Tüffel, das ist Gottes Ordnung; äwer Swien freten, das ist gegen Gottes Ordnung. – Hoho, Wieschen, sagte ich, weißt du nicht mehr, daß da mal sieben magere Kühe sieben fette Kühe aufgefressen haben? Und das steht in der Schrift, und darum ist es nicht gegen Gottes Ordnung. – I, sagte sie, das war auch man bloß im Traum. – Da sah ich sie freundlich an und beredete sie weiter mit schönen Wörtern, bis sie einwilligte in meinen Rat. So haben wir die Ferkel abgestochen und gekocht und richtig an die Hühner verfüttert. So waren wir sie glücklich los.

Aber was geschah? Das geschah, daß die Hühner nun wie verrückt legten. Immer ein Ei hinter dem andern her. Es war ein rechter Jammer und gar nicht mehr auszuhalten. Mir wurde ganz kakelig zumute. Mir sackten die Hände am Leibe dal. Wieschen auch. Sie schalt: Nu hebben wir uns richtig taum Ulenspiegel makt vör de ganze Gegend. Und wenn sie so sagt, dann ist das immer ein Zeichen, daß sie sich ärgern tut. – Noch lange nicht, Wieschen, sage ich: denn siehe, ich habe einen Plan. – Noch einen Plan? Wist du uns noch mehr Unglück int Hus bringen? – Wieschen, sage ich, es ist ein ganz ernstlicher Plan und nicht zu verachten. Nu hör mal zu und paß Achtung. Magst du noch Eier eten? – Ne! – Magst du noch Pannkauken eten? – Swieg mi still von Pannkauken! – Schön, denn sünd wi also wedder mal einig, un Einigkeit macht stark. Nu will ich die wat seggen. De Farkn sünd wi los. De Eier willen wi nun mal uns Kalwer geben, denn sind wie dei ok los. Denn hett alle Not ein Enn', und du sast mal seihn, wo ehr dat bekümmt.

Jürnjakob, du büst nich bi Trost, un wenn du öfter so'ne Infäll kriegst, denn süst du doch mal wat dorgegen dauhn. Irst verfudderst du de Farken an de Häuhner. Nu wist du de Eier de Kalwer geben. Wist du denn nachher de Kalwer nich slachten und de Swien mit Kalwerbraten fett maken, dat sei düchtig farken dauhn? Mi dücht, denn is de Rundreis' dörch de Wirtschaft richtig fardig. Odder willen wi dat nich versäuken un de Ossen mit Häuhnerbraden fett maken? Wat 'ne Wirtschaft, wat 'ne Wirtschaft!

Damit legte si sich in den Schaukelstuhl. Als sie das getan hatte, stand sie wieder auf und lief hinaus. Ich aber kuckte ihr nach und sprach zu mir: Was die Frau da eben von der Rundreise gesagt hat, das ist nicht ganz ohne. Das ist eine richtige Karussellfahrt durch die Viehwirtschaft und durch die ganze Naturgeschichte. Als ich das gedacht hatte, steckte ich so'n Dutzend frische Eier in die Taschen und ging zu den Kälbern. Oha, haben die aber gelickmünnt*! Als Wieschen das sah, da war sie nicht mehr zornig. Da holte sie sich gleich eine halbe Schürze voll Eier. Da hat sie mir geholfen. So haben wir die Kälber mit Eiern gefüttert, und sie lachten über das ganze Gesicht, und dem kleinen schwarzen Bullenkalb lachte das Herz im Leibe.

Lieber Freund, ich kann dir mitteilen, sie sind so glatt geworden wie Spickaal, und wenn wieder mal solche Ferkel- und Eierplage über das Land kommt, dann machen wir wieder eine Rundreise durch die Wirtschaft. Es ist aber besser, daß du diese Geschichte nicht im Dorf vorlesen tust. Sonst lacht uns das ganze Dorf aus vom ersten Häusler auf dem Lasen bis zum letzten Büdner am Schnellenberg.

In den ersten Jahren, als wir eine eigene Farm hatten, da waren die Eier billig. Wir waren froh, wenn wir für das Dutz acht Cents kriegten. In den Jahren war es, daß die Geschichte mit dem Regierungshahn geschah. Wir hatten rund rum noch viel Busch (Urwald) und im Busch viel kleines Raubzeug. Da gingen die Hühner über das Feld bis an den Busch. Aber sie kamen nicht alle zurück. Wir hatten noch wenig. Wir zählten sie noch. Ich sagte zu Wieschen: Das geht nicht. Da muß was geschehen. Wieschen sagt: Ja, da muß was geschehen; aber was willst du machen? Ich sagte: Paß mal auf. Ich kaufe eine Bell, das meint eine kleine Glocke. Die hänge ich dem großen schwarzen Hahn um den Hals, denn er ist das Haupt. Dann nimmt das Raubzeug Reißaus, und die Hühner wissen gleich, wo ihr Herr ist und daß sie ausritzen müssen, wenn Not am Platze ist.

Sie sagt: Jürnjakob, du bist nicht klug. Was werden die Leute sagen? – Was die Leute sagen, darauf liegt keine Steuer; das ist mir auch gleich. – Aber der schwarze Hahn wird verrückt. – Abwarten, Wieschen! – Sie sagt noch dies und das, aber sie lacht sich dabei, und das ist immer ein gutes Zeichen an ihr.

So kriegte der Schwarze seine Glocke. Erst wurde mir auch bange. Er tobte wahrhaftig wie verrückt umher. Aber wo döller

---

* Lickmünnen, eigentlich den Mund lecken, weiter = lüstern verlangen.

er tobte, wo döller er klingelte. Er hackte nach der Glocke, es half nichts. Er wälzte sich auf dem Rücken und stangelte mit den Beinen in der Luft rum; es half nichts. Es sah doll aus, und ich dachte: Na, wenn er sich man bloß nicht mit Selbstmord ums Leben bringt und ins Wasser geht. – Die Hühner kniffen auch erst aus, wenn er angebimmelt kam. Sie liefen in alle Ecken hinein und über das ganze Feld. Sie schlugen mit den Flügeln und schrien vor Furcht, wenn er mit der Bell am Halse angesaust kam.

Ich sage zu Wieschen: Von Treue und Liebe ist da auch nicht viel zu sehen bei dem Hühnervolk. Es ist man gut, daß es bei den Menschen anders ist. Je ßüh du! sagte sie; häng du dir mal so'ne Glocke um den Hals und lauf dann als Späuk hier rum, dann –. So, da hatte ich auch mein Teil. – Aber Gewohnheit ist das halbe Leben. Zuletzt gab sich das alles, und manchmal sah es schon aus, als trug der Schwarze seine Bell ordentlich mit Stolz über das Feld. Die Hühner gewöhnten sich wieder an, und das Mittel half gegen die Raubtiere.

In der Zeit war es, da kam einmal ein Tag, da fuhr hier eine Deutschrussin durch, die war auf dem Wege zu ihrem Sohn. Die hörte den Hahn läuten und sah ihn auch. Da hielt sie still und betrachtete sich den Hahn lange Zeit mit ihren Augen. Als sie das getan hatte, sprach sie: Was ist das für eine Sache, die ich hier mit meinen Augen sehe und mit meinen Ohren höre? Ich habe sechzig Jahre gelebt und bin von Rußland nach Amerika gekommen, aber so was habe ich noch nicht gesehen. Hat die Regierung das anbefohlen, daß die Hühner hierzulande eine Glocke tragen müssen?

Da hab ich ihr die Sache richtig klargemacht, warum das sei. Sie hörte auch mit ihren Ohren zu. Aber dann schüttelte sie doch den Kopf und sagte: Wo kann das einmal angehen! Das ist hier ein ganz malles Land. Wenn ich meinen Leuten das nach Hause schreibe, daß die Hähne hier eine Glocke tragen und sich noch groß damit tun, dann sagen sie: Die Alte ist ja wohl bei lebendigem Leibe verrückt geworden. Ach Gott, wenn ich doch man bloß in Rußland geblieben wäre! – Aber ich hab ihr gesagt: Das laß dir man nicht leid sein, daß du da ausgerückt bist. Dein Russenkaiser kauft dir doch nicht Hahn noch Huhn, wenn seine Wölfe sie dir weggeputzt haben. Und das mit der Glocke, das laß man gut sein. Wir Menschen mögen gern Musik hören. Warum die Hühner nicht auch? Sie legen da auch besser nach. Du wirst deinem Sohn seinem Hahn auch noch eine Glocke umtüdern (umbinden), und mich wirst du dafür noch loben und danksagen. Nach Rußland brauchst du das ja gar nicht zu schreiben.

Da wurde sie ganz gemütlich und meinte: Ja, es ist hier vieles anders als im Süden von Rußland, und ich habe auch schon umlernen müssen. Am meisten mit meinen Zähnen. Als ich fahren wollte, da kam der Zahndoktor aus Jekaterinosklaw raus und sagte: Wenn du durchkommen willst, dann mußt du noch alle Zähne haben, sonst schicken sie dich zurück. Der Zar von Amerika ist darin sehr strenge. Ich sagte: Ist das indem? Ja, sagte er, das ist indem. Er hat sieben Zahngebote erlassen, und ich sehe an deinem Munde, daß du sie nicht erfüllen kannst. Darum kommst du nicht durch. Ich sprach: Was ist dagegen zu tun? Er antwortete: Der amerikanische Zar hat mir schreiben lassen, er will die Leute hier noch durchlassen, wenn ich ihnen vorher ein künstliches Gebiß einsetze. Aus Gnaden will er das tun. – Ist das wirklich indem? – Ja, das ist wirklich indem. Der amerikanische Konsul in Odessa hat es mir geschrieben. – Aber ich fahre über Bremen. – Das ist gleich; untersucht wirst du erst drüben in New York. – So hat er mir ein volles Gebiß eingesetzt und sich teuer bezahlen lassen. Aber dafür bin ich auch ganz gut durchgekommen und habe schon vieles gesehen. Aber so was doch noch nicht.

Sie kuckte wieder nach dem Schwarzen. Der stand oben auf der Fenz und krähte und bimmelte. Als sie mit der Tasse Kaffee fertig war, die Wieschen ihr gebracht hatte, fuhr sie weiter. Aber unterwegs hat sie sich noch ein paarmal umgekuckt nach dem Regierungshahn und nach uns. –

Unser Hafer war im letzten Jahr von Mannshöhe, und wir trugen den Kopf hoch. Wie das so zu gehen pflegt, wenn die Ernte sich gut anläßt. Da kam es mit den Plagen. Erst der Rost. Dann der Regen. Da knickte er ein und saß auf dem Hintern und hielt die Beine hoch. Das dauerte seine Zeit. Aber der Regen dauerte länger. Zuletzt war er wie gewalzt und blieb auch so. Ich hab es immer gesagt: So schönes Wetter wie früher gibt es gar nicht mehr, weil alles schlechter wird auf der Welt. Das gab eine Schneiderei, es war nicht den Bindfaden wert. Viele haben ihn einfach eingesteckt und abgebrannt. Ich verschnürte auf vierzig Acker sechzig Pfund Bindfaden, und dabei konnte ich nur die Hälfte fassen mit der Maschine.

Einen nassen Sommer kann man nicht auf die Leine hängen und trocknen, und das ist schade. Es regnete noch vier Wochen; da wuchs alles zusammen. In dem Sommer brauchten wir den Dreck nicht zu sparen. So fuhr ich den letzten Hafer in Mieten und jagte die Kühe und Ochsen dabei. Erst haben sie den Kopf geschüttelt und über die Schweinerei gebrummt. Dann gingen sie doch ran, und am ersten Oktober war auch die letzte Garbe runtergerissen und unter die Füße getreten. Ja, so kommt es auch mennigmal, und wir haben den Kopf nicht mehr hochgetragen, wenn wir an den Hafer dachten. Aber es ist wohl ganz in der Ordnung, wenn der Mensch ab und zu einen auf den Hut kriegt. Sonst wird er leicht übermütig. –

Ganz schlimm ist es hier mit den Dienstboten. Die sind schwer zu bekommen und noch schwerer zu halten. Besonders die Mädchen. Zu Anfang, als wir herkamen, kriegte Wieschen auf der Farm ihre drei Dollars die Woche. Heut zahlen wir den Mädchen vier bis fünf. Dafür machen sie aber nur leichte Arbeit. Für schwere sind die Mannsleute da. In der Stadt ist der Lohn noch höher. Eine Köchin kriegt sieben Dollars die Woche, und wenn sie noch andere Arbeit machen muß, acht. Soviel kriegte früher in unserm Dorf ein Mädchen das ganze Jahr, und dabei hatte sie schwere Arbeit von früh bis spät. Als wir mit einer Farm anfingen, machten wir fast alle Arbeit allein. Das waren harte Jahre, und abends elf Uhr waren wir oft noch beim Kornbinden, Wieschen und ich. Du kannst glauben, daß das schwere Zeiten waren. Aber wir sind dabei gesund geblieben. Es war ja auch nur eine kleine Farm, und wir hatten sie gerennt. Jetzt haben wir eine große, und sie gehört uns.

Da machen wir alles mit der Maschine. Wir legen auf den Treibriemen, was sonst auf der Schulter oder auf dem Arm des Arbeiters liegt. Das muß so sein in diesem Lande. Vom Mähen an bis zum Abladen in der Scheune. Das Säen natürlich auch und das Dreschen erst recht. So brauchen wir keine Leute. Die bleiben auch lieber im Osten. Da arbeiten sie ihre acht Stunden. Nach dem Westen, auf die Farm, gehen sie nicht gern. Am schlimmsten ist es in der Ernte. Da kriegen sie heut ihre vier bis fünf Dollars den Tag und Fleisch satt. Es ist aber auch harte Arbeit und geht scharf her. Die Arbeitszeit dauert von Sonnenaufgang bis Sonnenuntergang, und die Sonne macht sich hier in der Aust mächtig früh auf die Beine. In der Zeit sparen wir das Wasser. Da tut sich kein Mensch waschen. Da kämmt sich auch keiner. Was da an Grannen rumfliegt, das glaubst du gar nicht, und das sticht so sehr in die Haut, so daß das Gesicht aussieht wie Wieschen ihr Nadelkissen oder wie dem Swienegel sein Rücken. So aber legt sich eine dicke Schmutzschicht auf das Gesicht, die hält alles ab.

Ja, dick ist sie, das muß ich sagen, und schöner wird einer nicht, wenn er sich da beim Mähen so mal aus Versehen mit dem Handrücken rüberwischt. Es ist man gut, daß da kein Maler kommt und malt uns ab und bringt dir das Bild. Du könntest einen mächtigen Schreck kriegen. Du würdest sagen: Ne, Menschen sind das nicht. Das ist eine Horde schwarzer Teufel, und sie kommen eben frisch aufgewichst aus der Hölle. – Ist die gröbste Arbeit fertig, dann nehmen wir wieder Wasser und Seife. Was da an Seife verbraucht wird auf einer Farm, das glaubst du nicht. Damit könnte der Präsident ein paar Dutzend Neger blank waschen lassen, daß ihre eigene Mutter sie nicht mehr kennt.

In der Aust haben wir auch oft Studenten zur Hilfe, auch Söhne von Professoren und Pastoren. Da ist Amerika wieder ein anderes Land als Mecklenburg. Sie kommen vom College. Sie haben dann Ferien. Sie gehen auf die Farm. Sie arbeiten nicht so lange den Tag über. Sie kriegen auch weniger. Aber wenn sie fertig sind, dann haben sie doch ihre neunzig bis hundert Dollars in der Tasche, und das kommt ihnen gut zu paß bei der Winterarbeit in den Büchern. Von der Arbeit werden sie auch nicht dümmer. Land und Leute sehen auf der Farm doch anders aus als in den Studierbüchern. Da ist das Papier den Augen im Wege. So ein paar Wochen mitarbeiten, bloß in Hemd und Bücks, das ist ganz anders als so auf den Abend eine Stunde zu Besuch im schwarzen Rock und zu sagen: Mein lieber Bruder, meine teure Schwester, wo geht euch das? – Nun lernen sie, wieviel Schweiß am Brot klebt. Zuerst wird ihnen das sauer, und sie seufzen mächtig. Dann können sie abends vor Wehtage nicht einschlafen. Dann klappen sie manchmal zusammen. Dann muß Wieschen den Doktor machen. Wenn sie aber erst eine ordentliche Dreckschicht angesetzt haben, dann gibt sich das, und zuletzt geht es ganz läufig.

Andre Studenten gehen in den Ferien kolportieren. Mit Büchern und Bildern tun sie das. Das ist leichter, bringt aber auch weniger und ist nicht so sicher. Doch hab ich einen gekannt, der verstand es, Bücher anzubringen. Das ging ihm vom Munde wie beim Wassermüller in nassen Jahren das Wasser. Der machte viel Geld. Einmal kriegte er in seinen Ferien für sich bei vierhundert Dollars zusammen.

Mit der Sense mähen wir hier nur im kleinen. Unsre Sensen sind nicht so gut wie eure. Sie brechen zu leicht aus. Gute Sensen aus Schmiedeeisen lassen wir uns manchmal aus

Deutschland schicken. Die tun was her. Das macht Amerika euch nicht nach. Man bloß, auf unsern großen Farmen kommen wir damit nicht aus. Woher sollen wir wohl all die Arme nehmen! –

Mit Dienstmädchen haben wir hier allerhand Versuche gemacht. Aber es ist nicht viel dabei rausgekommen, und Freude haben wir nicht daran erlebt. Erst ließen wir uns ein paar von den Polen schicken. Im Sommer trugen sie gar kein Hemd. Wieschen hat sie ausgefragt und sie sich genauer besehen. Im Herbst ziehen sie eins an, das ist dicker als unsres. Das tragen sie den ganzen Winter durch. Im Frühjahr ziehen sie es aus und werfen es weg, was dann noch davon übrig ist: mit allem, was darin rumhüppt. Es früher auszieben als im Frühjahr und wechseln, das ist ihnen beinah wie Sünde und ganz unsinnig zu denken. Wenn Wieschen ihnen davon sagte, dann machten sie große, runde Augen, als wäre es gar keine Menschenmöglichkeit, so was auszudenken. Gott, was haben deine Eulen für große Augen! Ihre Kleider und Röcke trugen sie auch so lange, bis alles in Fetzen abhing. Im Arbeiten waren sie ganz fix, das muß man ihnen lassen. Na, wir haben den Versuch einmal gemacht, so für zwei Jahre. Dann aber nicht wieder. Denn diese Sorte (??) an den Herd zu lassen, daß sie mit dem Essen hantieren – ne, das ist uns doch gegen den Appetit.

Dann nahmen wir eine Zeit Amerikanerinnen. Ich reiste nach Chicago, um mir ein paar Mädchen zu mieten. Ich besuchte Wilhelm Saß. Als ich mir die Wirtschaft dort ein paar Tage angesehen hatte, da bin ich ohne Mädchen zurückgereist. Nicht gern tat ich das, denn ich hatte Wieschen versprochen, ihr Mädchen mitzubringen. Erst hat sie auch richtig gescholten, und ich habe still zugehört, denn es ist am besten, wenn man seine Frau ausreden läßt. Als sie damit fertig war, sage ich: Wieschen, sage ich, nun paß Achtung! Da geht ein Trupp Dienstmädchen auf der Straße. Aber du sprichst sie doch nicht an, ob sie mit dir gehen wollen. Du wagst das gar nicht, denn sie gehen in köstlichen, weißen Kleidern. Sie wollen nicht in den Kuhstall. Nein, sie wollen ins Theater.

Ins Theater? – Dienstmädchen? – Ja, Wieschen, da kannst du Augen machen. Und wenn du ein paar von der Sorte mit weißen Kleidern und goldenen Uhren hier zum Dienen haben willst, dann kannst du es man sagen. Dann will ich schreiben.

Aber Wieschen will nicht, daß ich schreiben soll. Sie sagt: Nein, da ist es doch besser, daß du keine mitgebracht hast. Ne, sagt sie, nun erzähle man weiter, was du sonst noch gesehen hast.

Oh, Wieschen, einen ganzen Berg. Ich hab da auch Kinder gesehen, die lagen im Wagen und wurden spazieren gefahren wie andre Kinder. Sie waren so bei einem Jahr rum, als ich meine. Aber goldene Ringe und Armbänder und all so'n Kram, damit waren sie über und über behängt. Wieschen, wo kannst du das verantworten, daß deine Kinder laufen lernten ohne goldene Armbänder? Wieschen, dau hast dich versündigt an deinen Kindern. – Jürnjakob, lat dat Drähnen sin. Aber erzähle man weiter. – Ja, auch Straßenarbeiter und Kohlenträger hab ich gesehen, die trugen bei der Arbeit auch dicke, goldene Siegelringe.

So, nun hab ich davon genug gehört, sagte sie und nahm einen andern Strumpf zum Stopfen vor. Siegelringe, Armbänder, weiße Schuhe, weiße Kleider, goldene Uhren, die nicht gehen – es ist schade, daß Luther das nicht mehr erlebt hat. – Warum ist das schade? – Oh, ich meine man; dann hätte er das doch gleich mit aufnehmen können bei dem, was hier in Amerika so zum täglichen Brot in der vierten Bitte gehört. – Wieschen, sage ich, da hast du wieder mal recht. – Na, sagt sie, nu erzähl man weiter, wenn du sonst noch was gesehen hast. Oder bist du nun fertig?

Noch lange nicht, sage ich. Was ich da alles gesehen habe, das langt für einen ganzen Berg von Strümpfen zu stopfen. Da war noch das Kauen. Sie sagt: Na, darum brauchst du nicht nach Chicago zu fahren. Das kannst du hier auch haben, wenn du dich mit deinem Butterbrot vor den Spiegel stellst. – Wieschen, paß Achtung und laß mich ausreden. Das war ein anderes Kauen als hier auf der Farm, und kein nahrhaftiges. Sie kauen dort alle, und es war gar nicht Vesperzeit. Szüh, die Alten kauen Tabak und die Jungen Shewing-gum, das meint Kaugummi. In der Schule kauen sie dort auch und in der Kirche. Und dazu spucken sie, so fein kann das keiner im ganzen Grabower Amt, nicht mal der Landdrost.

Auch fuhr ich mit der Elektrischen. Vorn steht der Fahrer. Der spuckt nach vorn. Das tut er im Durchschnitt an jeder Straßenecke. Denn da muß er halten. Da hat er Zeit zu spucken. Hinten aber steht der Schaffner. Der spuckt nach hinten. Aber nur beim Fahren. Beim Halten hat er keine Zeit dazu. Szüh, so lösen sie sich beim Spucken ab. Und wenn du dann durch den langen Wagen gehst, dann sitzen da zwei lange Reihen von

Menschen, die reißen den Mund weit auf und schmeißen den Gummi rum auf die andere Seite. Dann kauen sie weiter, und weißt du, Wieschen, woran ich da gedacht habe? – Ne, sagt sie, das weiß ich nicht. Woran hast du gedacht?

Ich sage: An meinen alten Bauern hab ich gedacht. – Warum an deinen Bauern? – Ja, als ich da so durchging durch den langen Gang in der Elektrischen, das war akkrat so, als wenn Hannjürn Timmermann über die große Diele ging. Bloß, der Wagen war schmaler. Da standen die Kühe auf beiden Seiten der Diele und kauten und klappten mit dem Maul immer auf und zu. Ja, akkrat so war das hier auch.

Na, sagt Wieschen, dann wollen wir uns man freuen, daß du wieder da bist, und ich will dir man noch eine Tasse Kaffee einschenken, wo dir vom vielen Erzählen doch der Mund trokken geworden ist. – Ja, sage ich, das tu denn man. Doch schenke dir auch noch eine ein. Dann tut es mir auch besser schmecken. Die letzten Strümpfe können bis morgen warten. – So freuten wir uns zusammen, daß wir auf der Farm wohnten und nicht in der Stadt.

Szüh, dat heff ick all's in Chicago belewt, as ick Deinstmätens meiden wull.

Wieschen liegt im Schaukelstuhl und kuckt in die Luft. Der Schaukelstuhl, das ist so eine Leidenschaft bei den Frauen hierzulande. Das ist, als wenn wir zu Hause als Jungs Wippwapp spielten. Er muß hier in jedem Hause sein. Wieschen hat das hier auch schon gelernt. Wir werden in Amerika zuletzt auch alt und müde. Ich fange an, einen griesen Bart zu kriegen, und meine Müller wollen nicht mehr so recht mahlen. Sie werden wackelig und fallen aus. Ich kann die Krusten nicht mehr so recht beißen. Aber lesen kann ich noch ganz gut ohne Brille. Dabei brauche ich noch keinen langen Arm zu machen. Schreiben kann ich auch noch bannig fix. Wir müssen das Arbeiten nach diesem doch langsamer angehen lassen. Es ging all die Jahre ein bißchen forsch auf die Knochen los, und man bloß im Winter sind wir auf kurze Zeit zur Besinnung gekommen. – Jetzt kommt Besuch. Die Bell hat gerungen*. Jetzt springt Wieschen auf. Jetzt ist sie nicht mehr alt und müde. Un ick legg de Fedder ok dal; nahsten schriew ick wieder. Dat is uns' Nahwer, un ick weit all, wat hei will. Ick sall sin Kalwer de Hürn afsagen.

* Englisch: rung = geläutet.

Ein amerikanischer Farmer muß alles können und alles sein: Zimmermann, Tischler, Stellmacher, Schmied, Maurer, auch mal Schuster. Er muß auch seine Maschinen handzuhaben wissen. Ich hab mir ein paar kleine Werkstätten eingerichtet. Auch eine Maschine zum Eisenbohren mußte ich mir besorgen und viele Bolzen. Sonst muß man immer im Town liegen, und dabei kommt nichts raus als bloß das Geld aus der Tasche. Wir machen uns alles selbst, was wir brauchen. Wir machen uns frei vom Town, soweit es geht. Man vertrödelt dort sonst auch zu viel Zeit. – Wir haben uns hier jetzt einen Brunnen machen lassen, 250 Fuß, und eine Windmühle darauf, die Wasser pumpt. Das war zu Anfang auch die umgekehrte Welt in meinen Augen. Ich dachte: Woans soll das wohl angehen, daß eine Windmühle Wasser mahlt? Aber das lernt sich hier alles viel leichter als in der alten Heimat, und wir sind fix dahinter her, daß wir lernen.

Eine große Farm mit voller Wirtschaft, daß alles flott vorwärtsgeht, da gehört vieles zu. Ich hab eine Kornmähmaschine, eine Grasmähmaschine, eine Heuharke für zwei Pferde, einen Heuauflader, den siehst du auf dem Bild, das ich mitschicke. Das hat Heinrich aufgenommen, als er in den Ferien mit seinem Abnehmerdings hier war. Eine Scheibenegge, eine gewöhnliche Egge, Pflüge und Schaufelpflüge, das Korn zu bearbeiten, eine Säemaschine. Natürlich auch was zum Heuabladen und zum Dungaufladen. Ein neuer Kornpflanzer soll noch kommen. Der Kaufmann hatte keinen mehr, aber er hat ihn geordert. Wenn ich Korn sage, das meint immer Mais; das meint nicht Roggen wie bei euch. Das ist so eine Gewohnheit in Land Amerika. Man bloß hölzerne Handharken wie drüben haben wir hier nicht. Was man nicht mit der Forke fassen kann oder mit der großen Harke, die von Pferden gezogen wird, das bleibt liegen. Das ist hier anders als bei euch. Ihr müßt alle Halme und alle Ähren und jeden kleinen Loppen (Büschel) Heu treu zusammenharken. Das ist, weil ihr in Deutschland so dicht auf einem Dutt wohnt und wenig Land habt. Wenn es hier soweit ist, dann werden die kleinen Handharken auch wohl noch aufkommen. Es ist auch schade um jede Ähre, die verlorengeht, denn Gottes Segen liegt darauf. Aber uns fehlt die Zeit und die Mannschaften zum Nachharken. So bleibt es liegen.

Lieber Freund, ich kann dir mitteilen, mit dem Nachharken auf dem Felde ist das ähnlich so beschaffen wie bei den Alten, wenn sie ihr Leben noch mal nachdenken. Solange der Mensch jung ist, ist das anders. Da macht er lange Schritte. Da geht er hin. Da kümmert er sich nicht um das, was hinter ihm liegenbleibt. Er hat keine Zeit dazu. Aber wenn er alt wird, dann geht er in Gedanken sein Leben noch einmal durch und zweimal und oft. Da sammelt er dies auf und das. Es ist eine Arbeit, bei der er sich gut besinnen kann, wie er sein Leben gemacht hat. Siehe, ein alter Mensch geht mit der Harke den Weg seines Lebens gern noch mal lang. Meist findet er bloß noch Stoppeln; da ist nichts mehr zu machen. Er kann nicht noch mal von vorn anfangen mit Pflügen, Säen und Ernten. Aber dann und wann sind noch ein paar Ähren liegengeblieben, die er vergessen hat. Die sammelt er auf, wenn er in die Jahre kommt, und er tut das gern.

Meine Farm hält 320 Acker. Das nennt man hier eine große Farm. Eine mittlere rechnet 80-160 Acker. Eine solche zu 160 neben der großen gehört mir auch; aber ich hab ein paar Häuser daraufgesetzt und sie verrennt, das meint verpachtet. Die Wirtschaft wurde mir sonst zu weitschichtig. Das macht man hier meist so, wenn der Platz über 320 Acker hinausgeht. Für gewöhnlich rechnet man 160 Acker als eine Farm, weil die Regierung das von Anfang an als eine Heimstätte an die Ansiedler abgab. Sie hat alles Land in Quadratmeilen abmessen lassen, und ein öffentlicher Weg, eine Road, geht ringsherum. So kommen auf jede Quadratmeile vier Farmen zu 160 Acker. Was eine kleine Farm ist, die rechnet so ungefähr bis 80 Acker. Was ein Acker ist, das mußt du auch wissen. Das sind 160 Quadratruten mecklenburgisch Maß. Einen Morgen kennst du, das sind 120 Ruten. Darum ist ein Morgen dreiviertel Acker. So weißt du, wie groß ein Acker ist. Eine große Farm gibt über 50000 Ruten. Das sind zwei Bauerstellen, wie unser Dorf sie hat.

Lieber Freund, du siehst, das ist wirklich wahr geworden, was der Tagelöhnerjung im Hornkatener Sand von den beiden Herden träumte, als er auszog in ein fremdes Land. Wir haben alles plenty: plenty Land und plenty Vieh. Aber es kostete auch plenty Schweiß.

Ob man hier mehr Kühe hält oder mehr Schweine, das kommt ganz auf den Boden an und auf die Arbeitskräfte. Da hab ich einen guten Kauf getan. Mein Land ist so beschaffen, daß ich beides halten kann, Kühe und Schweine. Vor zuviel Kornbau muß man sich hier hüten. Das gibt gute Schweine, macht auf die Dauer den Boden aber mager. In einer großen Wirtschaft ist vieles zu bedenken. Ich kann nicht dies Jahr einen Plan auf

Schweinezucht machen und im nächsten einen auf Milchwirtschaft. Ist ein Plan festgestellt, dann braucht er Jahre zum Abwickeln. Das Ansetzen und Aufziehen von Jungvieh, die Erträge aus dem Vieh, das alles rechnet mit einer Reihe von Jahren. In der Farmwirtschaft ist das nun mal so, daß man Schlagordnung halten muß. Aber bis der Plan nach dem Überschlag abläuft, können sich die Marktpreise schon siebenmal verschoben haben, und man wirtschaftet jahrelang mit Schaden. Das ist mir auch schon so gegangen, und ich schmiß Jahr für Jahr mit meinen Dollars hinter meinen Kühen und Schweinen her. Dann sprach ich zu mir: Der liebe Gott hat den Menschen den Kopf nicht dazu gegeben, daß sie ihn hängen lassen, und die Arme nicht, daß sie am Leibe dalsacken. Das ist gegen Gottes Weltordnung und ist auch keine richtige Schlagordnung. Du mußt ihn wieder hochnehmen und wahrschauen und die Arme brauchen. Dein Pflug ist man bloß an einen Stubben oder Stein gestoßen. Du mußt ihn rumwerfen, Jürnjakob, daß du weiter deine grade Furche ziehst. – Wenn ich mir so mit freundlichen Wörtern zugesprochen hatte, dann ging es weiter mit der Arbeit, und es kamen auch immer bessere Zeiten. Nur bloß nicht den Kopf hängen lassen! Dann ist man hier verloren. Hier noch zehnmal mehr als bei euch.

Der Boden ist hier jetzt auch schon teuer. Der Acker kostet seine 100-150 Dollars. Ist der Platz gut und liegt er an der Bahn, dann wird der Acker schon mit 200 Dollars bezahlt. Vor 25 Jahren kostete er 50 bis 70 Dollars, und 50 Jahre zurück, als Iowa noch Regierungsland war, da wurde er billig abgegeben. Da gab es Farmer, die zahlten 3-10 Dollars per Acker. Wer zu der Zeit mit einer Handvoll Gold ankam, der ist heute ein gemachter Mann. Das meint, wenn er ordentlich gewirtschaftet hat. Aber die mit einer Handvoll ankamen, die kann man an den fünf Fingern abzählen und braucht nicht zum zweitenmal beim Daumen anzufangen. Wir andern mußten uns raufarbeiten. Wir brachten kein Geld mit, bloß zwei kräftige Arme, und das ist auch was wert.

Hans Wickboldt wohnt sechs Meilen Süd und hat eine kleine Farm von 80 Acker zu eigen. Sein Bruder, der Dicke, der in der Schule immer schlief und nicht aufpaßte, der ist hier aufgewacht. Er hat seinen Platz verkauft für 150 Dollars den Acker und 320 Acker in Süd-Dakota wiedergekauft zu 50 Dollars den Acker. Davon sind 120 Acker gebrochen. Das andere liegt noch so, wie der liebe Gott es geschaffen hat. Es ist billig. Wenn ihn man die Landagenten nicht behumbugt haben. Billiges Land ist hier schon verdächtig geworden. Da muß man die Augen aufmachen. Wer farmen will, der soll in Iowa bleiben. Das ist meine Meinung. In Iowa ist alles plenty: plenty Wasser, plenty Heu, plenty Korn, plenty Kartoffeln. – Johann Schröder wohnt acht Meilen Ost. Vier Jahre zurück ist er auch nach Dakota gegangen. Da hat er drei schlechte Ernten hintereinander besehen. Da hatte er genug. Da kehrte er zurück. Erst hatte er große Dakota-Rosinen im Sack und machte viele stolze Wörter von Dakota. Jetzt hat er sich bekehrt. Jetzt sagt er: Schweigt mir still von Dakota, sonst werde ich fuchtig. Aber es ist eine alte Einrichtung im Leben: Wenn einen dat Fell jäkt, denn möt hei sick kratzen.

Karl Schneider wohnt ebensoweit Nord. Er hat 320 Acker gekauft für 12000 Dollars. Das ist billig gekauft, aber es ist auch schlechter Boden dabei. So bei 5000 Dollars Schulden hat er noch zu tragen. Aber er bringt die Farm hoch und ist fleißig dabei, die Schulden abzutragen. Bloß seine Frau ist viel krank, sonst wäre er schon weiter. So trägt er Schulden und Sorgen; aber es ist ein Unterschied da: die Schulden nehmen ab, und die Sorgen nehmen zu, denn die Frau wird wohl nicht wieder. Sie stammt aus Hohen-Woos. – Mein Schwager hat seinen Platz verkauft und 320 Acker getrennt. Aber das Land ist zu naß. Sie haben da auch viel kalt. Er fühlt sich da nicht gut. So will er wieder herkommen. Er hat auch noch Geld und Interessen, das meint in der Sparbank. In unserm Country wird er nicht mehr pachten können. In der Nachbarschaft ist es nicht anders. Was aber über den 100. Längengrad und westlich ist, das ist aus der Regenlinie. Da soll einer seine Nase von lassen. Sonst kommt es leicht, daß es ihn begriesmult.

Du hast mich gefragt, woans es Jochen Jalaß gehen tut. Das ist eine Geschichte, die fröhlich anfängt und traurig aufhört. Vier Sommer zurück, da kamen drei große Kerle mit mächtigem Bart bei mir an, und der eine hatte schon einen griesen Bart. Die stellten sich ganz breit und mastig hin, und als sie das getan hatten, da sprachen sie: Wir wollen dich besuchen, und dann wollen wir sehen, wo das Land offen ist. Sag an, kennst du uns noch? – Ich ging um sie rum. Ich besah sie von vorn und hinten: aber es war nichts Bekanntes an ihnen zu sehen. So sprach ich: In meinen Augen seht ihr grad nicht aus wie die Kundschafter aus Josefs Geschichte. Ihr seid bloß gekommen, um zu sehen, wo das Land offen ist, zu farmen. Ihr seid Mekelbörger und auch aus der griesen Gegend, so bei Eldena rum. An eurer Sprache hör ich das. Aber sonst kenne ich euch nicht. Saget an, wer ihr seid und woher ihr kommt. So gaben sie sich kund, und siehe, da waren sie alle aus unserm Dorf. Der mit dem griesen Bart, das war Jochen Jalaß, der mit dem hellen Fritz Schult und der mit dem braunen sein Bruder. Sie brachten mir die Grüße von Dir und von meinem Bruder und von vielen andern im Dorf und blieben gleich acht Tage bei mir. Da sind wir vier alten Knaben und Knasterbärte zusammen fröhlich gewesen. Das geht besser, als wenn man auf eigene Faust fröhlich ist. Sie waren alle auf Freikarten gefahren; so zieht hier einer den andern nach sich und oft seine ganze Verwandtschaft. Jochen Jalaß hatte die Karte von seinem älteren Bruder erhalten.

Als er dann bei seinem Bruder ankam, lag der krank zu Bett und kannte ihn nicht. Sie hatten sich in 47 Jahren nicht gesehen. Jochen war den Ostern erst zur Schule gekommen, als der andere fortmachte. Er hat es nicht glauben wollen, daß der Griesbart sein kleiner Bruder sei. Es hat lange gedauert, bis er sich bekehrt hat. Aber dann hat er richtig geweint und ihn über die Backen gestrakt, als wär er noch der kleine Junge, der den ersten Griffel noch nicht verbraucht hat. Und der andre hat an seinem Bett gesessen und von den Alten im Dorf erzählen müssen.

Aber Jochen hat ein trauriges Ende genommen. Als sein Bruder wieder besser war, wollte er mit ihm nach dem Town und Mehl gegen Korn eintauschen. Ein Krenzliner war auch noch dabei. Sie fahren mit der Karre auf den Schienen. Die Karren baut man hier gleich so, daß sie auf den Schienen spuren. Da kommt der Zug um die Ecke. Die beiden andern pressen sich gegen den Drahtzaun und machen sich dünn. Sie rufen Jochen zu, er soll sich auch dünn machen. Aber Jochen will noch schnell die Karre von den Schienen wuchten, daß es für den Zug kein Unglück gibt. Da faßt der Zug die Karre und schmeißt sie zur Seite, und ihn drückt es gegen die Karre. Er hat nur noch ein paar Minuten gelebt. Er gehört zu den Menschen, auf die man sich verlassen kann. Er war ein fleißiger Arbeiter. Es ist schade um ihn.

Du wunderst dich wohl, daß sie auf den Schienen fuhren und die Karren schon in der richtigen Spurweite gebaut werden, daß sie dazu passen. Lieber Freund, ich kann dir mitteilen, an solchen Dingen merkt man, daß dies Land auf der andern Seite der Erde liegt. Wenn bei euch in Deutschland ein Fuhrwerk über die Bahn fährt und der Zug kommt und überfährt den Wagen, dann wird alles genau untersucht, wer die Schuld hat. Wenn bei euch so was passiert, dann ruft gleich alles nach Staat und Obrigkeit, daß sie den Menschen schützen. Das ist hier anders. Hier sind keine Schranken an der Bahn, und wenn da ein Mensch überfahren wird, dann heißt es: Warum geht er auch gerade dann rüber, wenn ein Zug kommt? Das hätte er doch nicht nötig gehabt. Hier sorgt der Staat nicht so für den einzelnen Menschen. Hier muß der Mensch für sich selbst sorgen.

Wenn bei euch ein Eisenbahnunglück geschieht, dann heißt es nachher in der Zeitung als Überschrift: Zwei Tote, fünf Verletzte. Von denen wird dann ausführlich geschrieben, wie sie hießen, woher sie waren und was sie waren. Zuletzt wird dann noch kurz erzählt von den Waren und Gütern. Hier ist es umgekehrt. Hier schreiben die Zeitungen erst ausführlich vom Güterschaden, und ganz zuletzt heißt es dann: 16 Tote, 48 Verletzte. Die Bahnen sind hier ja auch meist Privatbahnen und leicht gebaut, und es sind etliche Bahnstrecken da, die sind im Lande verrufen, weil da so viel Unglück geschieht. –

Du fragst noch, wo Org Warnholz geblieben ist. In der Schule nannten wir ihn den Hebenkieker. Der ist es. Ja, wo der geblieben ist, das mag der Schah von Persien wissen. Ich habe seit der Überfahrt nichts mehr von ihm gehört. Seine Tochter wohnt hier in der Nähe, aber von ihrem Vater spricht sie nicht. Ihre Heurat ist abgebluckt. Es war einer da, der hat sich eine Woche auf dem gepolsterten Wiegestuhl rumgerekelt und hat sich füttern lassen. Der ist mit zwölf Jahren ins Land gekommen und hat noch keine zwölf Dollars gespart. So hat sie ihm die Handschuhe gegeben. Das ist so ein Sprichwort in diesem Lande. Das meint, sie hat ihn laufen lassen.

Lieber Freund, ich will dir heute ein Gleichnis machen, denn draußen schneit es, und ich habe Zeit dazu. Das soll dir zeigen, wie wenig ein Platz hier kostete, als die ersten aus unserm Dorf rüberzogen. Das waren die Gebrüder Dubbe. Einem von ihnen gefiel es in Minnesota nicht. So zog er nach Wisconsin. Da gedieh es ihm. Da schrieb er an seine Verwandten. Ich habe den Brief nachher als hartlicher (ziemlich herangewachsen) Jung gelesen. Er war vom 18. Februar 1851. Er hatte zwei kleine Farmen von 40 Acker gekauft; die kosteten zusammen 850 Dollars. Das ist heute wie ein Trinkgeld gerechnet. Mit der einen Stelle waren im Handel verbunden vier Ochsen, zwei Kühe, vierzehn

Schweine, fünfzig Hühner, weiter Haus- und Wirtschaftsgeräte, achtzig Scheffel Korn und zweihundert Scheffel Kartoffeln. Die Plätze lagen beieinander. So hat er sie in eins verbunden. Dazu gute Gebäude, das Land ebener Plan und schwerer Boden, wovon in guten Jahren das 40. Korn fiel, in mittelmäßigen das 25. Und dabei 850 Dollars. Nimm mal bloß an! Heute kostet so eine Farm von 80 Acker mit allem, was dazu gehört, ihre 4000 Dollars, und das wird dann noch geboten, das meint überboten.

Da wurde kein Schwarzbrot gegessen, nur Weizenbrot. Darüber hat sich unser ganzes Dorf gewundert. Die Leute haben gesagt: Das ist wie im gelobten Lande. Denn der Honig hat auch nicht gefehlt, oder es war was Ähnliches. Denn er hatte soviel Zuckerahörner, daß er die Bäume nicht zählte. Denen zapfte er den Saft ab. Den dickte er ein zu Zucker oder Sirup. Er hatte das Jahr 600 Pfund Zucker und 200 Kannen Sirup. Ein Stück Zucker hat er mitgeschickt. Das hat die Runde im Dorf gemacht. Ich hab es nicht mehr gesehen. Es war so bei kleinem aufgeleckt worden.

Auch aus Kürbis bereitete er Sirup. Er hatte den Herbst zehn Fuder nach Hause gefahren. Soviel Kürbis wuchs nicht im ganzen Grabower Amt. Auch waren viele Obstbäume mit der Stelle verbunden, dazu ein kleiner Wald von Eichen, Buchen, Zedern und solchen Bäumen, die er noch gar nicht kannte. Als er den Brief schrieb, hatten sie die Schweine noch nicht gefüttert. Die gingen Mitte Februar noch in die Mast. An Abgaben zahlte er das Jahr fünf Dollars. Die wurden ihm aus dem Haus geholt. Weiter war er niemand nichts schuldig, und kein Mensch hatte weiter einen roten Pfennig von ihm zu fordern. Der Präsident auch nicht. Bloß die Arbeitslöhne waren da auch schon teurer. Er wollte da einen Wagen haben. Das Holz gab er drein, zugeschnitten hatte er es auch. Aber der Stellmacher rechnete es für nichts, und der Wagen kostete 46 Dollars.

Sonst aber war das alles wie ein Lobgesang anzuhören. Und nur 850 Dollars. Nimm mal bloß an! Als unsere Leute im Dorf das hörten von dem Weizenbrot, Zucker und Sirup, von dem billigen Land und den kleinen Abgaben, da haben sie sich über die Maßen gewundert und gesagt: Wo kann das bloß angehen, daß es so ein Land auf der Welt gibt, und wir wußten nichts davon bis auf diesen Tag. Da haben sich etliche auf die Socken gemacht und sind hingereist. Zuerst sein Bruder mit Frau. Er hatte ihnen Freikarten geschickt. Und der alte Willführ hat sich auch auf die Socken gemacht. Er war schon 80 Jahr. Er hat gesagt: Ich will auch mal in meinem Leben Weizenstuten sattessen. Bloß, er ist unterwegs auf dem großen Wasser gestorben.

Der alte Jauert aber hat die Leute gewarnt und gesagt: Was tu ich mit dem Weizenbrot, wenn ich mir da nicht ordentlich Butter aufstreichen kann? Der Mann hat eine große Wirtschaft und bloß zwei Kühe. Das paßt nicht zusammen, wo bei uns doch jeder Bauer im Herbst eine Kuh einschlachtet. Ne, ich will lieber bei meinem Schwarzbrot bleiben und mir da dick Butter aufstreichen. Da steckt mehr Murr dahinter. Und mit dem ollen Schmer von Sirup will ich mir den Magen erst recht nicht verkleistern. Daß die Schweine noch im Februar draußen rumlaufen, das ist auch gegen Gottes Weltordnung. Was ein rechtschaffenes Schwein werden soll, das gehört vom Herbst ab in den Stall und kriegt Schrot. Dabei setzt es auch dägten Speck an. Aber draußen rumlaufen, das gibt lauter watschigen (weichlichen) Speck und Funzelkram. Das ist mir nicht säuberlich genug in meinem Magen. Arbeiten kann ich hier auch. Ich bleibe, wo ich bin. – So hat er gesagt und hat damit viele bekehrt, denn sie sind in sich gegangen und haben ihm recht gegeben und sind im Lande geblieben. Die große Auswanderung kam ja erst später. Da bin ich auch mitgegangen, und es ist mir nicht leid geworden. Aber eine Farm mit voller Wirtschaft war da schon viel teurer. Achtzig Acker und nur 850 Dollars. Nimm mal bloß an!

Wieschen sagt: Du schreibst bloß von der Wirtschaft, du solltest auch mal von unsern Kindern schreiben. Ich sage: Wieschen, wenn ich von der Wirtschaft schreibe, so hat das seinen Grund. Wenn du aber sagst, daß ich von den Kindern schreiben soll, so hat das auch seinen Grund, denn wir haben eine gute Familie gereest, das meint aufgezogen. So will ich dir davon erzählen und will es gern tun.

Was mein Ältester ist, der hat in Iowa City studiert. Er will Doktor werden. Ein richtiger Menschendoktor will er werden. Wieschen wollte da erst nicht recht ran. Sie wollte lieber, er sollte Pastor werden. Das hat eine Mutter gern, wenn sie ihren Jungen auf der Kanzel sieht. Er hatte aber keine Lust zu priestern. So kriegte er seinen Willen. Es hat plenty Geld gekostet, aber er ist gut vorwärts gekommen. Er hat einen hellen Kopf und einen festen Willen zu arbeiten. Auf seiner Studierstube war es Mode, daß sie sich die Menschen von inwendig besahen. Ich sagte: Woso macht ihr das? Ihr könnt ihnen doch kein Loch durch den Bauch kucken. – Nein, wir schneiden sie auf. – Ist das, damit sie besser Luft holen können? – Nein, das tun wir, damit wir nachher Bescheid wissen, woans die Menschen inwendig getrachtet (geartet) sind. – Da hat er mir das richtig klargemacht, warum das gut ist für die andern Menschen, die heute gesund sind und morgen krank. Na, das muß wohl so sein, aber ich hab ihm gesagt: Macht auf eurer Schule, was ihr wollt. Aber mir bleibst du raus aus meinem Bauch, wenn ich mal krank werde. Da hast du nichts zu kucken. Das mußt du mir versprechen. Er wollte erst nicht recht ran. Er sprach: Es kann doch sein, Vater, daß du mal inwendig krank wirst und daß der Doktor dich nur durch eine Operatschon retten kann. Ich sprach: Das steht beim lieben Gott, mein Jung. Aber dann sollst du nicht der Doktor sein. Dann mußt du einen andern holen, auf den Verlaß ist. Es paßt mir nicht zu denken, daß du mal in meinem inwendigen Menschen herumfingerierst, wo ich doch der Vater über dich bin. Na, da hat er es mir auch versprochen.

Ich muß noch etliche Wörter von ihm machen, wo er doch mein Ältester ist und ich diese Wochen viel Zeit habe. Im letzten Winter auf dem College kam eine Zeit, daß er nach weltlichen Dingen trachtete. Er mußte mit einmal eine goldne Uhr haben, einen goldnen Ring mit Edelstein, eine goldne Nadel und all so'n Zeug. Das war nicht schlimm; aber der Sinn, der hinter dem Bammelkram steckte, der gefiel mir nicht. Der paßte nicht zur Familie. So nahm ich ihn mal mit raus aufs Feld, so ein paar Meilen weit, und da hab ich ihn so'n bißchen zurechtgestukt, und es hat geholfen. Wie ich das gemacht habe?

Ich hab zu ihm gesagt: Mir ist in der letzten Zeit mein altes Dorf und unser Haus oft durch den Sinn gegangen, wo ich nun doch auch alt werde. So will ich dir das mal richtig erzählen, daß du dir das ausmalen und mit Augen sehen kannst. Denn es ist immer gut für den Menschen, wenn er weiß, woher er kommt.

Es war ein alter Strohkaten, in dem wir wohnten. Er war niedrig im Dach, aber dafür der längste im Dorf. Darin gehörte uns eine Stube und eine Kammer. Wer lang aufgeschossen war, der tat gut, wenn er mit seinem Kopf den Balken aus dem Wege ging. Für einen hochmütigen Menschen war da schlecht wohnen. Wenn er aber in eins von den vielen Löchern im Fußboden trat, dann konnte er seinen Kopf hoch tragen. Dann ging das so eben. Der Fußboden war als Lehm auf dem Püttberg gewachsen. Man bloß, er brach immer aus. Aber sonntags streute die Mutter weißen Sand. Da sah er sehr schön nach Sonntag aus.

Mit den Kartoffeln war das ganz bequem eingerichtet. Die brauchten wir nicht weit aus dem Keller oder aus der Kammer zu holen. Sie lagen im Winter unter dem Bett in der Stube, daß sie nicht erfroren. Da unter dem Bett war auch noch Platz für einen gadlichen Pölk* oder wenigstens für ein hübsches Ferkel; das sollte uns morgens mit seinem Quieken wecken. So sparten wir die Uhr. Aber Vater starb zu früh, und so weckte es uns bloß in Gedanken. – Die Wände waren Klehmstaken, auf beiden Seiten mit Lehm überworfen, und der Lehm war mit Häcksel vermischt. So war er nicht so vergänglich; so hielt er sich besser. Im Frühjahr konnten wir den Flieder schon durch die Wand durch riechen, und im Sommer ging die Sonne hindurch, daß wir die Tür nicht mal aufzumachen brauchten. So bequem hatten wir das. Gab es nichts zu riechen im Winter, dann lehnten wir bloß ein paar Strohkloppen gegen die Wände, und der Schnee mußte draußen bleiben. Der Ofen war aus festem Backstein und auch mit Lehm vom Püttberg überworfen. Er hatte eine wunderschöne grüne Farbe. Du kannst alle Pötters in den Staaten fragen, und keiner tut das raten, woher die grüne Farbe kam, und der Präsident weiß es auch nicht. Das war ein Geheimnis meines Vaters. Denn siehe, er hatte den Lehm mit Kuhdung vermischt; darum sah der Ofen so schön grün aus.

Bettstellen, Koffer, Tisch und Brettstühle, das hatten wir alles ganz umsonst, denn Vater hatte es selbst gemacht. Der Koffer hatte links ordentlich eine Beilade, wie das so Mode war, und unten in der Beilade lag der Geldstrumpf, wie das auch so Mode war. Meist aber war nur der Strumpf da, und so konnten wir ruhig schlafen. An der Wand hing ein kleiner Spiegel; der Belag war hinten an vielen Stellen schon abgescheuert; aber wir konnten uns doch noch ganz nett in dem Spiegel besehen, wenn wir Lust dazu hatten. Dann hing da noch ein Christus am Kreuz und die heilige Genoveva. Glas und Rahmen hatten sie nicht. So waren sie an die Wand genagelt und konnten nicht runterfallen. Die haben sich da gehalten, so lange ich denken kann.

Wenn Holztage waren, dann schoben Mutter und wir mit der Karre nach den Tannen hinter dem Roden Söcken und holten trockenes Holz. Das war eine Stunde hin und eine Stunde zurück und machte uns viel Spaß. Manchmal gab es in den Tannen auch einen Katteiker (Eichhörnchen) zu sehen. Aber Mutter mußte schieben, bis wir so weit rangewachsen waren, und sie

---

* Ein ziemlich herangewachsenes Schwein.

mußte die Karre oft niedersetzen und sich verpusten. Vater verdiente vier Schilling im Tagelohn, aber es gab nur in der Aust und beim Dreschen was zu verdienen, und das Dreschen ging schon morgens drei Uhr los. Für uns Jungs war das Dreschen ein Fest, denn wir konnten nachmittags manchmal hingehen zum Bauern und uns auf den Strohkloppen wöltern (wälzen), und manchmal gab die Frau uns noch ein Butterbrot dazu. Siehe, so waren wir glücklich.

Das dauerte, bis der Vater starb. Er war nicht fest in der Lunge. Er hatte sich in der Aust erkältet. Er kriegte es mit der Lungenentzündung. Am letzten Tag sagte er zu Mutter: Es paßt schlecht, denn die Aust ist noch nicht zu Ende; aber meine Zeit ist um. Busacker will dir ein paar Bretter schenken, das hat er mir versprochen. Der alte Köhn will den Sarg umsonst machen; das hat er mir auch versprochen. Und der Lehrer will mit den Kindern ›Christus, der ist mein Leben‹ singen, das hat er mir auch versprochen. Dann hat er die Hände gefolgt. Als Köhns Vater den Sarg zunagelte, da hab ich die Nägel gehalten und kam mir sehr wichtig dabei vor, denn wir waren alle noch klein. Aber Mutter hatte nachher oft rote Augen.

So, mein Junge, nun weißt du, woher du kommst. Und wohin du gehst, das brauch ich dir nicht zu sagen. Bis dahin aber ist die Hauptsache, daß du ein tüchtiger Kerl wirst, der seine Sache versteht. Wenn du hier so weit bist, dann reist du rüber nach Deutschland, wo sie gute Ärzte haben. Da studierst du noch ein Jahr lang und kommst dann wieder zurück. Unterwegs aber kehrst du ein in unserm Dorf und siehst dich um nach dem alten Katen, und es kann nicht schaden, wenn du ihn dir aufmerksam in deinen Kopf und in dein Herz nimmst. Und für mich nimmst du ihn ab mit einem guten Abnehmerdings, wenn er da nicht von umfällt. Das Bild soll einen guten Platz in meiner Stube haben. Aber es muß ein gutes Bild werden, und das Abnehmen will auch gelernt sein, sonst wird das Bild nichts nütz. So kaufst du dir in den nächsten Tagen ein gutes Abnehmerdings und tust dir vorweg damit üben. Das alte Ding taugt nichts. Da kriegen die Leute bloß einen Schrecken von, wenn sie uns auf den Bildern sehen. Von dem letzten Bild, was du von mir und Mutter abgenommen hast, davon muß ich auch sagen: das ist gegen das vierte Gebot. Aber das andre, den Goldbehang und Kläterkram, das schlägst du dir aus dem Sinn. In unsrer Familie haben wir so was nicht nötig.

Da hat er mich mit blanken Augen angesehen und nichts dazu

gesagt. Aber die Hand hat er mir gedrückt. Dann sind wir nach Hause gegangen. Er hat nachher sein Jahr in Deutschland studiert und ist ja auch drei Tage bei dir gewesen und acht Tage im Dorf. Das Bild hat er mir auch mitgebracht, und es ist eine Freude für meine alten Tage. Und dein Bild auch, wie du in der Schulstube stehst. Und ein Bild von dem Storch auf Brünings Haus. Nimm mal bloß an, er hatte noch keinen Storch gesehen, denn hier herum gibt es keine. Kannst du dir das denken?

Aber angeführt hat er mich doch. Ein Jahr später trug er doch einen goldnen Fingerring. Aber es war ein ganz glatter, und damit war ich denn auch zufrieden. –

Von meinem Zweiten will ich nur wenig Wörter machen. Er kann selbst schreiben. Er hat einen harten Kopf zum Lernen. Dafür hat ihn der liebe Gott mit Knochen versorgt, daß er damit sein ganzes Leben auskommt. Er wächst und wächst, und wo mehr er wächst, wo größer wird er. Dabei ladet er mächtig breit aus in den Schultern, und seine Beine sind von solcher Art: wenn er ein paarmal ausholt, dann ist er den Acker lang. Es ist man gut, daß wir neu gebaut haben. In kleine Stuben paßt er nicht rein. Aber wo er hinkommt, da wird alles fröhlich, denn siehe, sein inwendiger Mensch ist auch fröhlich. Das hat er nun mal so an sich. Die Wirtschaft versteht er aus dem Grunde. Da hat er einen offenen Kopf. Da steckt er mich schon in den Sack. Ja, den haben wir auch gut gereest. –

Wieschen und Berti sind heut beim Backen, und darum ist ein schlechter Umgang mit ihnen. Beim Waschen ist das auch so. Ich gehe durch die Küche. Ich sage bloß so im Vorbeigehen: Wieschen, sage ich, wir müssen wieder bauen. Die Küche muß zehn Fuß mehr haben. Woso? sagt sie und kuckt mich ganz verstutzt an, und Berti knöpft ihre Jacke zu und kuckt auch. Ja, sage ich, weil sie zu kurz ist für das Brot. Mit dem Kopf steckt es im Ofen und mit dem Hintern verkühlt es sich auf dem Hof. Das ist auch nicht gesund für das Brot. Da hat sie sehr gescholten, und Berti hat ihr dabei geholfen, und nun schilt sie wieder, weil ich ihr sage, daß ich dir das schreiben will. Dazu ruft Berti aus der Küche rein: Ein gräsiger Vater, nicht, Mutter? Ich muß ihn mal wieder am Bart zupfen; er wird schon wieder zu übermütig. – Lieber Freund, ich kann dir mitteilen, das ist eine ganz andere Nation, die, wo links knöpft.

Der Ofen ist neu und aus gerolltem Stahl. Da kann man Brot in dreißig Minuten drin backen und zugleich kochen. Er hat sechs Kochlöcher, und unter dem Backofen ist noch Platz zum

Obsttrocknen, wenn man was hat. Dies Jahr haben wir nichts. Er hat 68 Dollars gekostet ohne meine Arbeit gerechnet. Die großen runden Backöfen aus Backstein mit Lehm drüber, wie Köhns einen hatten hinten im Garten unter den Pflaumenbäumen, die gibt es hier nicht. Ich muß noch oft an den alten Köhn denken. Wenn das Brot rein war in den Ofen, dann saß der Alte noch immer gern auf dem Stein vor dem Ofen und hatte die Hände gefolgt. Es war, als ob er bete, daß ihm das Brot gut geriet. Es ist ihm auch nie mißraten. Das war noch ein Nachbar von der Sorte, die Luther in der vierten Bitte meint. Ja well.

Lieber Freund, im letzten Mond hat die Feder sich verpustet. Aber nun kann es wieder losgehen. Schreiben tue ich ganz gern. Im Winter macht es mir auch viel Spaß.

Jetzt sind wir ganz gut in der Wehr, das muß wahr sein. Aber der Anfang dauerte viele Jahre. Ich wollte meine Füße unter meinen eigenen Tisch stecken. Dazu war ich rübergekommen. Die Füße hatte ich dazu. Der Tisch fehlte. Wo er stehen sollte, das fehlte auch. Aber meine Knechtschaft sollte ein Ende haben. Wieschen dachte wie ich. So haben wir erst einen kleinen Platz gerennt, um das Land auszukundschaften und inwendig zu besehen. Dann wieder anderswo. Das dauerte im ganzen fünf Jahre. Da kannte ich das Land. Da griff ich zu. Aber mit Vorsicht, und für den Anfang war es man eine kleine Farm. Nicht zu trocken und nicht zu naß. Mitten im Busch und meilenweit vom nächsten Nachbarn. Das Land war auch noch billig zu haben.

Das erste, was wir taten, das war, wir bauten uns ein Blockhaus. Holz war genug da. Ich habe die Bäume ausgesucht und runtergenommen. Ich habe sie grob zugehauen. An die vier Ecken des Hauses stellte ich vier mächtige Baumstämme; die konnten schon einen Sturm aushalten. Die andern legte ich quer. Da waren die vier Wände fertig. Die Ritzen machte ich mit Lehm dicht. Etwas Kalk kam auch noch drüber; draußen auch. Das sah besser aus und hielt sich auch besser.

Dann noch einen kleinen Stall für sich. Oben ein kleiner Bodenraum, unten ein kleiner Keller ausgeschachtet. Das Haus hatte zwei Räume: einen zum Wohnen, das war zugleich auch die Küche. Einen zum Schlafen, darin standen zwei Betten. Einen Schrank machte ich selbst. Aber er hatte die Gewohnheit an sich, daß er nicht zugehen wollte. Erst wenn ich ihm einen mit dem Knie vor den Bauch gab, dann parierte er. Dann quiekte er wie ein Ferkel. Von dem Quieken hat er nicht abgelassen, solange er lebte. Tisch und Stühle glückten mir auch. Ich gab jedem aber auch soviel Beine, wie ihm zukamen. Bloß daß sie ein bißchen wackelig standen, was eigentlich nicht sein soll. Die beiden Fenster waren auch man klein, aber jedes hatte doch zwei Scheiben. In der Ecke stand ein kleiner eiserner Ofen. Der war im Sommer ganz gut, aber im Winter hat er immer still vor sich hingestunken. Na, allen Menschen kann man es nicht recht machen. Kachelöfen kennt man hier nicht. Hier hat alle Welt eiserne Öfen.

Als das Haus fertig war, da war ich froh, denn der Anfang war da, und es war meist eigene Arbeit. Die Nachbarn haben mir bloß beim Aufschlagen geholfen. Ein Blockhaus zu bauen dauert nicht lange. Die Hauptsache ist die Vorarbeit. Das Aufschlagen selbst dauert oft nur einen Tag oder zwei. – So freute ich mich. Aber Wieschen fand ich mennigmal, daß sie in der Ecke oder draußen stand und ihre Hantierung mit dem Schürzenzipfel hatte. Und als ich mit freundlichen Wörtern in sie eindrang, weißt du, was sie da sagte? Da sagte sie: Wenn unsere Wohnstube man so schön wäre wie der Schweinestall in eurem neuen Haus. – Hoho, dachte ich, so geht das nicht. Die mußt du ein bißchen aufmuntern, Jürnjakob Swehn, daß sie einen andern Glauben kriegt. Sonst sitzt ihr gleich von Anfang an im Dreck, und das Unvergnügtsein zieht mit euch rein ins neue Haus, und dann hilft dir kein Mensch und kein Gott. Wenn erst die Kinder kommen, dann gibt sich das von selbst. Aber bis dahin mußt du wahrschauen, daß sie ihren Schürzenzipfel nicht so oft braucht.

So hab ich sie bei der Hand genommen und bin mit ihr ums Haus rumgegangen und dann hinein, als wenn sie das alles zum ersten Male sah, und ich mußte ihr alles nun zeigen und ausdeuten: Nu kuck mal bloß, Wieschen, wo fein das läßt. Und lauter gesundes Holz. Das hat der liebe Gott hier extra für uns wachsen lassen, und wir haben es nicht gewußt, bis wir herkamen. Und die Bäume haben es auch nicht gewußt, und der Präsident auch nicht und kein Mensch, bloß der liebe Gott. So hat Abraham mit Sarah auch im Blockhaus gewohnt, und Josef, der Zimmermann, der hat akkrat solche Häuser gebaut, und besseres Holz hat er sein Lebtag nicht gehabt.

Und nun bekuck dir bloß mal die vier Stämme in den Ecken! Da ist Verlaß drauf, und sie zeigen genau nach den vier Winden, die wir in der Schule gelernt haben. Nu kuck mal um den da rum – ne, so mößt du kieken! – Denn hast du grad die Flucht nach dem Bänkenberg, und dahinter liegt unser Dorf, und wenn du dahin kuckst, dann kannst du ruhig die Hände folgen. Und hier über den Berg rüber, da wohnt der Präsident über das Land, und wenn du dahin kuckst, dann kannst du ruhig einen Knicks machen. Das kostet nichts.

Und nun erst die Fenster. Zwei Stück! Noah hatte man eins in seiner Arche. Zu dem da guckt die Sonne morgens rein und sagt: Guten Morgen! Nu man fix an die Arbeit! Ich bin schon raus aus den Posen. Aber zu dem andern kuckt sie abends rein und sagt: Nu holt man up un gaht man tau Bedd! Morgen is ok noch en Dag. Es ist genug, daß ein jeglicher Tag seine eigene Plage habe.

Daß so viele Ritzen da sind, das ist auch gut. – Na, warum ist das gut? sagt sie und hat den Schürzenzipfel nicht mehr in der Hand. – Ja, sage ich, da kommt frische Luft rein und geht der Rauch raus. Das ist billiger und besser als mit den neumodischen Luftklappen, die sie sich in den Städten ausgeklüstert (ausgegrübelt) haben. Und wenn wir abends so im Bett liegen, Wieschen, und draußen ist eine Mondfinsternis los oder so was, dann brauchen wir bloß den Kopf nach der Seite rumzudrehen, wo sie ist, und brauchen nicht mal aufzustehen wie die Reichen.

Wenn's aber regnen tut? sagt sie. – Dann freuen wir uns auch, sage ich; dann lassen wir's uns auf den Kopf regnen. Das ist echtes Haarwasser und ganz umsonst. Da tun die Haare nach wachsen. Auch ist der Regen gut für das Land, sage ich und merke, daß sie mich fest hat. So sagt sie auch gleich: Ja, für das Land, aber nicht für die Betten! Und dabei lacht sie mich aus, weil sie mich festgekriegt hat, und ich freue mich darüber, denn Lachen ist besser als Weinen. Lachen gibt blanke Augen und blankes Herz. So sage ich: Da hast du richtig recht, Wieschen; aber weißt du, was wir dann machen? Dann nehmen wir den großen Plan und ziehen ihn über die Betten und schlafen weiter. Nein, so ein Dach, das ist zehnmal besser als: Ich setze den Hut auf und das Dach ist fertig. Nein, Wieschen, daß die Häuser hier auch ein Dach haben und daß sie inwendig hohl sind, das gefällt mir an Land Amerika. Das ist eine gute Sitte.

Aber nun mal weiter; wir sind noch lange nicht fertig. Hier im Süden ist ein Loch; da können wir unsern Nachbarn gleich die Hand durch geben, wenn sie vorbeikommen, und können fragen, woans es ihnen geht. Und wenn ich auf dem Felde arbeite und hier kommt wer an, dann brauchst du nicht mal die Tür aufzumachen, wenn du nicht willst. Das ist auch gut, denn

Tramps und Stromer können hier auch mal vorkommen. So kannst du sie dir durch das Knastloch anbesehen.

Lieber Freund, ich kann dir mitteilen, das Loch im Süden hat viele Jahre lang seine Schuldigkeit getan. Wenn da einer kam, dem sagten wir gleich durch die Wand durch guten Tag und guten Weg, und wenn ich draußen war und Wieschen drinnen und ich wollte was von ihr haben, dann langte sie es mir gleich durch das Loch raus. Aber im Winter stopften wir es mit altem Zeug aus. Mal eins war ich auf dem Felde, und sie hatte den Riegel nicht vorgeschoben. So stand da einmal ein Hausierer mit seinem Packen vor ihr. Aber sie wollte ihm nichts abkaufen. Da hat er mit Verachtung in den Ecken rumgeschnüffelt und gesagt: Man kann sehen, hier tanzt Powerlieschen hin! Sie aber hat ihm mit dem Besenstiel ein paar zwischen die Schulterblätter gegeben und dazu die Wörter gesagt: Und hier kann man sehen, wo Powerlieschen hinschlägt! So ist er ohne Segen und Geschäft hinausgekommen.

Ich aber hab ihr weiter das Haus erklärt und ausgedeutet: Wenn du glaubst, Wieschen, daß wir hier man eine Stube haben, dann glaubst du vorbei. Wir haben hier drei Stuben und eine Küche. – Wieschen macht runde Augen und kuckt an allen Wänden und an mir rum. – Es ist, als ich sage. Nu paß Achtung. – So nehme ich ein Stück Kreide und ziehe damit zwei Striche durch die Stube. Einen so und einen quer. Fertig! Nun hast du deine Stuben, und die Wände können wir uns sparen. Die sind auch bloß da, daß man im Dustern mit dem Kopf dagegenläuft. Hier ist deine gute Stube. Da kommt der Abreißkalender mit den bunten Bildern hin, den der Kaufmann mir zu Neujahr versprochen hat. Ich sage dir, Wieschen, mehr Tage hat der Präsident auch nicht in seinem Kalender.

Ja, sagt sie und lacht, das wird fein, da nötige ich immer meinen Besuch rein. Der soll dann unter dem Kalender sitzen. – Schön. Und hier nebenan ist meine Stube. So kann jeder in seinem Salon sitzen, und wenn wir was zu besprechen haben, dann ist uns keine Wand im Wege. – Sie nickköppt und wird ganz eifrig: Und hier ist natürlich meine Küche, denn da steht der Ofen, und hier nebenan, das ist unser Speisezimmer, denn da steht gut der halbe Tisch drin. – Richtig, Wieschen, und wenn wir uns nach dem Essen etwas verdauen wollen, dann brauchen wir hier bloß durch die Tür zu gehen, dann haben wir gleich den Busch vor uns. Nu sag mal bloß, Wieschen, was ist dagegen dem Großherzog sein Schloßgarten in Ludwigslust?

En ganz lütten Drummel, segg ick di. Ne, mit den tusch ick noch lang nich!

Szüh, so hat sie einen andern Sinn bekommen und ist nicht mehr so traurig gewesen. Das war auch ganz gut. Denn ein neuer Anfang mit viel Arbeit und dazu ein trauriges Herz, was sich zu tun macht mit Schürzenzipfeln, das geht nicht. Aber das muß ich auch sagen: Als erst die Kinder kamen, da haben die dafür gesorgt, daß sie nicht mehr traurig wurde. Da hatte sie gar keine Zeit mehr, traurig zu sein. Das war auch gut, denn ich war ja meist draußen bei der Arbeit. Da hab ich aber auch gemerkt, wie es schafft, wenn man weiß, für wen man arbeitet und daß der Schornstein rauchen muß. Die Axt biß ganz anders in die Bäume, und die Sense ging ganz anders durch Gras und Korn. Da ging es vorwärts, und da ging es aufwärts.

Als das Haus fertig war, schlug ich den Busch nieder. Ich wurde Holzhauer. Die Axt fraß den Wald. Ich machte eine Masse Brennholz. Ich brauchte damit viele Jahre nicht zu sparen. Das Buschholz hab ich meist gleich verbrannt. Ich legte das Haus frei. Ich schob den Wald zurück. Jahr für Jahr tat ich das. Wenn's ging, rodete ich die Stämme aus. Saßen sie zu fest, so ließ ich sie stehen. So pflanzte und säte ich um die Stubben rum. Das sah bunt aus. Aber was das nachher für Korn gab, das glaubst du nicht. Halme wie dickes Rohr. Später sprengte ich die Stubben mit Dynamit. Das geht am schnellsten. Zwei Pferde schaffte ich mir auch an. Für den Anfang war das genug. Wege waren nicht da. Wo man fahren kann, da ist der Weg. So lautete hier die Wegeordnung. Wir hatten sie selbst gemacht. Aber das Umschmeißen gehörte auch zur Wegeordnung und war bei allen gebräuchlich. Ich hab in den ersten Jahren so oft umgeschmissen wie unser ganzes Dorf in zwanzig Jahren nicht. Das war mir zuletzt schon ganz geläufig geworden. Grade Wege konnten wir erst nach vielen Jahren bauen. Jetzt ist das auch allright. Jetzt sind die Wege auch grade. Erst waren sie bannig krumm.

Von der Arbeit kann ich dir nicht viel schreiben. Der viele Schweiß läßt sich nicht aufschreiben. Das Schwitzen haben wir redlich besorgt. Es gehört auch zur Arbeit; aber darüber schreiben tut man nicht und kann man nicht. Es war auch einen Tag und alle Tage dasselbe. Davon ist nichts zu sagen. Aber ich machte Jahr für Jahr mehr Busch zu Ackerland und Weide. Ich schob den Wald immer weiter zurück. Jetzt ist er hier schon dünn geworden. Dafür ist das Land teurer.

Lieber Freund, ich habe gehört, daß die Blizzards auch seltener werden, wenn das Land immer mehr unter den Pflug genommen wird. Ob da wohl was dran ist? Denken kann ich es mir nicht so recht. Zum Glück kommen sie nicht oft zu uns. Aber wenn sie kommen, dann kann man Gott danken, wenn sie das Haus nicht zu Eierkuchen machen. Einer zog hier durch, als wir noch im Blockhaus wohnten. Da mußten wir vom Haus nach der Scheune Stricke ziehen, um uns daran lang zu finden. Denn wir konnten unsere eigene Scheune nicht sehen, so gingen Schnee und Eisstücke nieder. Ohne die Stricke wären wir verirrt und umgekommen. Einen von den dicken Eckpfosten hat er auch eingeknickt. Zum Glück ging er bald weiter. Aber wo er seinen Weg genommen hatte, da hat er uns das Mähen für das Jahr gespart. Im Wald nahm er uns die Arbeit auch ab. Im nächsten Jahr bauten wir uns dann ein Steinhaus. Wieschen glaubte nicht mehr recht an Eckpfosten. Ich auch nicht.

Am Sonntag arbeitete ich nicht. Das hat mein Vater nicht recht gemocht und meine Mutter auch nicht. Wieschen und ich mögen es auch nicht. Einen Tag in der Woche muß der Mensch seine Ruhe haben und das Vieh auch. Es ist auch gegen das dritte Gebot. Bei den meisten Farmern im Land Amerika ist der Sonntag ein Tag des Schlafens. Wenn wir nicht zur Kirche oder zu Besuch fahren, dann schlafen wir auch. In den ersten Jahren konnten wir nicht oft fahren, denn für die Pferde war das auch Arbeit. Fünf Meilen hin und fünf Meilen zurück, das gab bei den Wegen lange Fahrt. So schliefen wir uns aus.

Du mußt aber nicht glauben, daß wir da nun so ganz einsam und gottverlassen wie die Wilden im Busch lebten. Oha, da geschah oft genug was. Einmal war uns eine Kuh weggelaufen, und das ist hier nicht so wie bei euch, wo sie bald wieder zurückgeholt wird. Nein, das war hier beinah so wie bei Saul, als ihm seines Vaters Esel ausgeritzt waren. Ich war einen ganzen Tag lang unterwegs, und dann fand ich sie im Busch in einer Lichtung. Da stand sie und graste wahrhaftig, als wenn bei uns die Hungersnot wäre. Daß sie mal auskniff, das hab ich ihr weiter nicht übelgenommen, denn so ein Vieh will auch mal was anderes sehen. Aber daß sie da so leidenschaftlich graste in dem sauren Zeug, wo sie zu Hause doch das beste Futter hatte, das ging mir gegen meine Ehre. Darum hab ich sie vor den

Stock genommen, aber gründlich, und als das besorgt war, sind wir wieder nach Hause gezogen. Wieschen war sehr froh, als sie uns sah, denn es war ihre beste Milchkuh.

Nun kommt was anderes. Ich fuhr mit Schweinen nach dem Town. Es war noch in der Blockhauszeit. Ich saß oben auf dem Verschlag, unter mir tobten die Schweine wie wild. Ich redete sie mit freundlichen Wörtern an; es half nichts. Ich schalt auf plattdeutsch und auf amerikanisch, sie sollten ruhig sein. Aber die Biester hörten nicht auf plattdeutsch und nicht auf amerikanisch. Und dann empörte sich das größte Schwein, und auf einmal gab es unter mir einen Ruck, und siehe, ich flog mit meinem Sitz im Bogen runter vom Wagen. Als ich mich aufsammelte, da waren meine sieben Schweine mir nachgefolgt. Sie sausten in alle vier Winde auseinander, daß die Schinken man so flogen. Sie wollten sich die schöne Landschaft auch mal besehen. Ich im Schweinsgalopp hinterher. Es hat Mühe gekostet, Schweiß auch, aber zuletzt hatte ich sie doch alle wieder oben. Bloß eins hatte ein Bein gebrochen. Das kam von seinem großen Ungestüm. Mit dem Bein hat es mir viel Schaden getan.

Meinem Schwager ging es mal ähnlich so, aber doch ganz anders. Er brachte ein Kalb nach dem Town, das lag still in seiner Ecke, und mein Schwager saß still auf seinem Sitz. So bädeln sie beide ihren Weg und denken sich nichts Böses und dösen so vor sich hin. Der Braune vorn sagt nichts, das Kalb hinten sagt nichts, er in der Mitte sagt nichts. Du weißt ja, wie er ist. Es war aber an dem Tage viel warm, und er drusselt so sachte ein bißchen ein. Da löst sich beim Juckeln und Zuckeln hinten das Krett* vom Wagen. Es fällt runter und das Kalb auch. Er aber döst weiter. Er kommt in die Stadt. Er hält beim Schlachter. Der Schlachter kommt raus. Was bringst du? – Ein Kalb, sagt Heinrich und weist mit dem Peitschenstiel so eben über die Schulter nach hinten. Er macht nicht gern viel Wörter. – Ein Kalb? sagt der Schlachter; wo du dein Kalb gelassen hast, das mag der Präsident wissen. Ich kann's nicht finden. Da fängt Heinrich endlich auch an, sich umzudrehen, und als das besorgt war – na, das Gesicht hätte ich gerne gesehen, denn ich bin ein Freund von solchen Gesichtern. Dann ist er zurückgefahren und hat sein Kalb nachgeholt. Das hat ruhig am Weg gelegen und auf ihn gewartet, denn nüchterne Kälber sind schlecht zu

* Das hintere Verschlußstück zwischen den Wagenleitern; auch der unmittelbar davorliegende Raum.

Fuß. Zunicht gefallen hat es sich aber nichts; es geht ihnen ähnlich wie den Katzen.

Nun kommt wieder was anderes. Das ist die Stinkkatze. Die kennt ihr nicht. Aber das laßt euch man lieber nicht leid tun, denn sie stinkt man einmal im Leben. Da hat sich der liebe Gott auch mal gründlich versehen. Sie ist ungefähr so groß wie unsre Katze, bloß der Schwanz ist länger. Die Biester stinken fürchterlich, und an Regentagen kommen sie gern an die Häuser. Da lernt man aber einsehen, daß es manchmal gar nicht schön ist, wenn der Mensch eine Nase hat.

Eines Morgens fingen die Kinder an, die Nase hochzuziehen. Ich dachte nichts Böses. Ich sprach: Warum tut ihr so hochmütig mit eurer Nase? Ich öffnete das Fenster ein wenig, denn sie erhoben ihre Nasen gegen das Fenster. Aber so schnell hab ich das Fenster niemals wieder zugekriegt. Denn siehe, es war kein Hochmut gewesen, was ihnen in der Nase saß, sondern eine Stinkkatze, und sie hatte da was fallen lassen, was nicht mehr schön war. Dann war sie auf und davon gegangen. – Auch war einmal ein Abend, und wir hatten alles aufgesperrt, denn ein starkes Gewitter war niedergegangen. Da kam was wie eine Wolke zu Tür und Fenster rein. Das war der Gestank. Die Kinder machten alles schnell zu. Aber er war schon drin, und er hält lange vor, daß man da auch was von hat.

Mein Zweiter hatte mal eine aus der Ferne geschossen. Dann band er ihr ein langes Ende Bindfaden um die Beine und schleppte sie fort. Ganz vorsichtig tat er das, weil er sich mit dem Gestank nicht berühren wollte. Aber wir haben seine Strümpfe und Schuhe doch ein paar Tage eingraben müssen. Lieber Freund, du wirst es mir nicht glauben, aber du mußt es doch tun. Es gibt Leute, die machen ordentlich Jagd auf das Tier. Haben sie eins geschossen, dann braten sie das Fett aus und nehmen es ein. Sie sagen, das ist das beste Mittel gegen Erkältung. Na, da gehört auch ein ganzer Posten Glauben zu und ein besonderer Magen auch. Nein, wenn du allen Gestank in unserm alten Dorf auf ein Jahr zusammenbringen läßt und läßt ihn extra in eine Buddel füllen, das ist noch Wohlgeruch gegen eine einzige Stinkkatze. Ja well. – Lieber Freund, in Chicago soll es feine Damen geben, die tragen das Fell von der Stinkkatze im Winter ordentlich als Muff und Kragen. Sie sagen, das Tier hat sich dann ausgestunken. Ich habe Wieschen gefragt. Sie sagt: Ja, das kann wohl angehen. Ich habe Berti gefragt. Sie sagt: Ja, Skunk ist fein; ich möchte auch sowas tragen. So hab ich ihr gesagt: Ich will kein Stinken nicht im Hause haben. Lieber kannst du dir ein Lammfell um den Nakken hängen, das hält auch schön warm. Da hat sie mit den Lippen eine Schüppe gemacht und gesagt: Vater, der liebe Gott hat das Stinktier auch geschaffen. So sage ich: Das stimmt, aber sein bestes Stück ist das nicht geworden. Und wenn du von der Erschaffung der Welt anfängst, so kann ich dir mitteilen, daß Eva damals mit einem Feigenblatt auskam. Da ist sie rausgelaufen. Lieber Freund, du wirst mir das auch nicht glauben, mußt es aber doch tun. Siehe, das ist eine ganz andre Nation, die, wo sich Felle um den Hals hängt. Wenn es nur wonach läßt, dann hört die Nase mit dem Riechen auf. –

Nun kommt noch was. Lieber Freund, ich will dir erzählen, wie ich einen Menschen vom Trinken bekehrt habe. Mit seinem Namen hieß er Smith und war lange Zeit mein Nachbar. Wir haben von der Sorte noch mehr in der Gegend. Er war hochnäsig und tat so, als wär er man bloß aus Gnaden zu uns gekommen. Aber siehe, im Hemd gehen sie alle nackt, und wenn sie abends im Town aus dem Saloon kommen, dann haben sie die Gewohnheit, daß sie gern im Rönnstein liegen. Vorm Jahr ging ich da mal lang, da lagen da en Stücker sechs rum.

Mein Smith verstand drei Künste: die Nase hoch tragen, faul sein und trinken. Darum war er auch runtergekommen in der Wirtschaft. Mit dem Trinken fing er morgens an und blieb den Tag über so bei. Tagsüber trank er als ein schweigsamer Mann. Abends fing er an zu reden. Dabei war sein drittes Wort: Ich bin christlich geboren, christlich getauft und christlich konfirmiert. Er hatte richtig Schlagordnung darin. Aber ich hatte es schon so oft gehört, daß ich dachte: Na, täuw man*, dachte ich, kumm du mi mal ins in de Möt**, denn will ick di mal gründlich verkonfirmieren. Bloß die Frau tat mir leid, und um ihretwillen hab ich ihn auch bekehrt. Das ging so zu.

Ich mußte mal nach dem Town, und als ich da so durch die Straße fuhr, da sah ich durchs Fenster meinen lieben Smith im Saloon sitzen, und das just, als wenn er da zu Hause gehörte. Wer hier oft im Saloon einkehrt, der wird von den meisten richtig verachtet. Als ich ihn sitzen sah, da standen die Pferde. Ich runter vom Wagen und hinein. Ich lasse mir vom Saloonkeeper ein Glas Bier bringen. Die anderen waren schon beim reinen Wort Gottes, das meint beim Whisky. Smith rallögt*** mich gnädig

---

* Warte nur! (als Drohung). ** begegnen. *** Die Augen verdrehen, rollen.

an und sagt: Komm, Nachbar, setz dich her. Ich will dich trieten*. – Brauchst mich nicht zu trieten. Kann mich allein trieten. Nach einer Stunde komm ich wieder vor. Dann bist du fertig und kommst mit. Deine Frau wartet auf dich. Verstanden? – Er wurde unsicher. Er sah mich an. Er sah seine Whiskybrüder an. Er sah uns noch ein paarmal umschichtig an. Sein inwendiger Mensch ritt auf der Fenz, das meint: er hinkte auf beiden Seiten. Aber seine Saufbrüder drangen in ihn hinein: Du brauchst ihm nicht zu gehorchen, wo er doch kein Vormund über dich ist. So wurde er bockig und fing davon zu reden an, daß er ein freier Mann und christlich geboren sei. – Also in einer Stunde, sagte ich und ging. Nach einer Stunde war ich wieder da. Seine Schnapsgesellen waren nicht mehr da. Er hatte wohl kein Geld mehr, sie zu trieten. So nahm ich ihn beim Arm und schleppte ihn zum Wagen.

Als er verstaut war, fuhr ich los und sagte: Du hast noch eine Buddel voll in der Tasche. Darum sage ich dir: Du trinkst von nun an keinen Tropfen mehr, solange du bei mir auf meinem Wagen bist. Verstanden! – Als wir ein paar Meilen aus dem Town raus waren, ging es in den Busch hinein. Im Busch wurde es dunkel. Ich tat, als ob ich schlief. Aber ich machte eine kleine Ritze in meinem einen Auge. Er kuckte erst auf mich, dann in den Busch, dann wieder auf mich. Ich schlief bis auf die eine Ritze. Er langte in die Rocktasche. Ganz heimlich tat er das. Er holte seine Buddel raus. Er nahm sie vor den Mund. In dem Augenblick hatte er einen Schlag gegen die Hand, der war nicht von schlechten Eltern. Die Buddel flog in den Busch. Ich sagte nichts. Er sagte nichts. Die Pferde juckelten so eben weiter. Dann hatte er sich besonnen. Dann hielt er eine Rede. Erst brummelte er leise vor sich hin. Dann wurde er lauter. Er redete sich mit Wörtern in Zorn. Er sprach: Du bist mein Vormund nicht. Du hast mir nichts zu sagen. Ich lasse mir nichts von dir gefallen. Dies ist ein freies Land. Es ist nicht brüderlich und christlich von dir, mir die Buddel aus der Hand zu schlagen, wo ich den Whisky doch ehrlich bezahlt habe. Ich aber bin christlich geboren.

Als er soweit war, siehe, da kam er nicht weiter. Ich sagte Prr! und die Pferde standen. Ich sagte: Ja, sagte ich, und christlich getauft bist du auch, und nun will ich dich mal christlich verkonfirmieren. – Damit zog ich ihn über den Sack, ordentlich

* to treat = bewirten, freihalten.

handlich und bequem legte ich ihn zurecht, und dann hab ich ihn verkonfirmiert. Mit dem Peitschenstiel hab ich ihn da mitten im Busch verkonfirmiert. Den Peitschenstiel hatte ich mir ein Jahr zurück aus einem Eichenbusch geschnitten. Da war Verlaß auf, und so konnten wir die Sache in aller Gemütlichkeit besorgen.

Als sie besorgt war, setzte ich ihn wieder zurecht auf seinem Sack, und wir fuhren weiter. So, sagte ich, mit dem Stück Arbeit sind wir fertig. Allright. Du sagst, dies ist ein freies Land. Darum bin ich auch so frei gewesen, und ich will das vor Gott und dem Präsidenten verantworten, wenn sie danach fragen. Ich will dich jetzt unter meine Aufsicht nehmen, und wenn ich höre, daß du wieder trinkst, dann kriegst du wieder was. Darauf kannst du dich verlassen. Wir machen das ganz unter uns ab. Ich tue das nicht um deinetwillen. Das brauchst du dir nicht einzubilden. Das ist man bloß von wegen deiner Frau und daß die Wirtschaft nicht ganz auf den Hund kommt. Aber wenn du deinen Verstand noch nicht ganz unter Whisky gesetzt hast, dann mußt du dir selbst sagen, daß der Umgang mit der Whiskybuddel nicht für dich taugt und daß die Buddel dich bald unter die Erde bringt. Und dann gehen wir sonntags über den Kirchhof und besehen uns die Gräber, und wenn wir an deins kommen, dann sagt der eine: Ja, das ist der Smith. Der hat sieben Jahre zum Whisky gesagt: Ick stöt di üm, und er hat ihn umgestoßen. Aber im achten Jahr hat der Whisky ihn umgestoßen. Der ist es. Und der andere spricht: Ja, als Kind hat er die Milchbuddel gebraucht; das dauerte kurze Zeit. Dann nahm er die Whiskybuddel zur Hand. Und diese Buddelei dauerte so lange, bis er selbst eingebuddelt wurde. Laßt uns man lieber nach einem andern Grabe gehen! – Das sind dann sonntags so die Grabreden über den Text von deiner Buddelei.

Da hat er so'n bißchen geschluckt und sich mit der Hand über die Augen gewischt; ich weiß nicht, ob von wegen dem Peitschenstiel oder von wegen den Grabreden. So sagte ich noch ein paar Wörter zu ihm: Wenn du dich schickst und das Trinken sein läßt, dann kannst du dir dann und wann ein paar Wagenleitern voll Heu abholen, daß dein Vieh nicht zu hungern braucht, und einen Sack Korn kannst du oben raufschmeißen, daß das Heu fest liegt. Es kann auch sein, daß Wieschen mal einen Schinken mit einpackt oder ein paar Würste. Das ist für den Magen besser als ihn volltüppen mit Whisky. – Nun man jüh! Ich ließ die Pferde laufen. Er hat dann noch ein paar Jahre bei uns gewohnt. Ich hab ihn scharf im Auge behalten, und er wußte das. Aber das muß ich sagen: Bis er die Farm verkaufte und fortzog, hat er sich ganz gut gehalten, und die Wirtschaft sah zuletzt auch schon ein bißchen anders aus. – Siehe, so hab ich ihn bekehrt. Denn die Menschen sind verschieden getrachtet. Die einen werden bekehrt durch Gottes Wort und Gebet, die andern durch Krankheit und Not, die dritten durch ein gutes Beispiel. Aber dann sind da noch andre, die werden bekehrt mit dem Peitschenstiel, und zu der Sorte gehörte er.

Das kann ja mal passieren, daß einer einen über den Durst trinkt. Nachbleiben kann das aber auch. Nötig ist es nicht; der Mensch braucht nicht so viel zu trinken, bis er überläuft. Darin bin ich mit den wilden Frauen einverstanden, die hier an der Arbeit sind und wollen das Land trockenlegen. Aber mit der Art, wie sie das Trinken abschaffen wollen – ne, damit bin ich nicht einverstanden. Hier hatte sich auch mal ein Dutz von der Sorte zusammengetan. Sie wollten unsre Stadt trockenlegen und eine Temperenzstadt daraus machen. Aber es ist ihnen nicht geglückt, denn sie kamen an den Unrechten.

Da war ein Saloonkeeper, den baten sie vom Himmel bis zur Erde, er sollte seine Trinkstube schließen. Sie stellten sich vor seinem Hause auf. Sie beteten und sangen für ihn. Es half nicht. Da bedrohten sie ihn mit allen Höllenstrafen. Endlich sagte er: Na, wenn es denn nicht hilft, dann muß ich es ja wohl tun, denn in die Hölle will ich nicht. Aber wenn ich euch den Gefallen tue, dann müßt ihr mir einen wiedertun. Nur einen ganz kleinen. Wollt ihr das? – Ja, sagten sie, das wollten sie gerne tun. Schön, sagte er, dann zieht mal fix eure Schuhe aus und zeigt mir mal eure Strumpfhacken! Da liefen sie alle davon und sind ihm nicht wieder vor sein Angesicht gekommen. Nein, ein Temperenzland wie Kansas wird Iowa wohl so bald nicht werden. Dazu sind hier zu viel Deutsche. Ich bin auch nicht für viel Trinken, lieber für wenig. Aber wenn ich einen Menschen sehe, der viel Umgang mit Trinkwasser hat und immer ein Glas nach dem andern in sich reintüppt, dann wachsen mir bloß vom Zusehen Frösche im Bauch.

Wir sind hier beinahe immer gesund gewesen. Dafür können wir Gott nicht genug danken. Denn wenn Wieschen oder ich so mitten im Busch zusammenklappte – ne, daran mag ich gar nicht denken. Zum Doktorholen war das auch viel zu weit. Hier muß die Natur sich selbst helfen. Wenn sie mal flau macht, dann muß man die Zügel kurz nehmen und sie wieder in Trab bringen. So zehn Jahre zurück, da mußte ich auch mal zum Doktor. Ich tat es nicht gern. So ein Doktor riecht mir zu sehr nach dem Kirchhof. Na, zur Strafe dafür ist mein Ältester selbst einer geworden. – Ich hatte mit großer Hartleibigkeit zu tun, was sonst nicht meine Sache ist. Hausmittel schlugen nicht mehr an. So gab er mir was mit. Er sprach: Das nimmst du ein; das hilft. – Es half nicht. Ich wieder hin. Er sprach: Hast du laufen gemußt? – Nein, es ging nicht. Dein Mittel war zu schwach. – Was? Zu schwach? Und du hast nicht laufen gemußt? Schämst du dich gar nicht? Das war doch eine Portion, wo ein Präriebüffel das Laufen nach kriegen mußte. Na warte, dir will ich das Laufen beibringen. – So gab er mir noch eine Portion, und damit hat er mir das Laufen denn auch richtig beigebracht. Anderthalb Dollars mußte ich bezahlen. Na, der Medizinmann will auch leben, und nicht schlecht. Sonst kriegen sie von uns Farmern auch nicht allzu viel zu besehen.

Da sind manche, weißt du, wie die das machen? Die machen das so. Sie heben alle Medizin auf, die übrigbleibt, und das brauchen sie oft noch ein Jahr später und bei einer ganz anderen Krankheit. Johann Klüß sein Brauner hatte ein schlimmes Bein. Das wollte und wollte nicht besser werden. Der Doktor gab ihm was zum Einreiben. Es half. Ein halbes Jahr später kriegte er selbst Wehtage im Fuß, und was tat der Kerl da? Er verbrauchte den Rest für sich, und denk dir mal! Er sagte: Das hat mir wiß und wahrhaftig geholfen.

Aber ein ganz dolles Stück war es, was Smith machte, den ich mal verkonfirmiert habe. Der war es. Der holte für seine Frau was zum Einreiben gegen die Gicht im Fuß. Den Rest hat er selbst zwei Jahre später gegen Husten eingenommen, wo er doch soviel Geld dafür bezahlt hatte. Na, das war ein Smith, und die Sorte ist dumm, soweit sie warm sind in ihrem Fell.

Einmal habe ich auch eine Gewaltkur gemacht. Aber es war in der Not und ist gnädig abgelaufen. Mein Ältester war sechs Jahr. Er kriegte es mit der Diphtherie. Wir hielten es bloß für Halsentzündung. Wir dachten: Das wird sich wohl wieder geben. Als wir es richtig merkten, da war es zu spät. Ich jagte zum Doktor. Er ritt gleich mit mir. Er untersuchte den Jungen. Er zog die Schultern. Er sagte: Da wird nichts mehr zu machen sein. Du hast mich zu spät geholt. Ich lasse dir ein Mittel hier. Du kannst es ja versuchen, aber helfen wird es wohl nicht mehr. Da ritt er hin. Es was Nacht, und die Lampe blakte.

Ich stehe am Fenster und gucke in die Nacht hinaus. Ich bete. Wieschen weint. Der Junge röchelt. Er kann keine Luft kriegen. Er wird blau im Gesicht. Mir kommt ein Gedanke. Ich denke: Der Doktor hat ihn aufgegeben; so kannst du das Letzte versuchen. Schaden tun kann das dann auch nicht mehr. Ich gieße eine Kaffeetasse voll Petroleum, und damit hat er gegurgelt. Eine ganze Zeit hat er das getan. Dann kam alles schwarz heraus, was auf der Zunge und im Halse lag – alles ganz schwarz. Da konnte er wieder Luft kriegen und wurde nicht mehr blau im Gesicht. Man bloß hinten im Hals war noch lange Zeit alles roh. Das Petroleum hatte alles zerfressen. Den Belag hatte es aber auch weggefressen. Da hab ich wieder zum Fenster rausgeguckt und noch ein paar Wörter mit dem lieben Gott gesprochen. Wieschen hat noch ein bißchen geweint. Dann sage ich: Wieschen, zu Bett gehn mag ich nicht mehr. Ich will man lieber nach dem Vieh sehen. Du leg dich man ruhig auf den Schaukelstuhl und nimm noch ein Auge voll. Der Junge schläft.

Lieber Freund, ich kann dir mitteilen, es gibt hier sonderbare Kuren. Drei Winter zurück besuchte ich einen Landsmann in Michigan. Der Sohn hat auch auf den Doktor studiert. Aber er ist Kneifdoktor. Er hatte nur zwei Menschen zu kneifen. Die Leute glauben noch nicht so recht an ihn. Er kneift die Leute, und davon werden sie gesund. Er kneift sie bei lebendigem Leibe. Eine Stunde lang kneifen, das kostet zwei Dollars. Als Jungs machten wir das untereinander und umsonst. Ich wollte es auch mal probieren. Ich dachte mir Kopfschmerzen aus. So fing er an zu kneifen. Das gefiel mir. Das machte Spaß. Aber man zu Anfang. Als er in die Gegend der kurzen Rippen kam, da kam er nicht weiter. Da bin ich aufgesprungen und rausgelaufen. Es hat zu doll gekettelt. Er ist um seine zwei Dollars gekommen. Aber sein Junge spielte draußen. Dem hab ich fünf Cents gegeben und gesagt: Dor köp di 'ne Kauh för! Wieschen hat seiner Frau nachher einen Schinken geschickt.

So, nu brennt de Piep wedder, un de Döns (Stube) ward blag, un Wieschen schellt, dat ick ehr de witten Gledinen gel smök. Wieschen, segg ick, du büst en Irrgeist. Wo kan dat woll angahn, dat de blag Rok ut min brun Piep din witten Gledinen gel farwt? Un sei seggt: Jürnjakob, seggt sei, wo is dat woll mäglich, dat unsern Buren sin swart Kauh von'n Roden-Söcken gräun Gras frett un doch witt Melk un gel Bodder gifft? – Und in de Käk lacht ok wat. Das is min Dirn, und sei seggt: Wo is dat mäglich, Vadding, dat de hellsten Blitze grad ut de düstersten Wulken kamen? – So, dor hadd ick min Deil. Lat sick man einer mit de Frugenslüd in! Siehe, das ist eine ganz andere Nation, die, wo lange Haare hat.

Einen Winter zurück, da haben mir deine Enkeljungs geschrieben, ich soll ihnen ein paar Indianergeschichten schicken. Ne, das tu ich nicht, denn die hab ich nicht und die kenn ich nicht. Ich hab die Zeitung und den Kalender, und dann noch Bibel, Gesangbuch und Katechismus. Da weiß ich Bescheid in, denn das ist Gottes Wort. Daraus kenn ich Kreter, Araber und andere faule Bäuche. Ich kenn auch Parther und Meder und Elamiter und Kappodozier und von den Enden der Libyen bei Kyrene und all so'n Volk, was sich schwer aussprechen läßt. Aber von den ollen Indianers ist da keiner mang in der Apostelgeschichte.

Und dann fragen sie, was ich hier dicht bei schon Indianers gesehen habe. Ne, hab ich auch nicht. Mit so'n Taters (Zigeuner) und Takelzeug geben wir uns hier nicht mehr ab. Die und das kleine Raubzeug sind lange schon zurückgedrängt. Wir sind hier lauter gute Plattdeutsche als wie bei uns zu Hause. Bloß noch ein paar Hochdeutsche, und dann Engländer. Als die vier Brüder Dubbe in den vierziger Jahren nach Minnesota zogen, da wohnten bei ihnen noch viele Eingeborene von roten Menschen, die auch eine andere Sprache in ihrem Munde führten. Aber sie haben sich gut mit ihnen vertragen.

Zwei Jahre zurück hab ich doch noch rote Leute gesehen. Ich war zu Besuch bei Heinrich Fründt in Minnesota. Du weißt ja, dem sein Vater hinter dem Bäukenberg mal mit deinem Heu umschmiß und das zweitemal auch man noch so eben in die Scheune kam, wo es gegen die Wand sackte. Dem sein Sohn ist es. Heinrich sein Jüngster hat hier auf den Pastor studiert und priestert nun nicht weit von seinem Vater in einem kleinen Town. Da wohnen noch Indianers nahebei. Da hab ich sie gesehen. Ihre Reservation liegt da man bloß sieben Meilen ab. Von Federn und Tomahawks und Skalps und all solchen Dingen, davon ist bei ihnen nichts zu sehen. Sie tragen sich ganz vernünftig wie andere Leute, und zum Eulenspiegel machen sie sich nicht. Bloß daß sie rot aussehen.

Ob sie gut reiten können, weiß ich auch nicht. Beim Festzug auf der Weltausstellung in Chicago waren ja auch viele Indianer mit bei. Aber siehe, diese Indianers waren lauter Weiße. Sie hatten sich bloß rot geschminkt und als Indianers angezogen. Und einer von den Rothäuten hieß mit seinem Namen Lehmbecker und war ein Mecklenburger aus der Teterower Gegend. Darum war er auch ein Weißer und hatte sich doch richtig zum Eulenspiegel gemacht. Das gleiche* ich nicht. Die vier Skalps, die er mit sich führte, hatte ihm der Barbier gemacht. –

Was die richtigen und waschechten Indianers waren, die kamen meist mit Ponyfuhrwerk von ihren Camps nach dem Town. Die Ponys sind so getrachtet wie alle Ponys und für schwere Arbeit nicht zu brauchen. Für gewöhnlich laufen sie frei im Busch. Zur Arbeit werden sie eingefangen. Nachher läßt man sie wieder laufen. Im Winter stehen sie im Stall. Dann wächst ihnen ein richtiger Pelz von Haaren.

Aber sie haben einen großen Fehler. Das ist das Saufen. Ich bin kein Prohibitionist oder Temperenzmann, aber das Saufen gleiche ich nicht. Wenn ich nun abends vom Pastor aus dem Town zurückkam, dann lagen sie oft besoffen am Busch entlang auf der Road und stanken auf indianisch vor sich hin. Soviel Whisky hatten sie getrunken. Dann stand ich still, kuckte sie der Reihe nach an und sprach: Un ji willt mal Engels warden? Na, da wird der liebe Gott auch kein besonderes Wohlgefallen haben, wenn ihr versoffenes Tatervolk mal bei ihm ankommt. Mich soll bloß wundern, woans Petrus mit euch umspringt, wenn er euch rausschmeißen tut. – Aber sie gaben nicht Achtung auf meine Wörter. Sie stanken weiter vor sich hin.

Bis nach ihrer Reservation sind nur ein paar Meilen, und doch betteln sie gern um ein Nachtlager; aber keiner nimmt sie gern in sein Haus. Beim Pastor ist spät am Abend mal einer ganz voll

* Das habe ich nicht gern: to like.

und duhn ins Haus gekommen, wo er just auf Reisen war. So hat die Frau erst einen mächtigen Schreck gekriegt. Als sie damit aber fertig war, hat sie ihn rausgeschubbst und den Riegel vorgeschoben. Denn man sagt ihnen nach, daß sie gern mitnehmen, was ihnen nicht gehört, und daß sie aus Versehen mennigmal eine Scheune anstecken. Akkrat als bei uns die Taters. Und einer war da, der fand einmal ein Hufeisen, an dem zufällig noch ein Pferd steckte. Ich weiß aber nicht, ob das alles an dem ist. Frauensleute erschrecken sich manchmal schon, wenn ihnen auf dem Gartensteig ein Regenwurm in die Quere kommt.

Daß sie aber runtergekommen sind, das ist durch das Saufen geschehen, und daran sind die Weißen schuld. Die haben ihnen den Schnapsteufel in den Leib gejagt. Das ist nun verboten. Aber sie tun's doch. Sie machen das so: Da ist mal ein armer Hausierer mit einem großen Buckel zu ihnen gekommen. Der hat ihnen bunte Bänder, Nadeln, Ketten, Glasperlen und all so'n Funzelkram verkauft. Aber siehe, der Buckel ließ sich abschnallen, und inwendig war er hohl und voll Branntwein.

Und dann ist ein Mann mit einem Karussell zu ihnen gekommen und hat gute Geschäfte in der Reservation gemacht. Aber als es Abend ward, da haben sie alle rumgetorkelt. Das viele Karussellfahren hatte sie düsig (schwindlig) gemacht. Dann aber ist es rausgekommen, und siehe, ihre Düsigkeit hatte einen andern Grund. Das war der Branntwein. Dem Kerl seine Pferde und Schweine und Löwen sind inwendig auch hohl gewesen und lauter Branntwein drin. Unter dem Schwanz und unter dem Bauch ordentlich ein Hahn. Auch der Bretterboden, wo die Tiere auf standen, war inwendig hohl und voll Branntwein. Den Kerl haben sie endlich abgefaßt und eingesteckt; aber sein Karussell wurde zu Brennholz verarbeitet. Und das ist gut, denn die Weißen haben da gerade keinen Ruhm von, bei Gott nicht und bei den Menschen auch nicht. Sie sollten ihnen das Christentum bringen und sie zur Arbeit gewöhnen. Aber sie bringen ihnen den ärgsten Whisky, den es gibt. Sie sollten sie wieder hochbringen, und siehe, sie verderben sie. Die Roten gehen an den Weißen zugrunde. Sie werden von ihnen vergiftet.

Nein, das ist doch nicht richtig. Die Roten gehen auch zugrunde, weil sie nicht arbeiten. Das Land gehört immer dem Volk, das arbeitet. Das ist auf der ganzen Welt so und in den Staaten auch. Amerika kommt bloß durch Arbeit hoch, und die Roten arbeiten nicht. Die welchen haben sich in den letzten

Jahren kleine, nette Häuser gebaut. Aber sie sind zu faul, sie einzurichten und reinzuhalten. Faul sind sie man einmal, und von Rechts wegen sollten sie alle nach Güstrow ins Landarbeitshaus. Auf der Farm ist die Sorte nicht zu gebrauchen. Nun arbeitet die Mission an ihnen und will sie zum Christentum bekehren. Unsre Pastoren sagen, dann werden sie auch arbeiten lernen. Sie wollen wieder gut machen, was der Schnaps an ihnen gesündigt hat. Ich glaube, sie kommen zu spät. Ich glaube, bis die rote Natur sich zum Christentum und zum Arbeiten bekehrt, ist sie in den Staaten schon ausgestorben.

Was sonst noch zu erzählen ist von den Indianern, das kann Berti dir und deinen Enkeljungs schreiben. Ich hatte ihr lange eine Reise versprochen. So nahm ich sie mit. Sie ist über Weihnacht bei Fründts geblieben.

Liebster Freund, ich will auch mal einen Brief über das große Wasser schwimmen lassen. Es ist der erste. Ich werde ihn ordentlich zubacken, daß da kein Wasser reinkommt. Wenn er versaufen tut, müssen Sie es mir schreiben, please. Ich war im Sommer mit Vater nach Muskatin. Da sahen meine Augen ein Dampfschiff. Ich tat auf ihm fahren. Das war schön. Wenn ich Zeit habe, fahre ich nach Deutschland und besuche dich. Du bist meinem Vater sein allerliebster Freund und meiner auch. Aber dem Pastor Fründt seine Frau ist meine allerliebste Freundin. Unser neuer Lehrer ist verheuratet. Seine Frau kann ich gern leiden. Ich lerne bei ihr häkeln. In der Schule kriegten wir auch einen Tannenbaum. Jetzt in der Kirche. Ich bin schon konfirmiert.

Vater liegt auf dem Sofa und raucht uns all die weißen Fenstergledinen gelb. Mutter liegt auf dem Schaukelstuhl und schilt. Aber er lacht sich bloß, denn er hat da weiter keinen Kummer von, und waschen tut er sie auch nicht. Sonst kann ich ihn gut leiden. Ich kann reiten. Das hab ich zwei Jahr zurück gelernt. Ich bin mit dem Pastor seiner Frau oft zu den Indianers in ihre Camps geritten. Ich war mit Vater zu Besuch bei Fründts. Wenn einer von deinen Enkeljungs Zeit hat, so kann er mal rüber kommen. Ich will ihn anbesehen. Sie müssen es ihm sagen. Vergiß es nicht. Wie tut er heißen? Wir können zusammen ausreiten. Vater sagt, ein Pferd braucht er nicht mit sich zu bringen.

Vater sagt, ich soll dir vom roten Mann schreiben. Ich sage: Ja, Vater. Am ersten Tag ging ich nach dem Town und holte mir einen Bleistift. Da fuhren gleich zwei echte Indianers an mir vorbei. In die deutsche Schule kommen ihre Kinder nicht. Sie tun bloß in die Regierungsschule gehen. Die Indianers sind gar nicht so schlimm. Vater mag sie bloß nicht, weil sie nicht arbeiten tun. Das kann Vater nicht leiden. Die kleinen Mädchen von den roten Menschen sind sehr schüchtern und ducken sich wie kleine Küken. Wir hatten diesen Sommer über hundert Stück. Aber die Knaben spielen gern Ball und treffen ihn gut. In der Schule sind sie ganz zutraulich. In der Kirche auch.

Aber bekehren lassen sie sich immer noch nicht. Der Pastor ist forsch darüber her. Seine Frau hilft ihm in der Indianermission; aber viele Bekehrte hat sie auch noch nicht aufzuweisen. Es kam ein Sonntag, und der Pastor war unterwegs. Da hat Hans die Glocken geläutet. Das ist ihr Bruder. Er hat blaue Augen und braunes Haar. Er studiert auch auf den Pastor. Als das fertig war, hat er geörgelt. Aber siehe, ich habe Wind gemacht und Frau Pastor gepredigt. Erst hat sie ihnen eine biblische Geschichte erzählt. Weißt du, Herr Lehrer, die von dem großen Ungestüm, also daß auch das Schifflein mit Wellen bedeckt war, und er schlief and so on. Dann hat sie ihnen die Geschichte so richtig klargemacht, und sie haben aufgemerkt. Als das geschehen war, hat Hans wieder geörgelt und ich Wind gemacht. Er kann gut örgeln. Er will auch noch Musik studieren. Er will mir Unterricht auf der Örgel geben. Das soll schön sein.

An dem Tage hat sich wieder keiner bekehrt. Das ist schade. Nun kann ich dir nicht schreiben, woans es dabei hergehen tut. Vater sagt, sie sind zu faul, sich zu bekehren. Aber Mutter sagt, das kommt noch. Das ist mit Gottes Wort so wie mit Vater seiner Arbeit. Wenn der Farmer gesät hat, dann kann er auch nicht gleich ernten. Das muß wohl so sein. Das kann ich gut verstehen. Nun kommt was anders. Das ist unsere Katz. Sie springt auf den Stuhl. Jetzt auf den Tisch. Jetzt nimmt sie die Pfote und strakt mir die Backe. Das kitzelt fein. Ich gehe langsam durch die Stube. Sie geht neben mir wie ein Hund, immer auf und ab. Katzen mögen nicht gern laufen. Das ist so ihre Natur. Sie heißt mit ihrem Namen little Pussy. Aber Vater sagt Mieß. Sie ist schwarz und weiß. Jetzt jage ich sie fort.

Ihre Frauen tragen das Haar lose und keinen Hut. Zum Rock brauchen sie 12-14 Yards. Sie tragen eine lose Jacke und ein großes Umschlagetuch. Weihnacht war ich bei ihrer Feier. Die Synode hatte 25 Dollars geschenkt. Aber die Farmer was für den Magen und zum Warmhalten. Pastors Frau hat eine ganze Rolle Kattun gekauft. Hans hat sie aus dem Store geholt. Ich bin mit ihm gegangen. Ich sage: Laß mich auch mal tragen. Er sagt: Nein, das schickt sich nicht für junge Damen. Damit meint er mich. Na, denn man zu.

Was der Pastor ist, der mußte zuschneiden und auch nähen. Sie saß dabei und sagte ihm, wie er nähen sollte. Das ging nicht nach der Mode, wie sie jetzt ist, sondern fünf Blatt in jedem Rock, daß man damit reiten kann. Dann haben wir Streifen aufgesetzt, sechs Stück und noch mehr. Geehrter Herr Lehrer, du kannst dir denken, da gab es lange an zu nähen.

Abends ist little Pussy spaßig. Vater sitzt und raucht und schreibt. Mutter und ich stopfen und flicken. Sie sitzt wie ein Präsident auf dem Tisch und guckt nach unsern Händen. Mit den Fingern, das geht ihr zu schnell. Sie steht leise auf. Sie kommt ran. Sie nimmt ihre Pfote und tippt auf meine Stricknadeln und auf Vater seinen Federhalter. Sie macht Falten auf der Stirn. Sie will sagen: Ihr lieben Leute, seid doch nicht so hastig. Das ist ja gar nicht auszuhalten. Seid man bloß ruhig. Das wird alles noch fertig zu seiner Zeit. Sprüche Salomonis, wie Vater sagt. Wenn sie das gesagt hat, dann geht sie wieder an ihren Platz. Dann legt Vater seine Feder hin und wir unsre Nadeln. Dann lachen wir uns ganz doll. Dabei verpusten wir uns von der Arbeit, denn beim Lachen kann man nicht arbeiten. Das ist fein eingerichtet. Aber sie bleibt immer ruhig und lacht sich nicht. Vater sagt, wo sie so ruhig ist, da kann mancher Wildfang von lernen. Damit meinte er mich. Er meint mich oft. –

Der Kattun war dunkelblau mit weißen Punkten. Darum setzten wir rote Streifen am Rock, Taille, Ärmel und Schultern. So sah es ganz freundlich aus und nicht so stumpf. Ich legte den Rock in Falten. So waren die Weihnachtskleider fertig. Lieber Freund, ich kann Ihnen noch mitteilen, daß sie auch Schuhe, Strümpfe, Haarbänder und Taschentücher gekriegt haben. Hans sagt, die Taschentücher haben sie drei Jahre zurück noch als Halstücher gebraucht. Jetzt zur Nase. Auch große Tücher zum Umbinden, wenn kaltes Wetter in der Reservation ist. Was hast du deinen Schulmädchen auf dies Jahr zu Weihnacht geschenkt?

Ihre Jungs kriegten Hosen, Hemden, Taschentücher, Halsbinden und Kämme, auch Nüsse und Candy. Bedanken aber tun sie sich nicht. Das ist ihre Gewohnheit aus alter Zeit, daß sie sich nie bedanken. Aber freuen taten sie sich doch. An ihren

Augen habe ich das gesehen. Die waren ganz groß. Damit sahen sie uns freundlich an.

Höflich sind sie nun einmal. Viel höflicher als die Deutschen und die Engländer. Welche von ihnen verbeugen sich ganz fein, in der Kirche auch und unterwegs auf der Road. Hans sagt, da kann mancher Deutsche sich belernen. Immer rufen sie rüber: How do, das meint: How do you do? Wie geht es Ihnen? Das sagen sie hinten aber nicht als Frage, sondern als Gruß, als wenn wir Guten Tag sagen. Mal begegnete uns einer mitten im Busch. Der sprach uns französisch an, und Hans meinte, sein Französisch hätte ordentlich einen Schick gehabt.

Das ist aber wahr, daß sie oft duhn sind. Da hat Vater wieder mal recht. Darum ging ich abends nicht gern den Weg lang, der nach ihren Camps ging. Die andern Mädchen taten das auch nicht, weil da zu viele von ihnen den Weg lang am Busch lagen.

Draußen geht little Pussy auch immer neben mir. Sie tut als wie ein Hund. Vater sagt auch, sie ist bloß aus Versehen eine Katze geworden. Er sagt, sie muß von Rechts wegen Wasser oder Stromer heißen wie bei euch die Hunde. Zu Besuch kommt sie auch oft mit, und sonntags will sie gern mit nach der Kirche. So jage ich sie zurück. Einmal geschah ein Unglück. Einmal kam sie doch mit rein. Da geschah ein großes Halloh bei den jungen Leuten. Da stand sie hinter mir. Da sagte sie Miau. Sie sagte es mitten in der Kirche. Da hab ich mich bis in die graue Grund geschämt. Das ist noch ein mecklenburgisches Sprichwort von Vater. Die Kirchenältesten haben sie zuletzt rausgejagt. Vater hat nachher sehr gescholten. Ich sage: Das kommt nicht wieder vor. So haben wir uns wieder vertragen, und es ist nicht wieder vorgekommen. Aber geschämt hab ich mich acht Tage lang.

Ich kann auch all ein bißchen örgeln. Ich tu bei unserm Lehrer Stunde nehmen. Die Örgel steht in unserer Stube. Vater sagt, er will hier abends die Lieder hören, die er bei dir auf der Schulbank gesungen hat. – Siehe, den Dintklecks hat Vater gemacht. Vater drückt immer so doll auf die Feder. Dann spritzt es, und die Feder bricht ab. Das kommt oft vor, denn seine Faust ist so schwer und das Drücken mit dem Pflug so gewohnt.

Vater kann ich gut leiden, aber rasieren tut er sich bloß sonntags. Darum sind seine Backen in der Woche ganz kratzig, und sein Kinn ist am Sonnabend wie der Urwald. Vater ist so breit in den Schultern, die ganze Familie kann sich dahinter verstekken. Ich kann ihm noch immer unter dem Arm durchlaufen. Seine Hände sind inwendig wie Baumborke getrachtet, und wenn ich darauf langstrake, das ist auch kratzig. Er ist immer fröhlich und hat einen forschen Gang. Wenn er im Zug ist, dann muß ich laufen; sonst bleibe ich zurück. Aber im rechten Auge hat einen Rostfleck. Der geht wie ein Strich nach Südwest. Vater sagt, er hat mir den Rostfleck vererben wollen. Aber da wär ein Versehen passiert, und meine Augen wären ganz und gar verrostet. Hans sagt, meine Augen sind goldbraun um und um. Ich sage: That's nonsense, das meint Quatsch. Aber ich hab es ganz gern gehört. Manchmal sind sie wieder blau. Schreibe mir das nächstemal, woher das kommen tut. Vergiß es nicht.

Wenn Vater still sitzt und liest, dann komme ich ganz leise von hinten. Dann ziehe ich ihn am Bart. Dann schnappt er zu. Dann erschrecke ich. Dann springe ich zurück. Dann lachen wir uns beide. Dann macht er ein ernsthaftes Gesicht und sagt: Dirn, sagt er, kennst du das vierte Gebot? Ist das ein Sonntagnachmittagsvergnügen für die Tochter, daß sie ihren alten Vater am Bart durch die Stube zieht?

Eure alten Lieder mag Vater gern singen hören, aber vom Singen der Vögel hält er nicht viel. Als ich mal die Nachtigall lobte, meinte er: Ja, wenn so eine Nachtigall bei Martini rum ihre 18 Pfund wiegt und Gickgack sagt, dann höre ich sie auch ganz gern. Vater gehört zu den Leuten, die lieber gut und viel essen, als daß sie hungern. Am letzten Sonntag hatten wir ein paar Hühner nach dem Rezept der Neger zubereitet. Wir machten das so. Mutter zerlegte die Hühner in Stücke, ich drehte sie in grobem Kornmehl um, und Cora warf ein Stück nach dem andern in das Fett, das auf dem Herde kochte. Fett und Mehl geben eine dichte Kruste; darunter geht nichts verloren von dem Saft. Mutter meinte auch, das Negerrezept sei besser als das deutsche. Aber Vater wischte sich den Mund und sprach: Ein Volk, das ein so verständiges Rezept macht, kann nicht das geringste sein unter allen Völkern auf Erden. Cora ist die Frau von meinem ältesten Bruder. Er hat viele Kranke, und sie ist mit ihrem kleinen Charly hier zu Besuch. Vater trägt ihn auf dem Arm. Das haben die beiden gern. Gestern trug er ihn auch auf dem Arm durch die Stube. Da stand er still. Da nahm er die Taschenuhr aus der linken Tasche und steckte sie in die rechte. Als das geschehen war, hob er den Zeigefinger in die Höhe und sprach zu dem Kleinen: My chicken! Daß du mir aber nicht wieder in die Westentasche zischst wie am letzten Sonntag, als meine Uhr stehenblieb! – Mit den Uhren nimmt Vater es sehr genau. Abends hängt er seine Taschenuhr gewöhnlich an den Haken. Von seinem Platz aus kann er sie dann schlecht sehen. Cora ihre Uhr hängt an einem andern Haken; die kann er gut sehen. Wenn er dann nach der Uhr sehen will, sieht er nicht auf Coras Uhr, die vor ihm hängt. Nein, dann dreht er sich so weit herum, bis er seine eigene Uhr sieht. Cora spricht: Warum tust du das, Vater? Er spricht: Mein Kind, ich will deine Uhr nicht abnutzen! Dabei sieht er sie ganz ernsthaft an. Ja, so ist er manchmal.

Mir ging es auch so mit ihm. Wenn ich was nicht verstehe in der Zeitung, dann frage ich ihn. Es geschah einmal, da klagten die Leute über unsere Eisenbahn, daß der letzte Wagen immer so doll rüttelt und klappert. Das stand in der Zeitung. Ich sage: Vater, was ist da zu machen, daß der letzte Wagen nicht so rüttelt und klappert? Weißt du ein Mittel? – Ja, sagt er, ich weiß ein Mittel. Die Leute sollen den letzten Wagen abhängen; dann rüttelt und klappert er nicht. – Was sagst du nun? Ja, so ist er manchmal.

Einen Winter zurück mußte er jeden Abend eine Tasse Tee von Leinsamen trinken, weil er sich verkühlt hatte. Er tat es nicht gern. Da paßte ich gut auf. Mit seinem Trinken war das so beschaffen: 1. Er ging immer rum um den Tee. 2. Ich hielt mein Taschentuch vor den Mund. 3. Er machte ein Gesicht wie die drei Tage Regenwetter im Märchen. 4. Ich hielt mein Taschentuch vor den Mund. 5. Er trank den Tee und kriegte den Schüttelfrost. 6. Ich prustete los; ich konnte mein Lachen nicht behalten. 7. Er nahm mich beim Zopf und lobte den Tee, er sprach: Du kannst jeden Abend eine Tasse Tee abbekommen; er tut dir auch gut. 8. Ich sprach: Nein, Vater, wenn ich dich so ansehe beim Teetrinken, das ist besser als eine Buddel Medizin. –

Vater sagt oft: Der Mensch muß Ordnung halten in seinem Leben. Den Spaß muß er hintun an spaßige Stellen, aber den Ernst an ernsthafte Stellen. Bei uns hat auch jeder Tag ernsthafte Stellen. Meist ist das abends bei der Andacht. Dann räumt Vater auf mit dem, was am Tage liegengeblieben ist. – Acht Tage zurück war der alte Reusch zu Besuch hier, und Mutter wollte Apfelmus kochen, aber ich und Cora hatten beim Schälen die meisten gleich aufgegessen. Mutter schalt: Das ist ein Unrecht, wo wir doch so wenig Äpfel haben. Aber wir haben darüber gelacht. Abends nahm Vater die Bibel und sprach: Wir lesen heut abend Sprüche Salomonis Kapitel 28. Er las eine Zeitlang.

Dann sagte er: Nun kommt Vers 24. Das ist ein Spruch, den Kinder und junge Leute oft nicht zu Herzen nehmen. Sie müssen sich das Wort aber gut merken, daß sie ihr Leben danach machen. So las er den 24. Vers: Wer seinem Vater oder Mutter etwas nimmt und spricht, es sei nicht Sünde, der ist des Verderbens Geselle.

Ja, sagte Mutter, heut mittag die schönen Äpfel! Vater sagte nichts, aber er las den 24. Vers gleich noch einmal langsam vor. Ich und Cora wurden rot bis hinter die Ohren, als Vater uns strafte aus Gottes Wort. Dann las er weiter. Als das Kapitel fertig war, kuckte er uns der Reihe nach an. Dann fragte er mich: In welchem Kapitel steht der Spruch? Ich wußte es nicht mehr. Er fragte Cora. Sie wußte es auch nicht. Er sprach zu Reusch: Heut morgen hast du mir gesagt, ich habe eine feine Familie gereest; aber wenn man die jungen Leute nach der Schrift fragt, dann schweigen sie. Mutter sprach: Na, sie sind eben noch jung. Vater kuckte Mutter an: Weißt du es noch, welches Kapitel wir eben gelesen haben? Ja, antwortete sie, gib mir mal die Bibel her, dann will ich es dir sagen. Vater sprach: Zwischen Kleeschlag und Kornschlag geht eine schmale Grenze, und zwischen weltlichen und heiligen Dingen auch, Mutter. Aber Gott hat dem Menschen die Augen und den Verstand gegeben, daß er die Grenze sehen kann. Das sagte er ganz ruhig. Da waren wir alle drei still und schämten uns. Heut schäme ich mich nicht mehr, aber Sprüche Salomonis 28 und Vers 24 behalte ich jetzt.

Gott sei Dank. Nun ist der Brief fertig. Ich habe sieben Wochen daran geschrieben. Darum freue ich mich jetzt. Freust du dich auch? Du mußt es mir schreiben. Es grüßt dich deine allerliebste Freundin Berti.

Geehrter Freund! Ich will auch mal versuchen, einen Brief über das große Wasser zu schicken. Wie geht es dir? Mir geht es gut. Geehrter Freund, ich habe gehört, daß die Leute dort alle deutsch sprechen. Darum will ich deutsch schreiben. Aber im Englischen bin ich besser. Im Deutschen muß Vater mir helfen. Ich bin den ganzen Sommer in die deutsche Schule gegangen und hab auch Landkarte 3 × 4 Fuß von der ganzen Welt gelernt. Ihr wohnt auf dem Tiger seinem Rücken, denn Deutschland ist auf der Karte wie ein Tiger getrachtet. Aber euer Haus kann ich nicht sehen. Vater sagt, da liegt der Bänkenberg vor. Darum kann ich es nicht sehen.

Wir haben drei Sort Lesebücher. Das erste Buch, das zweite Buch, das dritte Buch. Ich bin im dritten Buch. In der deutschen Schule müssen wir den Katechismus tüchtig lernen. Viele Gesänge auch. Das ist hart. Die welchen müssen nachsitzen. Das ist auch hart. Oder was mit dem Stock. Solche sind immer faul. Aber wir haben viel Zeug an. So kommt es nicht durch. Erst ein paar Unterhemden. Dann einen Sweater. Dann ein paar Overalls. Dann einen Coat. Aber zuletzt kommt der Überzieher. Der wird in der Schule ausgezogen. Wo soll der Mann da durchkommen? Und manchmal ist es bloß ein Fräulein. Bloß im Sommer kommt er durch. Vater kommt immer durch. Ich muß mir dann erst das meiste ausziehen. Ich sage: Vater, das macht Umstände. Er sagt: Das macht nichts, ich habe so lange Zeit. Wenn er fertig ist, dann fühle ich schlecht. Ich sage zu mir: Was ist das Leben? Ich antworte zu mir: Lauter Sauerkraut! Nachher vertragen wir uns wieder.

Bei viel Maratz bleiben die Mädchen heim. Deine auch? Wir manchmal auch. Das tun wir gleichen. Wenn wir morgens zu spät kommen, that don't hurt. Diesen Winter besuche ich wieder die deutsche Schule. Nächsten Sommer bin ich wieder englisch. Englisch bin ich bloß mit der Zunge in der Schule; aber im Hemd bin ich deutsch. So sagt Vater. – Als ich klein war, wollte ich Millionär werden. Vater sagte: Das ist ein guter Posten. Zwei Dollars eignete ich schon. I said: Vater, was kriege ich zur Belohnung wenn die Million voll ist? Er sprach: Wenn die Million voll ist, dann sollst du mitgezählt werden, wenn mal wieder Volkszählung ist.

Dear friend, I can tell you, daß ich gern essen mag. Vater sagt: Das kommt davon, daß ich ein Mecklenburger bin. Ich sage: Das kommt davon, because I am always hungry. – Mittag essen tun wir in der Schule. Nach Hause ist zu weit. Wir nehmen unsre Kessel mit. Das waren mal Sirupdosen. Die Deckel sind unsere Bratpfannen. Die legen wir mit unsern Sandwiches und Wurst oder Speck auf den Schulofen. Der ist oben flach. Well, da tut es rösten. Aber unsre Teacher zieht mit der Nase. Das meint unsre Lehrerin. Vater sagt, der Geruch vom Ofen ist zu bunt für ihre Nase. I say: Das kommt daher, daß sie noch deutsch riecht mit der Nase. Eingemachtes nehmen wir auch mit. Mittags haben wir nur eine Stunde Zeit zu essen und zu spielen. Das ist zu wenig. Wenn ich erst Präsident bin, dann kommen andre Gesetze auf mit zwei Stunden zu essen und zu spielen.

Wir spielen Jäger und Hirsch, auch Wippwapp mit einem Brett. Das gibt einen schönen Ride, das meint einen schönen Ritt oder Fahrt. Auch Gefangennehmen. Aber wir laufen dem Policeman oft weg. Dann steht er mit einem langen Gesicht.

Im Winter schießen wir von der Fenz koppheister (kopfüber) in den Schnee. Auch nehmen wir unsern Kopf und bohren uns mit ihm durch die Schneeschanzen. Einer blieb stecken. Den haben wir an den Füßen wieder herausgezogen.

Die Mädchen spielen auch gern. Sie spielen: Mariechen saß auf einem Stein; Ziehet durch, ziehet durch, durch die goldne Brücke; Fuchs, du hast die Gans gestohlen and so on. Aber dafür sind es auch bloß Mädchen.

In der Schule spielen wir auch. Das darf die Teacher nicht merken. Sonst bekommt es uns schlecht. Mir ist es auch mal schlecht bekommen. Andre lassen Matches, das meint Streichhölzer, fallen und pedden mit dem Fuß drauf rum. Das hat fein gestunken. Aber see! sie hat es gemerkt. Mit ihrer Nase hat sie es gemerkt. Da war das auch vorbei. Im Herbst machten wir uns dann Musikdinger aus Gänsefedern. Aber das hat sie gemerkt mit den Ohren. Da war das auch vorbei. Geehrter Freund, alles geht schnell zu Ende, wo man eine schöne Freude an hat. Wenn ich erst Präsident bin, dann gebe ich eine andre Schulordnung. Die Gänsefedern muß sie dann auch wieder rausrücken.

Einmal kam ein Tag, da mußten wir viele Sätze aufschreiben. Bloß aus dem Kopf. Ein Mädchen schrieb: Das Huhn reicht mit beiden Füßen bis an die Erde. Da haben wir gelacht. Vater nachher auch. Ein Mädchen schrieb: Im März legen die Hasen Eier, und im August kommen sie raus. Da haben wir wieder gelacht. Hasen gibt es hier sehr viele. Vater will sie nach Sibirien wünschen. Aber see! Ich fange sie in der Falle.

Im letzten Sommer habe ich das Korn beinah allein bearbeitet. Auch haben wir uns einen Heuauflader gekauft. Er nimmt ein Schwad acht Fuß breit und wird hinter den Wagen gehakt. Ich stehe vorn auf dem Wagen und treibe die Pferde. Vater in der Mitte und schmeißt auseinander. Es kommt sehr dick rauf. Vater muß gewaltig schmeißen. Er fällt manchmal auf den Rükken. Dann halte ich still. Dann geht es mit Hurra nach Hause. In fünf Minuten ist es abgeladen. Die Tür oben am Giebel ist 7 × 10 Fuß. Aber manchmal ist der Forkvoll so groß, daß es nicht hinein will.

Letzten Sommer haben wir achtzig Fuder reingefahren. Die

Türen laufen auf Rädern und werden zurückgeschoben. Wenn der Wagen leer ist, nehmen wir den Meß (Mist) gleich mit aufs Feld. Auf dem Hof verbrennt er bloß. Mit dem Meß machen wir das so: Durch den Stall läuft ein Drahtseil unter der Decke lang bis vor die Tür. An dem Seil hängt eine Karre an kleinen Rädern. Die laufen oben auf dem Seil. Ich lasse die Karre mit einem Hebel runter und schmeiße sie voll. Ich drücke auf den Hebel, und die Karre steigt wieder nach oben. Ich gebe ihr einen Stoß, und sie läuft am Seil bis vor die Tür, denn das Seil geht schräg abwärts nach draußen. Dort wird die Karre umgekippt, und der Meß fliegt gleich auf den Wagen. Wir haben eine große Farm mit vielen Abteilungen im Stall. Darum haben wir auch mehrere Seile und Wagen. Es ist eine richtige Schwebebahn im Stall. – Well, so machen wir das hier mit unserm Meß, denn wir sind praktische Leute.

Mähen kann ich gut. Zu Anfang ging es schlecht. Die Sense ging hin und her, und Vater sah mir zu. Er sprach: Dir geht es auch, wie Joab sprach: Das Schwert frißt bald diesen bald jenen. Dazu schüttelte er sich mit dem Kopf. Aber die Sense hat hier wenig Arbeit. Das Mähen besorgt die Maschine. –

John Williams ist ein Jahr älter als ich und einen Fuß länger. Aber see! ich schmeiße ihn runter. Dann fingert er mit den Beinen in der Luft rum. Dann schimpft er: Damned German! und stößt mit den Beinen nach mir. Einmal traf er mich hart. Da packte ich ihn bei seinen Hinterpfoten und muwte ihn auf dem Rücken über die Weizenstoppel. Ich sprach: Ich ziehe dich bis nach Chicago, wenn du noch einmal stößt. Da hat er bloß noch geblökt. Er hat Waden wie unser schwarzer Hammel. Meine sind dick und stramm. Vater sagt: Es ist gut, daß du ihn schmeißen tust.

Die Hälfte Schweine sind hier in Iowa klapiert an die Kolera. Wir haben noch keins, wo uns klapiert ist. Mit unsern Äpfeln haben ein Jahr zurück die Schweine aufgeräumt. Wir hatten so viele. In diesem Jahr kamen uns die Nachtfröste zu früh. Da sind uns die Äpfel an den Bäumen erfroren. Ein Nachbar hat 3000 Bushel Äpfel verloren. Wir haben uns drei Faß Grafbirnen schicken lassen aus Michigan, das Faß mit vier Bushel, den Bushel zu 65 Cents, und jedes Faß hat 1,47 Dollars Fracht gekostet. Es hat zehn Tage genommen bis hier. Aber sie sind gut angekommen.

Wir haben ein Telephon im Hause. Die Nachbarn auch. Das Telephon kann auch plattdeutsch sprechen. Vater hat ein Piano gekauft. Geehrter Freund, weißt du, was ein Piano ist? In Springfield wollten sie 450 Dollars dafür haben. Vater hat es in Chicago gekauft. Es ist dieselbe Nummer und kostet 375 Dollars mit Fracht. Ich soll darauf spielen lernen. Auf der Orgel soll ich auch spielen lernen. Es ist sehr hart. Sie kostet 85 Dollars. Mit der Maschine pflügen, säen und mähen, das tu ich lieber als auf den weißen und schwarzen Tasten rumklopfen. John schmeißen, das tu ich auch lieber. Ich habe eine Windbüchse, aber Hasen kann ich noch nicht treffen. Vor und hinter den Hasen ist zuviel Platz. Hühner treffe ich much better, sie sind nicht so fix. Wenn ich eins getroffen habe, dann schilt Mutter mit mir und kocht es.

I hope, du hast schon lange auf meinen Brief gewartet. I hope, mein Brief wird nicht naß über das große Wasser. Well, mein Brief ist sehr lang geworden. Ich habe vier Wochen daran geschrieben. I am your friend Hans.

Es ist schon eine geräumige Zeit her, daß ich dir zuletzt geschrieben habe, aber nun liegt schon all die Wochen viel Schnee.
So bleib ich in der Döns und schreibe dir diesen Brief mit dieser
meiner Hand. Ich will dir von meiner Weltausstellungsreise
nach Chicago erzählen, und das dauert viel länger als die Reise
selbst. Na, der Schnee wird wohl so lange vorhalten, bis ich
fertig bin. Er hat tüchtig geschanzt, und von der Fenz ist nichts
mehr zu sehen. Die Reise ist schon eine ganze Ecke von Jahren
zurück; aber ich weiß das alles noch, was ich erlebt habe.

Schuldt kam zu mir. Er sprach: Willst du mit auf die Weltaus-
stellung gehen? Völß kommt auch mit. – Was wollt ihr da? –
Was sehen und uns belernen. – Das kostet ein Stück Geld. –
Darum stecken wir was in die Tasche. – Da sind nicht wenig
Menschen. – Wenn wir ankommen, sind es noch drei mehr. –
Nehmen wir unsre Frauen auch mit? – Nein. Wer sein Weib
lieb hat, läßt sie zu Hause. Wir haben nachher sonst auch keinen
Menschen, dem wir erzählen können, was wir gesehen haben. –
Das leuchtete mir ein. Mein Kaufmann in Springfield hatte sich
mal verheiratet. Da wollte er gern eine Hochzeitsreise machen,
aber er hatte noch nicht recht was vor den Daumen gebracht. So
wurde es ihm zu teuer. Darum ließ er seine Frau zu Hause und
machte die Hochzeitsreise allein. So wurde es billiger. Er hat
seiner jungen Frau nachher viel zu erzählen gehabt von der
Hochzeitsreise. Ob sie damit zufrieden war, hat er nicht gesagt.
Sie auch nicht.

Als ich darüber nachgedacht hatte, ließ ich meine Frau auch
zu Hause. Ich zog meine besten Weltausstellungsstiefel an und
ging mit. Gegen neun Uhr ging der Zug von Springfield. Er war
proppenvoll, und wir mußten bald Vorspann nehmen. Da ging
es recht kurzbeinig weiter. Morgens sieben Uhr kamen wir in
Chicago an. Jungedi, wat Minschen! Wir gingen ins Gasthaus.
Da mußten wir einen Dollar bezahlen für Essen und Schlafen.
Unser Mittagessen bekamen wir mit und steckten es in die Tasche. Da drückten wir es breit und konnten es nicht mehr essen.
Bis an die Lake, das meint den See, mußten wir eine Meile zu
Fuß laufen, dann drei auf der Eisenbahn fahren: zehn Cents. In
die Ausstellung hinein: fünfzig Cents. Ich ging gleich von den
andern ab. Sie waren mir zu langsam. Völß sagte: Richt man

kein Unheil an! Ich schoß vorwärts. Was mich verinteressierte, das bekuckte ich. Was mich nicht verinteressierte, daran schoß ich vorüber.

Da fing ein Kind an zu schreien. Ich kuckte mich um, da war es ein kleines Mädchen von drei Jahren. Es lag auf dem Fußboden. Ich half ihm auf. Ich dachte: Es ist ein Unverstand, so kleine Gören mit in den Trubel zu nehmen. Was hat das Gör nun davon? Weildes kam die Mutter gelaufen. Sie schrie: Du hast mein Kind niedergelaufen. Kannst du langer Laban dich nicht vorsehen! – Ich riß aus und kam ins Deutsche Haus. Da waren die Apostel in Lebensgröße aufgestellt und kuckten still über all die Menschen hin. Ich schoß den Fußboden entlang, die Augen auf die Apostel gerichtet. Sechzehn Fuß vor den Aposteln ging es eine Stufe runter, die hielt einen Fuß. Ich sah sie nicht. Bums! schoß ich mit der Nase voran auf den Boden, daß es man so dröhnte. Da lag ich zu der Apostel Füßen. Da waren aller Augen auf mich gerichtet und lachten. Aber die Apostel lachten nicht. Judas auch nicht. Sie kuckten ganz ernsthaft weiter.

Am andern Tag gingen wir wieder aus. Da fing einer an zu schimpfen. Das verstand er. Das hörte ich gern. Er brauchte schöne neue Wörter. Darum stand ich still und sah ihn aufmerksam an. Aber Schuldt sagte: Er meinte dich. Du hast ihm seinen Haufen Bananen umgelaufen. Ich wußte von nichts. Aber wir machten, daß wir weiterkamen, und ich dachte: Du mußt dich vorsehen, sonst richtest du wirklich noch Unheil an, und dann spunnen sie dich ein. So sah ich mich vor, und wir gingen zusammen in das California-Building. Da hatte einer anlockenden Apfelsinawein zu verkaufen. Der sah wohlschmeckend aus. Schuldt sagte: Ich will drei Glas zum besten geben. Völß sagte: Ich auch. Ich sagte: Ich auch. So tranken wir jeder drei Glas. Schuldt lickte sich mit der Zunge die Lippen ab und nickköppte; Völß auch, ich auch. Schuldt hob seine Augen auf und sagte: Es fängt mir gewaltig im Leibe zu wühlen an. Völß sagte: mir auch; ich sagte: mir auch. Ich glaube, das kommt von dem Apfelsinawein, sagte Schuldt. Ich auch, sagte Völß; ich auch, sagte ich. Ich habe Eile, sagte Schuldt; ich auch, sagte Völß; ich auch, sagte ich. Wir schossen über den Platz. So stand da ein sechs Fuß langer Yankee mit einem Ofenrohr auf dem Kopf. Der betrachtete uns schon, als er uns von ferne sahe. Work in Jindelmen. Work in Onley feif Cents! Ich habe es so aufgeschrieben, wie er es sagte. Aber sein Gesicht kann ich nicht aufschreiben. Dann mußten wir noch zehn Cents dazu bezahlen. Aber es waren auch gestickte Gardinen davor, und das war auch was wert. Bloß die eine war unten links schon eingerissen, und seine Frau hatte es noch nicht wieder gestopft. Ich glaube, der andre hatte Krötenöl in seinen Wein gegossen. Ich glaube, Rizinusöl war auch damit verbunden. Ich glaube, die beiden wirkten gemeinschaftlich zusammen. Ich glaube, der lange Amerikaner hat in dem Sommer gute Geschäfte gemacht.

Es gab viel zu sehen auf der Weltausstellung. Die Heilsarmee kam mit Weinen und Seufzen, mit Singen und Beten, mit Fahnen und Halleluja anmarschiert. Dann standen sie still. Dann trampelten sie mit den Füßen auf der Erde rum, und mit den Händen schlugen sie gegen ihre Brust und verdrehten die Augen und machten damit einen großen Spektakel. Das geschah, weil sie uns mit aller Gewalt bekehren wollten. Wenn's nach ihnen ging, dann war Chicago mit seiner ganzen Weltausstellung gleichwie Sodom und Gomorrha. Und wenn da nicht Feuer und Schwefel niederfiel, dann war das bloß ihnen zu verdanken. So theaterten sie da rum mit ihrer Bekehrung, und die Menschen hörten ihnen zu wie dem Kattunhändler, der da an der Ecke seinen Kattun ausrief. Aber dann gingen sie weiter. Daß der Mensch mit seinem Beten in die Schlafkammer gehen und die Tür so'n bißchen hinter sich zumachen soll, das gilt nicht für Land Amerika. Eine Gesellschaft von Mormonen predigte da auch rum und wollte die Heiden bekehren. Die Heiden waren wir. Aber wir wollten uns nicht zu den mormonischen Leuten bekehren. Was Wieschen denn wohl gesagt hätte!

An der Ecke stand einer auf einer alten Kiste und predigte eine neue Lehre. Er wollte die Welt verbessern und gesund machen. Wenn er das getan hatte, dann sammelte der andere Geld ein. Der stand neben dem Kistenmann. Aber die meisten gingen weg, wenn er mit seinem Teller kam. Die Predigt von der Verbesserung der Welt und von der Gesundheit wollten wir auch hören. So was kann man immer brauchen, wenn's nicht zu viel kostet. Wir drängten uns durch. Ganz vorn stand Krischan Hasenpot, da achter Grabow her. Er wohnt auch in unserm Country. Es gibt unterschiedliche Menschen. Die welchen sind so, und die welchen sind so, und zu der letzten Art gehört Krischan Hasenpot auch. Lieber Freund, ich kann dir mitteilen, er hat nicht recht seinen Klug. Er ist so'n bißchen einsam in seinem Kopf. Meist sagt er nichts. Manchmal führt er wunderliche Reden in seinem Munde. Aber manchmal ist er lange nicht dumm. Der war es. Der stand vorn, und an ihm predigte der Kistenmann rum. Erst von der Nervositätigkeit, woher sie kommt, woans sie sich regiert und daß sie eine Welt- und Menschenkrankheit ist über alle Krankheiten. Du hast ihr auch, sagte er zu Krischan. Ich sehe dir das an deinen Augen ab. Siehe, der Whiskyteufel ist in dich hineingefahren und hat ein halb Dutz seiner Brüder mit sich gebracht, daß sie in dir Wohnung machen und da regimentern. Du mußt das Trinken lassen und in einem nüchternen Leben wandeln. Bekehre dich, bekehre dich, daß die Teufel wieder von dir ausgehen. Sonst bist du übers Jahr ein toter Mann!

So drangen sie mit harten Worten in Krischan Hasenpot hinein und handschlagten wider hin. Krischan hörte erst andächtig zu. Aber er hat in seinem Leben nie nicht einen Schluck getrunken, und als ihm der Kistenmann von den sieben Teufeln sprach und von seinem Saufen und ihm seinen Tod wahrsagte, da schüttelte er sich mit dem Kopf und sprach: Dat is en scharpen Tobak, säd de Düwel, dunn hadd de Jäger em 'ne Ladung Schrot int Gesicht schaten. – Der da oben verstand aber kein Grabower Plattdeutsch, darum drang er noch kräftiger in ihn hinein: Um deinetwillen sind wir heute beide zu dir gekommen, mein Bruder und ich. Da sah Krischan sie ernsthaft an, nickköppte und sprach: Gleich und gleich gesellt sich gern, säd de Düwel, dunn güng hei mit en Afkaten spazieren. – Aus der Ferne sind wir zu dir gekommen; das haben wir aus christlicher Liebe getan. – Gebildt' Lüd drapen sick, säd de Voß, dunn güng hei mit de Gaus spazieren. – Da lobten sie ihn mit freundlichen Wörtern, daß er schon anfing sich zu bekehren; dazu umarmten sie ihn auf beiden Seiten. Er aber entwich ihren Händen, sah sie freundlich an und sprach: Ein schöner Gedanke, säd de Düwel, äwer dat kümmt ganz anders. – So hoben sie ihre Augen und stimmten einen Gesang an, daß sie die Menschen zu sich bekehrten. Als das fertig war, wischten sie sich den Schweiß ab, und Krischan sprach: Wo man singt, da laß dich ruhig nieder, säd de Düwel und sett' sick in'n Immensworm (Bienenschwarm).

Als das geschehen war, da holten sie eine kleine Buddel aus der Kiste; die zeigten sie vor allem Volk und riefen: Das Weltheilwunder, das Weltheilwunder, das Weltheilwunder! Das Rezept stammt aus dem Heiligen Lande. Vor dreitausend Jahren hat ein Engel es zu den Menschen gebracht, und dann ist es zu den Indianern gekommen. Die haben es wie ihren größten

Schatz verborgen. Aber zu mir sprach der Geist: Faste, bete, gehe, suche, finde, lerne, heile! So hab ich es gefunden, und hier bringe ich es euch. Das Weltheilwunder! Das virginische Zauberwasser! – Krischan reckte den Kopf hoch und sprach: Einfach, aber niedlich, säd de Düwel un strek sick den Swanz gräun an. – In wenig Jahren hat es die Welt geheilt von einem Ozean bis zum anderen, auch in Frankreich und Peru. Nach Afrika habe ich es den Missionaren geschickt, und die Kaiserin von Chinaland hat es für ihren Sohn kommen lassen. Es ist nur ein kleines Fläschchen, aber es bedeutet die Gesundheit der Welt. – Krischan sprach: Beter wat as gor nicks, säd de Düwel und stek den Swanz in 'ne Teertunn. – Seine Heilkunst ist so gewiß wie euer Tod. 5–10 Tropfen in einem Löffel mit Wasser vertreiben deinen Whiskyteufel und alle übrigen bösen Geister. Das virginische Zauberwasser und Weltheilwunder ist das beste Mittel bei Schwindsucht und Ohrensausen, gegen Verstopfung und wenn man zuviel Öffnung hat. – Krischan sprach: Dat is gaud, dat einer dormit nicks tau dauhn het, säd de Düwel, dunn flögen sick twei Schornsteinfegers. – Wer blind ist und reibt sich die Augen damit ein, der wird wieder sehend. Aus Mexiko hat mir ein Offizier geschrieben. Dem haben sie im Krieg ein Bein abgeschossen. So hat er sich damit eingerieben und es hat geholfen. Er hat es mir selbst geschrieben. Hier ist der Brief mit seiner eigenen Unterschrift. Das Universal- und Weltheilwunder! Der virginische Zaubertrank! Heute nur ein Dollar die Flasche! Die Flasche heute nur ein Dollar!

Da gingen sie mit der Buddel und dem Teller rum. Aber es hat keiner gekauft. Da fingen sie an zu schimpfen. Aber es hat keiner gekauft. So sprach Krischan Hasenpot: Wat de Aal' in dit Johr doch dünn sünd, säd de Düwel, dunn hadd hei en Regenworm in de Hand.

Dann gingen wir wieder ins Deutsche Haus. Da mußten wir zehn Cents für ein Glas Bier bezahlen. Alle andern Plätze gaben es für fünf. Darum wurde ich verstimmt. Dann wollte ich auf einer Zigarre rauchen. Was kostet sie? – 25 Cents. – Da wurde ich wieder verstimmt. Ich sprach: Die Deutschen sind schlimmer als die Yankees. – Oh, sagte er und lachte sich, schimpf doch nicht so. Du bist ja selbst ein Deutscher. – Da wurde ich wieder gut, aber die Zigarre kaufte ich nicht.

Dann kamen wir an einen andern Platz. Der Yankee stand davor und predigte: Hier kann man die ganze Welt für 10 Cents besehen! – Das ist billig, sage ich, da müssen wir rein. Aber da hingen bloß ein paar Bilder an der Wand; weiter war da nichts zu sehen. Ich sprach: Hier ist ja nichts zu sehen. Will der Kerl uns zum Narren halten? Aber da hinter dem roten Vorhang, da wird die Welt wohl zu sehen sein. So hoben wir den Vorhang auf, und als wir ihn aufgehoben hatten, siehe, da waren wir wieder draußen und sahen die Welt, und in der Ecke nebenan lag noch ein Haufen Müll extra. Da mußten wir lachen und kamen an das Persische Haus. Da stand einer davor, der sprach: Hier liegt der König von Persien in einem Sarg und ist einbalsamiert. Nur 25 Cents. So antwortete ich und sprach: Du kannst mir deinen ganzen König von Persien geben, so wie er daliegt, in Essig oder Salzlake. Er ist mir keine fünf Cents wert. Und am besten ist es, wenn du den alten Mann in Ruhe läßt, wo er doch hinüber ist und ein König war. – Aber im Ägyptischen Haus haben wir uns den König Pharao aus der Bibel doch für 25 Cents anbesehen. Man bloß, er hatte sich sehr verändert und war gar nicht wiederzuerkennen. Na, er hat ja auch so lange im Roten Meer gelegen, und die weite Reise nach Chicago ist auch keine Kleinigkeit.

So kamen wir ins Türkische Haus. Da war ein echtes türkisches Mädchen. Die konnte Deutsch und Englisch. Die hatte seidene Taschentücher zu verkaufen. Ich kuckte mir welche an, denn ich dachte an Wieschen. Sie sprach: Du bist der einzige Mensch auf dieser Ausstellung, der den Tuch für zweieinhalb Dollars kaufen kann. Alle anderen haben fünf bezahlen müssen. Du mußt es aber nicht weitersagen. Da dankte ich ihr mit freundlichen Wörtern, das könnte ich ja gar nicht verlangen, und fragte sie nach ihrem Herkommen. Sie sprach: Ich bin aus Damaskus. Das ist die älteste Stadt auf der Erde. – Hoho, sagte ich, in unserm Dorf gibt es Häuser, die schreiben sich noch aus dem Dreißigjährigen Krieg her, und in Grabow sind welche, die sind noch älter. Aber sage mir: Wo liegt dein Damaskus? Da schnüffelte sie nach allen vier Winden und sagte: Dahinüber tät es liegen! Aber sie zeigte nach Nordwest.

Das hab ich mir gleich gedacht, sagte ich, du weißt mit den Himmelsrichtungen hier auch noch nicht recht Bescheid. Da wurde sie patzig und sprach: Was weißt du von Damaskus! – Oh, ich kenne Damaskus ganz gut. Da ist eine Straße, die da heißt die richtige (Ap.-Gesch. 9, 11), aber da wohnst du wohl nicht ein. – Nein, meinte sie, die liegt denn wohl am andern Ende der Stadt. – Ja, das tut sie denn wohl. Aber du solltest auch man sehen, daß du dich da einmietest, wenn du wieder zurückkommst. Schlag man in der Bibel nach, wo sie liegt. – Da kuckte sie mich an wie die Kuh das neue Tor, und ich ließ sie stehen. Ein paar Tücher für Wieschen kaufte ich nachher in der City.

Abends, als wir aus dem Zug stiegen und die Straße entlanggingen und ein großes Gedränge war, da sah ich einen Zylinderhut über die Straße rollen. Er kam den Leuten unter die Füße, und sie zertraten ihn. Ich sprach zu mir: Da hat auch einer seinen Hut verloren; das ist schade. Denn der Hut war noch neu. Hinter uns fing einer gewaltig an zu schimpfen. Ich dachte: Da schimpft einer, der es versteht. Den haben sie im Gedränge wohl tüchtig gestoßen. Es kann auch sein, daß ihm der Hut gehört. Schuldt sagte: Der Mann meint dich wieder. Du hast ihm seinen Hut abgelaufen; ich hab's gesehen. Ich wußte von nichts.

Zuletzt waren wir von der Ausstellung ganz satt und müde. So fuhren wir nach Hause. Der Zug ging um ein Uhr mittags. Wir standen auf dem Perron. Der war drei Fuß hoch, zwanzig Fuß breit und sehr lang. Er stand gedrängt voll. Ich sagte zu Völß: Geh mal schnell um die Ecke zum Schlachter und hole Wurst, daß wir unterwegs nicht hungern. Wir haben aber bloß noch zehn Minuten. – Gut fünf Minuten waren hin, der Wurstholer war noch nicht da. So sage ich zu Schuldt: Ich will mal schnell um die Ecke kucken, ob er noch nicht kommt. Ich sause los. Er ist noch nicht fertig. Das Gedränge beim Schlachter ist zu groß. Endlich bringe ich ihn. Der Zug ist fort. Schuldt ist falsch und schilt: Du hast zu lange getrödelt mit deiner Wurst, eben ist mir der Zug an der Nase vorbeigefahren. Völß wurde auch falsch, daß der andere der Gerechte sein sollte und er der Ungerechte. Er sprach: Das war nicht nötig, daß er dir an der Nase vorbeifuhr. – Wieso nicht? – Du brauchtest dich bloß umzudrehen, dann fuhr er dir am Achtersteven vorbei.

So vertrieben sich die beiden die Zeit mit Schelten, bis der nächste Zug kam. Mit dem fuhren wir dann los. Lieber Freund, ich kann dir mitteilen, das ist oft so im Leben. Wenn die Menschen ausziehen, dann sind sie ein Herz und eine Seele, und wenn sie zurückkommen, dann zankt jeder wider seinen Nächsten. Aber bei der Wurst haben sie sich wieder vertragen, denn die Wurst war gut, und ich redete ihnen auch gut zu, daß sie sich wieder vertragen sollten. Da erhoben sie sich beide wider mich. Schuldt sagte: Sei du man still. Es war hohe Zeit, daß wir aus Chicago kamen. Wir wurden sonst noch eingesteckt um deinetwillen. Erst hast du die halbe Weltausstellung umgerannt und eben noch einen Polizisten, daß er vom Perron auf die Straße und in den Rönnstein flog. Da lag er, so lang er war, und es regnete noch dazu, und der Hut rollte über die Straße. Aber es hat ihm nichts geschadet. Er hat sich bald wieder aufgesammelt und gelacht. Als ich ihm beim Abwischen half, da sagte er: Ja, das hab ich nun für meine Gefälligkeit. – Nämlich, als ich losschoß, da wollte er mich fragen, was mir fehlte. Aber er hat es nicht mehr vollbracht. Im Vorbeisausen muß ich ihn wohl so'n bißchen mit dem Ellbogen geschrapt haben, und da ist er runtergeflogen. Das ist möglich und wird auch wohl so sein. Aber ich wußte von nichts.

So, nun weißt du von allem Bescheid, und das kann ich dir auch noch sagen: Nach so einer Weltausstellung bringen mich keine zehn Pferde wieder hin. Das kostet auch alles viel Geld. Knapp, daß sie einem das Fell lassen. Wenn ihr da mal Weltausstellung habt in Schwerin, und du willst hin, dann verkauf man nicht bloß das Kalb, dann verkaufe die Kuh auch man gleich; sonst langst du nicht mit dem Geld. – Und dann die vielen Menschen auf einem Dutt! Das ist ganz anders als auf dem Martinimarkt in Eldena. Ich richte da noch mal Unheil an. Ich muß freies Feld haben, wo mir keine kleinen Kinder und Polizisten und Bananenhügel und Zylinderhüte im Wege sind. Ich gehöre auf die Farm. Ich muß mit Beinen und Armen weit ausholen können.

Nun mußt du mir bald wieder schreiben. Hoffentlich hast du schon lange auf einen Brief von mir gewartet. Vergessen tun darfst du uns nicht. Ich hab schon oft in meine Box Nr. 118 gekuckt. Aber da war nichts drin als bloß von Kaufleuten. Dann dachte ich: Du hast dich heute mal wieder umsonst gefreut, und wenn ich das gedacht hatte, dann bin ich traurig weggegangen. Wir reden hier im Country viel von euch, und neulich nachts hatte ich einen Traum. Du warst hier zu Besuch und alles kam dir so sonderbar vor, und die Kühe und Schweine auch, und du sagtest: Jürnjakob, sagtest du, deine Wirtschaft habe ich mir doch ein bißchen anders gedacht. Aber ich sehe, daß du fleißig bist und dir Mühe gibst, und das freut mich. Wenn ich wiederkomme, will ich mich noch mehr freuen. Dabei hast du mich freundlich angekuckt und bist aus der Tür gegangen.

Da bin ich aufgewacht, und als es Morgen ward, bin ich nach der Stadt geritten, denn ich dachte: Heut muß was drin sein, denn du hast lebendig von ihm geträumt. Aber als ich in meine

Box kuckte, siehe, da war wieder nichts drin. So ritt ich zurück und sagte: Mit den Träumen, da ist heutzutage auch nichts mehr mit los, wo alles in der Welt schlechter wird. Aber ich sage dir: Vergessen tun dürft ihr uns hier nicht. Wir tun euch auch nicht vergessen. Und wenn du uns mal besuchst, dann sollst du hier auch lauter Wohlgefallen an uns haben. Aber du mußt gleich auf einen ganzen Sommer kommen, daß du alle deine alten Schüler hier herum besuchen kannst. Das soll schön sein. Wir sitzen sonntags mennigmal zusammen. Die Kinder sind dann unter sich. Aber wir Alten reden von dir, von unserm alten Dorf und von alten Zeiten. Dabei kannst du uns dann helfen, denn du hast die alten Zeiten alle mit durchgemacht. Man bloß, du wirst dich wundern, denn deine Schüler sind alle griese Kerls geworden. Ich denke oft: Wie geht das bloß zu? Du warst eben doch noch ein kleiner Junge, der auf der Schulbank saß, und nun hast du mit einmal einen griesen Bart und erzählst von der Weltausstellung. Wie ist das bloß möglich? Ich glaube, wenn ich wieder in Deutschland wäre, dann wäre ich auch wieder ein kleiner Junge und dein Schüler. Hier aber läuft die Zeit mächtig fix, und man muß sich sputen, wenn man mit will. Ich habe mich auch gesputet. Aber zuletzt kommt man nicht mehr mit. Man muß sich öfters verpusten und den Kopf in die Hand stützen. Und dabei bleibt man immer weiter zurück. Weißt du, was ein Glück ist? Ein Glück ist, daß die Sonne den Kalender noch so einigermaßen an der Leine hat. Sonst würde uns hier in Land Amerika die Zeit noch ganz anders ausritzen als bei euch. Weißt du, was ich gern wissen möchte? Ich möchte gern wissen, ob du auch schon einen griesen Bart hast wie deine Schüler hier. Weißt du, was Wieschen und ich oft gesagt haben? Wieschen und ich haben oft gesagt: Wenn unsre Kinder doch auch bei dir zur Schule gegangen wären. Wenn das fertig war, dann sagte ich: Wieschen, dat geiht jo nich. De Gören hadden sich ünnerwegs jo de Söcken natt makt, un denn de wiede Weg! Sei werden jedesmal tau lat (spät) kamen und hadden jeden Dag nahsitten müßt. Un mi dücht, du mößt nu woll nah de Melkerie kieken, un ick will mal bi de Ossen nah'n Gerechten sihn.

Lieber Freund, ich kann dir mitteilen, daß Wieschen sich zu ihren Tüchern gefreut hat. Aber tragen tut sie sie nicht, und nach der Weltausstellung hat sie mich auch man wenig gefragt. Darüber hab ich mich richtig gewundert. Ich habe da vieles gesehen und kennengelernt, aber auf Wieschen kenn ich mich noch lange nicht aus.

Lieber Freund und Lehrer! Ich will heute nur ein paar Wörter schreiben, aber in den nächsten Wochen wird der Brief wohl fertig werden. Ich bin sehr traurig in meinem Herzen. Ich habe letzten Mittwoch, den zwölften April, meine Mutter begraben. Ich soll dich von ihr grüßen mit ihrem letzten Gruß, und sie läßt sich auch noch bedanken für alles Gute, was du ihr getan hast. Siehe, so will ich dir das schreiben und ausrichten.

Mutter ist ihres Lebens alt geworden 72 Jahr 6 Mond und 5 Tage. Davon ist sie beinah sechs Jahr hier bei mir gewesen. Als ich ihr die Freikarte rüberschickte, da ist sie ganz gern gefahren, weil wir uns über dreißig Jahr nicht gesehen hatten und weil sie alt wurde und nicht mehr so recht arbeiten konnte. Aber es ist ihr hier so gegangen wie den meisten, die alt rüberkommen. Sie ist das Heimweh nicht mehr losgeworden. Es ging ihr damit gerade so wie dem alten Fehlandt. Der hatte es hier bei seinen Kindern auch gut, aber es fehlte ihm was, das konnte Land Amerika ihm nicht geben, so groß und reich es auch ist. Alte Bäume verpflanzen sich schlecht. Sie fangen an zu quienen (kränkeln) und gehen so nach und nach ein.

Mutter ist hier auch nie ganz zu Hause gewesen. Wir haben alles getan, was wir ihr an den Augen abkucken konnten. Wir haben sie auf den Händen getragen. Sie hat kein ungutes Wort zu hören gekriegt. Aber das Land war ihr fremd, das Haus war ihr fremd und die Wirtschaft zu weitschichtig. Unsre Kinder waren groß und brauchten nicht mehr auf dem Arm getragen zu werden. Auch gab es hier keine Gössel zu hüten und keine Küken, was sonst ja ganz gut ist für die Alten. Und den ganzen Tag Strümpfe stricken und stopfen, das ging doch auch nicht. Die Hände in den Schoß legen und stillsitzen, das konnte sie nicht, denn sie hatte es nicht gelernt, und im Schaukelstuhl hat sie nie nicht gelegen. Sie sprach: Ich will mit dem Sitzen und Liegen auf meine alten Tage nicht mehr umlernen. Zum Sitzen bei Tag ist der Stuhl da und zum Schlafen bei Nacht das Bett, und mit so'n Mittelding, was nicht mal feststeht auf seinen Beinen, damit will ich nichts zu schaffen haben. Aber nun ist sie tot, und am letzten Mittwoch haben wir sie begraben.

Sie ist nicht lange krank gewesen. Wir hatten dies Frühjahr scharfen Wind, und da kriegte sie es auf der Brust. Ich holte den

Doktor heimlich, denn das wollte sie auch nicht. Er sprach ihr gut zu. Aber draußen sagte er zu mir, daß sie wohl nicht wieder werden würde. Die Tropfen, die er ihr verschrieb, die hat sie willig eingenommen. Aber dabei ist ihr Essen immer weniger geworden, und sie wurde immer schwächer. Ihre Finger waren zuletzt ganz dünn und nichts als Haut und Knochen.

In der letzten Zeit hab ich oft und lange an ihrem Bett gesessen und ihre Hand gehalten, und wir haben viele gute Wörter miteinander gesprochen. In den Wochen bin ich eigentlich, solange ich hier bin, zum erstenmal so ganz zur Besinnung gekommen. Da bei meiner alten Mutter am Bett, da ist all der Arbeitskram und die Arbeitssorge von mir abgefallen wie ein fremder Rock, und ich bin bloß noch meiner Mutter ihr großer Jung gewesen. Sie hat zu mir gesagt: Du bist zu scharf im Arbeiten. Du mußt nicht so hart schaffen. Du mußt dir Zeit lassen, daß du mal zur Besinnung kommst. Besinnung tut dem Menschen nötig, denn er ist nicht bloß zum Arbeiten da. Du hast deine meisten Sensen verbraucht und dein meistes Korn gedroschen. Deine letzte Ernte kommt früh genug; da brauchst du gar nicht so doll zu laufen. – So hat meine Mutter zu mir gesprochen, denn ihr Leben war Arbeit und Mühseligkeit. Darum so habe ich es mir aufmerksam in mein Herz genommen und mein Leben überdacht. Und siehe, sie hatte recht. Eine Mutter hat immer recht, wenn sie zu ihren Kindern spricht. Denn sie suchet ihrer Kinder Bestes und findet es auch.

Meist aber haben wir von zu Hause gesprochen. Sie hat auch oft davon erzählt, daß du den Alten im Dorf, die nicht mehr zur Kirche kommen konnten, Sonntagabend in der Schule immer und all die Jahre eine Predigt aus Harms oder Scheven vorgelesen hast. Und von der Weihnachtsfeier, die du den Kindern und den Alten im Dorf in der Schule machst und wozu sie sich alle schon vom Herbst an freuen. Dabei sagte sie: Für die Alten im Dorf war das Leben im Winter ohne die Weihnachtsfeier und Predigt in der Schule wie eine griese Jacke.

Auch hat sie mir viel erzählt aus ihrer Kinderzeit, wo ich nichts von wußte. Denn es ist mit den Menschen also: Wenn sie alt werden und die Beine wollen nicht mehr vorwärts, dann fangen die Gedanken an zu wandern, und sie wandern rückwärts. Einmal hat sie auch zu mir gesagt: Wenn ich an die alte Zeit zurückdenke und dann wieder an heute, das ist mir, als ob ich bloß aus einer Stube in die andere gehe. Bloß in der Tür ist das dunkel. Aber da kommt man denn auch wohl durch.

Siehe, das sagte die alte Frau da in ihrem Bett. Da hörte ich in Ehrfurcht zu und strakte ihr die Hand und sprach: Mudding, was du eben gesagt hast, das könnte ganz gut im Psalm stehen, bloß mit ein bißchen andern Wörtern. – Unterdes war es schummerig geworden, aber Wieschen hatte draußen noch zu tun. Da sagte sie ganz leise, so, als wenn sie sich schämte: Jürnjakob, sagte sie, du kannst mir mal einen Kuß geben. Mich hat so lange keiner mehr geküßt. Ich hab eigentlich bloß dreimal im Leben einen Kuß gekriegt. Einmal, als ich mit Jürnjochen Hochzeit machte. Das andre Mal, als du geboren wurdest. Das dritte Mal, als Jürnjochen starb. Nun will ich mich fertigmachen und ihm nachgehen. So kannst du mir noch einen mit auf den Weg geben. – Ich aber sprach: Mudding, das geht mir gerade so wie dir, und ich sehe, daß ich dein Sohn bin. Da haben wir beide was nachzuholen.

So hab ich mich ganz sacht über sie gebückt und sie richtig geküßt, und sie hat mich über die Backe gestrakt, als wenn ich noch ihr kleiner Junge war. Dann legte sich sich zurück und war ganz zufrieden. Als ich dann aber draußen beim Vieh stand, da war ich in meinem Herzen richtig erstaunt und sprach zu mir: Jürnjakob Swehn, da liegt nun eine alte Frau und will sterben, und das ist deine Mutter, und du hast sie im Leben nicht kennengelernt. Siehe, so lernst du sie im Sterben kennen.

Als aber der Tag zu Ende war, da kam ein anderer, und das war der letzte. Das war ein Sonnabend. Ihr Essen und Trinken, das war nicht mehr, als wenn ein kleiner Vogel essen und trinken tut. Als die Arbeit fertig war und es schon schummerte, da saß ich wieder an ihrem Bett und hielt ihre Hand, und der Puls ging sehr schnell. Lange Zeit saßen wir da im Schummern. Es war ganz feierlich wie in der Kirche, wenn vorn auf dem Altar die beiden Lichter brennen, weil Abendmahl ist. Ja, daran dachte ich, als ich in ihre Augen sah. Es waren sonst ganz gewöhnliche blaue Augen; aber an dem Tage ging ein Schein von ihnen aus, den sah ich sonst nicht in dieser Welt. Aber nun sah ich ihn mit meiner Seele.

Wieschen machte Licht und gab ihr mit freundlichen Wörtern was zu trinken, denn die Lippen waren trocken. So, Jürnjakob, sagte sie dann, nun lies mir was aus der Bibel vor.

So las ich ihr die Geschichte von Lazarus vor, und als ich zu Ende war, sagte sie: Da ist ein Psalm, den will ich noch gerne hören. Ich weiß nicht mehr, woans er anfangen tut, aber da ist was von Säen und Ernten drin. – Ich weiß schon, Mudding, welchen du meinst, sagte ich und schlug den 126. auf und las: Wenn der Herr die Gefangenen Zions erlösen wird, dann werden wir sein wie die Träumenden. Hörst du, Mudding? Wie die Träumenden! – Ich höre, mein Sohn. – Und ich las weiter bis zum Schluß: Sie gehen hin und weinen und tragen edlen Samen und kommen mit Freuden – mit Freuden, Mudding! – und bringen ihre Garben. – Ich hab man keine Garben, wenn ich ankomme. – Ja, Mudding, wenn's danach geht, dann kommen wir alle nackt an und haben nichts in der Hand.

Sie schwieg eine Weile. Dann sagte sie: Nimm das Gesangbuch und lies: Christus, der ist mein Leben. So las ich den Gesang, und sie hatte die Hände gefolgt und leise mitgesprochen, und als ich zu Ende war, da sagte sie: Das hat unser Lehrer auch mit den Schülern gesungen, als Jürnjochen gestorben war. Und nun lies noch: Wenn ich einmal soll scheiden. So las ich die beiden Verse.

Dann gab Wieschen ihr wieder zu trinken, und sie nickte ihr zu und drückte ihr die Hand, und einen Cake hat sie auch noch gegessen, und als ich sie nötigte, noch einen halben. Als sie den auf hatte, freute ich mich: Oh, Mudding, wat is dat schön, dat du en beten eten hest. Du sast man seihn, wenn dat nun ierst warm ward, denn ward dat ok weder beter mit di. – Da rakte sie leise mit der Hand über die Bettdecke, sah mich an und sprach: Beter warden? Dor is nich an tau denken. Du mößt blot noch beden, dat dat nich mehr so lang duert. – Lieber Freund, als sie das sagte, da ging mir das mitten durch meine Seele, denn ich hatte mich eben noch zu ihrem Essen gefreut.

Dann rakte sie wieder leise über die Decke, und ihre Seele war sehr müde. Ich aber überdachte ihr Leben, als es zu Ende ging, und fand nichts als Mühe und Not. Dann folgte sie die Hände wieder und sah mich still und fest an, und ihre Augen waren groß und tief. Da war schon etwas drin, was sonst nicht drin war. Das kann ich nicht mit Wörtern beschreiben. Da konnte man hineinsehen wie in einen tiefen See. Ich legte meine Hand ganz sacht wieder auf ihre Hände, und wir warteten. Aber nicht mehr lange. Dann sagte sie noch mal was. Sie sagte: Ick wull, dat ick in'n Himmel wer; mi ward die Tied all lang. – Lieber Freund, das behalte ich mein Leben lang bis an meinen Tod. Das könnte, so wie es ist, ganz gut im Gesangbuch stehen. Dann aber folgte sie die Hände wieder unter meiner Hand. So betete sie ganz leise unser altes Kindergebet: Hilf, Gott, allzeit, mach mich bereit zur ew'gen Freud und Seligkeit. Amen.

Als sie das Amen gesagt hatte, da drehte sie den Kopf so'n bißchen nach links rum, als wenn da wer kommen tat. Und da ist auch einer gekommen; den habe ich nicht mit meinen Augen gesehen und nicht mit meinen Ohren gehört. Der hat sie bei der Hand genommen, und da ist ihre Seele ganz leise mitgegangen, richtig so, als wenn man aus einer Stube in die andre geht. So ist sie nach Hause gegangen, als wenn ein müdes Kind abends nach Hause geht. Und nun ist sie nicht mehr in einem fremden Lande.

Ich hatte das Fenster geöffnet, daß ihre Seele hinaus konnte. Es war dunkle Nacht, und durch die Bäume ging ein harter Wind. Die Lampe wollte ausgehen. Sie hatte lange gebrannt.

Meine Mutter war eine Tagelöhnerfrau. Aber wenn ich an ihr Sterben denke, dann ist immer etwas Feines und Stilles und Schönes in meinem Herzen, das vorher nicht da war. Aufschreiben kann ich das nicht, und sagen läßt sich das auch nicht. Aber draußen auf dem Felde muß ich manchmal mitten im Pflügen stillhalten und in mich hineinhorchen. Dann kann ich das richtig in mir hören, was meine alte Mutter zuletzt gesagt hat. Ganz deutlich höre ich, wie sie es so ganz leise und müde sagt. Ja, so ist es: Ich höre meiner Mutter Stimme in mir selbst. Und dann ist mir richtig wie am Feiertag. Dann ist mir, als wenn da der Vorhang zum Heiligtum ein wenig aufgezogen wird, daß man da so'n bißchen durchsehen kann. Wenn ich dann weiterpflüge, muß ich mich darüber immer wieder wundern.

Ich war noch ein ganz kleiner Junge. Da hatte ich am Pfingstmorgen mal zu lange geschlafen, was eigentlich nicht sein soll, weil man dann Pingstekarr* wird. Da wachte ich plötzlich auf, denn ich fühlte was Weiches in meinem Gesicht. So stand da meine Mutter an meinem Bett. Sie bückte sich über mich und strich mir mit einem kleinen Fliederstrauß über das Gesicht. Ganz leise tat sie das. Dabei sah sie mich freundlich an. Siehe, das ist meine erste Erinnerung an meine Mutter.

* Der Letzte beim Viehaustreiben.

Ich schicke dir das Bild von unserer neuen Kirche. Sie ist ein Jahr zurück fertig geworden. Sieht sie nicht ganz schmuck aus? Es liegen aber noch beinahe 2500 Dollars Schulden drauf. Die Ernte ist gut gewesen; so wollen wir es zu Neujahr glattmachen. Länger können wir nicht damit warten. Der liebe Gott könnte sonst denken: Was es doch für sonderbare Menschen hier im Busch gibt! Da haben sie mir ein neues Haus gebaut; da sitzen sie nun und singen: Nun danket alle Gott mit Herzen, Mund und Händen – und dabei haben sie noch 2500 Dollars Schulden drauf liegen. – Ein bißchen kahl liegt sie ja noch da auf ihrem Hügel. Aber die Anlagen können noch ein Jahr warten. Für den Anfang ist eine schöne neue Kirche ohne Anlagen besser als eine schlechte mit hübschen Anlagen. Ein schlechter Rock und eine neue Schürze, das gleiche ich nicht.

Was hat sie für einen staatschen Turm! Wenn wir den am Sonntagmorgen sehen, dann freuen wir uns schon von ferne. Oben steht ein richtiger Wetterhahn. Der ist vergoldet, daß er man so blinkt. Das hat ein Turmhahn gern, wenn er vergoldet ist. Darum dreht er sich auch gern um sich selbst. Aber sonntags betrachtet er sich die Welt nach allen vier Winden. Da paßt er auf, ob auch alle kommen tun, die zu unserer Kirche belangen*. Aber das Rufen besorgen die Glocken, denn siehe, er kann nicht krähen. Wir sind fröhlich darum, daß wir die neue Kirche haben, und es war eine sehr schöne Einweihungsfeier. Der Pastor predigte über das Wort: Bis hierher hat der Herr geholfen. Das paßte gut. Das haben wir uns aufmerksam ins Herz genommen.

Einen neuen Kirchhof haben wir auch gleich angelegt. Erst wollten wir unsre Toten auch da oben zur Erde bringen. Aber von der schönen Aussicht haben sie doch nichts, und dann war der Platz da oben auch man knapp. So haben wir ihn unten am Hügel angelegt. Die Glocken und die Orgel gehen da auch über ihr Grab. So haben wir einen Sammelplatz für die Toten und einen für die Lebendigen dicht beieinander, und wenn unsereins da sonntags so durchgehen tut, da weiß man gleich, wo man hingehört und wo man mal hinkommen wird. So wie die Menschen nun einmal getrachtet sind, ist es ihnen ganz gut, wenn sie

---

* Englisch: belong = gehören.

dann und wann mal zwischen Gräbern stehen und sich mit den Toten bereden. Da spricht der eine: Wie geht es bei mir zu Hause? Siehst du dich auch mal um nach meinen Kindern und nach der Wirtschaft? Du hast es mir doch versprochen, als ich so krank war. Und der andere sagt: Du warst lange nicht bei mir. Wo bist du so lange gewesen? Du hast mich doch nicht vergessen? Aber der dritte meint: Dat is nett, dat du kümmst. Du wist di hier woll en paßrechten Platz utsäuken! – Lieber Freund, ich kann dir mitteilen, man hat da sonntags genug zu tun, wenn man seinen Toten Rede und Antwort stehen will. Aber wenn der Mensch alt wird, muß er sich doch Zeit dazu lassen. Sonst kann er nicht verlangen, daß andre stehenbleiben und zuhören, wenn er selbst da auf dem Kirchhof wohnt und ihnen was zu sagen hat. Ich will dir davon ein Gleichnis machen. Das ist so, als wenn ich am Zaun stehe und da kommt ein guter Freund die Straße lang. Ich will ihn was fragen, aber er geht weiter und hört nicht zu. Hier auf der Farm kann ich ihm nachlaufen; auf dem Kirchhof geht das nicht gut. Da muß ich warten, bis die Freunde zu mir kommen. Aber sonst ist das ähnlich so. Das haben die Toten gern, daß man sie lieb behält und sich in der Stille so'n bißchen mit ihnen beredt. Und für die Lebenden ist das auch ganz gut, wenn sie sich mal über sich selbst besinnen.

Ein paar Wochen zurück hab ich dir von unserer neuen Kirche erzählt und vom Kirchhof. So will ich dir heute einen Bericht machen von unserm neuen Kirchenofen. Der kostet 264 Dollars, alles gerechnet. Der wird am Sonnabend angesteckt. Der mußte rein, denn wenn wir im Winter unsere fünf bis zehn Meilen gegangen, geritten oder gefahren sind, noch dazu bei unsern Wegen und bei unserm Wetter, dann wollen wir in der Kirche nicht in nassen Kleidern und Stiefeln sitzen und frieren. Der liebe Gott hat da auch kein Wohlgefallen an, wenn er sich die durchgefrorene Gesellschaft mit ihren roten Nasen und nassen Füßen besieht. Mit Klapperzähnen kann man Gott nicht lobsingen. Es ist schon der zweite Ofen, den wir haben. Der erste war billig, aber er war von der umgekehrten Weltordnung. Die Hitze ging zum Schornstein raus, dafür ging der Rauch rein. Da bin ich mit einem andern Gemeindevorsteher auf Reisen gegangen, Land anzubesehen, Freunde zu besuchen, Korn zu kaufen, Vieh zu verkaufen. Aber auf Kirchenofenreisen sonst noch nicht. Wir haben die Kirchenöfen in andern Gemeinden studiert, woans sie inwendig und auswendig getrachtet sind. Das war bald nach Neujahr, denn das ist dazu eine ganz paßliche Zeit. Da haben wir viel erlebt, und ich könnte dir sonderbare Geschichten von Menschen und Öfen erzählen. Aber ich will keine Namen nennen und dir bloß eine Geschichte erzählen.

In einer Kirche kamen wir bei großer Kälte an, und der Ofen war auch geheizt, und er rauchte auch, denn das Rohr war geplatzt. Aber der Pastor stand auf der Kanzel und tat eine Predigt vom Hauptmann von Kapernaum und von seinem Knecht, und alles war blau. Er mußte da oben gewaltig husten, und seine Stimme war wie eine Stimme aus den Wolken. Da stand der Kirchenvorsteher auf. Das war nach seinem Herkommen ein Mann aus Schwaben und aus Pennsylvanien zugezogen. Aber sonst ist er ein ordentlicher Mann und belangt auch zu unserer Synode. Meist sind da sonst auch Plattdeutsche. Der war es. Der sah, daß das nicht ging. Er dachte: Das wollen wir schon fixen! Da stand er auf. Da sprach er durch den Rauch und das blaue Wolkenwerk nach der Gegend hin, wo der Pastor auf der Kanzel hustete und predigte: Please. Preacher, stop a little! Mer müsse erscht das Ofenrohr fixe! – Da hörte der Pastor auf mit dem Predigen und hustete bloß noch. Der Mann aus Schwaben aber rief zum andern Mal. Er rief in die Kirche hinein: John, tu mal 'ne Bench angreife! Dann machten sie das Rohr wieder dicht, und wir sahen zu und paßten auf. Sie machten ihre Sache ganz gut, und wir konnten ihnen anmerken, daß es nicht das erstemal war, daß solches in der Kirche vorkam.

Als der gröbste Rauch abgezogen war, da war der schwäbische Mann ganz zufrieden mit seinem Werk. Er sprach: So, Preacher, now kanscht weiter schwätze! Und dann predigte der Pastor weiter vom Hauptmann von Kapernaum und von seinem Knecht. Als aber die Kirche aus war, da hatten wir genug gesehen und fuhren nicht mehr weiter. Ich sprach zu Schröder: Schröder, sprach ich, soll ich dir ansagen, was meine Meinung ist? Er sprach: Sage an! Ich sprach: Der Hauptmann von Kapernaum ist schon lange tot, und der andere war man bloß ein Knecht. Aber es paßt sich doch nicht, daß sie beide so lange warten müssen, bis das Ofenrohr wieder gefixt ist, denn es sind heilige Leute. Wenn wir nun weiterziehen, dann kann es am nächsten Sonntag dem heiligen Apostel Paulus oder einem andern passieren, daß er auf der Kanzel auch so lange warten muß, bis das Ofenrohr wieder gefixt ist. Was ist deine Meinung? Schröder sprach: Deine Meinung ist meine Meinung. – So sind wir wieder zurückgefahren und haben in der Gemeindeversammlung Bericht getan. Da haben sich alle sehr gewundert. Sie haben gesagt, woans so was möglich wäre. Siehe, so haben wir jetzt den neuen Ofen zu 264 Dollars.

Unser Pastor ist seinem Herkommen nach aus Pommern, wovon bei uns die Mädchen auf der Straße sangen: Pommerland ist abgebrannt. Daher stammt er auch. Darum ist er auch ein Plattdeutscher und paßt zu uns. Sein Vater ist ein Bauer gewesen, darum paßt er erst recht zu uns. Das ist mit ihm so, wie mit dem alten Pastor Timmermann in Eldena. Der verstand seine Leute auch, weil er ein Bauernsohn aus unserm Dorf war. Unsen Preister gieht dat Plattdütsch bannig fix von'n Mund weg. Aber auf der Kanzel ist er hochdeutsch. Da predigt er Gottes Wort lauter und rein nach der Schrift und dreht nicht lange dabei herum. Achterkorn und Spreu und Menschenwort ist nicht dazwischen. Er gibt uns das auch ein wie mit einem Eßlöffel, immer einen ordentlichen Schluck, so wie der alte Doktor Steinfatt in Ludwigslust es machte. Der verschrieb seinen Kranken auch gleich eine ganze Kannbuddel voll. Das ist für uns Schlag Menschen auch besser als so ein paar Tropfen, die nicht den Weg über die Zunge finden. So ist das mit Gottes Wort hierzulande auch. Wenn wir unsern langen Kirchgang hinter uns haben, dann wollen wir auch nicht, daß der Pastor nach zwanzig Minuten beim Amen ankommt. Wenn wir sitzen, dann sitzen wir fest. In der Kirche auch. So predigt er meist eine klockenigte (geschlagene) Stunde. Lieber Freund, ich kann dir mitteilen, er posaunt mit großer Kraft und herrlichen Wörtern auf der Kanzel. Seine Wörter sind wie ein richtiges Donnerwetter und haben keine Handschuhe an. Damit fährt er uns über die Ohren und Herzen, daß sich eine Ehrfurcht auf unsre Seelen setzt. Das ist, als wenn Gottes Gericht mit Blitz und Donner kommt. Damit predigt er uns so zusammen, daß wir vor lauter Angst der Seelen seufzen und schwitzen, und er schwitzt auch. Denn er läßt sich das sauer werden mit uns.

Dazu schlägt er mit der Faust auf die Kanzel, daß es man so knallt. Das meint, er zerschmettert dann den Teufel. Manchmal ist das aber auch wie Ja und Amen und: Das ist gewißlich wahr! Und manchmal, wenn er seine Hände folgt, dann ist es wieder, als wenn er all unsre Sorgen darin zusammenfaßt und vor Gott bringt. Dann folgen wir auch unsre Hände. Das kommt dann ganz von selbst und muß so sein. So geht das immer weiter fort in der Andacht, und an Schlafen denkt da kein Mensch. Aber zuletzt läßt er das Blitzen und Donnern und Erdbeben sein. Dann kommt das stille, sanfte Säuseln. Damit richtet er seine Buschleute wieder auf, nachdem er sie zuvor niedergedonnert und zerschlagen hat um ihrer Sünde willen. So haben die Frauensleute auch was davon. Denn sie hören den letzten Teil der Predigt lieber als das Donner- und Gewitterstück zu Anfang.

Auch hab ich einen Sonntag gesehen, da predigte er wieder gewaltig, und dazu schlug er mit der Faust auf die Kanzel. Da fiel ein großes Stück Kalk von der Wand. Es war noch in der alten Blockhauskirche. Mein Nachbar sprach: Süh, nu deiht em de Hand acht Dag' lang weih, un wi hebben den Schaden dorvon, denn wi möten dat un wedder utwitten laten. Aber ich hatte es wohl gesehen, der Kalk war an der Stelle schon vorher eingesprungen, und nun fiel der Klacken runter. Ich habe nachher noch oft nach der Stelle hingesehen, solange die Kirche stand. Denn sie sah ungefähr so aus wie Land Mekelborg auf der Karte. Auch war daneben noch ein kleines Stück abgesprungen, das war die Insel Pöl bei Wismar. Das hab ich ganz gern angesehen, denn der Mensch muß immer was Festes vor Augen haben. In der Kirche auch. Und den Pastor kann man nicht immerzu ankucken.

Weil er uns Gottes Wort verkündigt, darum achten wir ihn, und weil er so viel Mühe hat von unsern dicken Köpfen, darum achten wir ihn auch. Er läuft auch nicht die ganze Woche rum im Chorrock, und den Kanzelton läßt er in der Woche auch zu Hause. Das gefällt uns erst recht an ihm. So tun wir auch was für ihn. Er hatte nur 400 Dollars einzukommen. Aber wir haben ihm aufgelegt, und seine Frau bekommt noch viel Schinken und Wurst in die Küche hinein. Wenn der Pastor und der Lehrer es verstehen, die Gemeinde heranzuziehen, dann läßt sie sich nicht lumpen und gibt gerne.

Er war niemals fort und hatte keine Ferien. Aber in seinen Augen hatte er zuletzt schon den richtigen amerikanischen Geierblick. Den kriegen hier viele Menschen, die mit dem Kopf arbeiten müssen und nicht ausspannen können. Auch waren seine Backen uns zu hohl. Ein Pastor soll das Vaterunser beten, aber man soll ihm nicht das Vaterunser durch die Backen ablesen können. So haben wir heimlich für ihn gesammelt, daß er zur Verlöschung mal nach Deutschland reiste. Als das Geld zusammen war, sagten wir: Soll der Mann allein reisen und die Frau hierbleiben? Das hat keinen Schick. Sie muß mit. – So sammelten wir noch einmal. Es waren im ganzen 800 Dollars.

Wir sprachen: Nun reisen Sie man in Gottes Namen los, und vor einem halben Jahr brauchen Sie nicht wiederzukommen. Sehen Sie man zu, daß Sie ein paar Pfund Fleisch mehr mitbringen an Ihrem Leib und rote Backen auch; sonst halten Sie das hier bei uns nicht aus. Wir werden in der Zeit nicht verwildern. Und wenn es doch geschehen sollte, dann donnern Sie uns nachher wieder zurecht. Da reisten sie beide hin. Als sie fort waren, da rissen wir sein Haus gleich nieder und bauten ein neues, denn das andre war alt und ein windschiefer Kasten. Unten an der Lehne vom Kirchenhügel haben wir es gebaut und einen großen Garten dazugelegt. Als alles fertig war, da war der Sommer hin. Als alles trocken war, da kam er zurück und wußte von nichts. Seine letzten Karten hatte er bei deinem Sohn in Bremen geschrieben. Unsre Frauen und Töchter sprachen: Das neue Priesterhaus sieht zu kahl aus. Wir wollen da schöne Girlanden und bunte Inschriften anbringen; das ist lustig anzusehen. Denn siehe, lieber Freund, das ist eine ganz andre Nation, die, wo sich gern mit Blümeleins abgibt. Ich sprach: Girlanden könnt ihr machen, aber macht sie man lieber aus lauter Wurst, und zu den Inschriften nehmt man Speckseiten. Das ist lustig anzusehen und gut davon zu essen. – So geschah es auch, und die neue Speisekammer machte einen sehr nahrhaften Eindruck. Bloß an der Haustür hatten sie doch Blumen angebracht. Na, denn man tau!

Drei Jungs saßen oben auf der Scheune und kuckten aus nach der Post, denn eine Eisenbahn hatten wir noch nicht. Als der Wagen aus dem Busch kam, schwenkten sie mit der Mütze. Und dann gab es große Augen zu sehen. Sie haben sich sehr gewundert und gefreut. Seine Frau zweimal. Das zweitemal in der Speisekammer. Die sah sehr wohlgefällig aus. Dann hielt der Pastor uns eine Lob- und Dankrede. Die ging uns glatt ein. Das hat der alte Adam gern, wenn er gestrakt wird. Dat kettelt em. Er aber hatte richtig ein paar Pfund Fleisch mehr mitgebracht, und seinen Geierblick war er auch wieder losgeworden, und das hat uns am meisten gefreut. Denn es ist hier nicht so, wie in einer andern Gemeinde, die ich auch kenne. Die achtet ihren Pastor bloß, wenn er gut Mist aufschlagen kann.

In der neuen Kirche haben wir auch eine neue Örgel. Die alte quiekte zu sehr. Sie heulte immer noch, wenn der Pastor schon lange auf der Kanzel stand. Das kam vom Wetter. Sie wußte damit so gut Bescheid wie die Knochen von meiner Großmutter. Aber der alte Lehrer konnte nicht recht auf ihr örgeln. So hat dem Pastor seine Frau das besorgt, bis endlich der neue Lehrer kam. Der hatte den richtigen Handschlag und kannte sich gleich aus auf ihr. Bloß, er konnte sich nicht recht stellen mit unserm alten Windmacher. Das war ein stiller Mann und stand hinter der Örgel. Da paßte er auf, daß ihr die Puste nicht ausging. So war er ein Handlanger an Gottes Wort und Lobgesang und rechnete sich scharf zur Geistlichkeit. Er sprach: Die Örgel geht noch ganz gut, aber sie ist verkehrt aufgeschlagen. Nach vorn gehöre ich hin, denn ich bin das Haupt. Wenn ich keinen Wind mache, kann der Schulmeister nicht örgeln, und wenn der Schulmeister nicht örgelt, kann der Priester nicht predigen. Darum so muß sich sein Predigen nach meinem Wind richten, und darum gehöre ich nach vorn.

Das war sein geistlicher Hochmut, und einen Zylinderhut trug er auch. Aber die alte Örgel kannte er ganz genau, wenn sie auch noch so heimtückisch war. Wenn das Wetter in der Woche umschlug, dann weissagte er das schon am Sonntag, denn siehe, er kannte alle ihre Gichten. Einmal hatte er uns sogar einen Blizzard gewahrsagt, und das kann nicht mal der Präsident. Bloß eingetroffen ist es nicht.

Weil er nun schon so viele Jahre mit dem Windkasten seine Hantierung hatte, darum hatte er es gründlich rausgekriegt, wie oft er am Sonntag bei den Liedern zutreten mußte; denn er war ein scharfer Rechner. Und das ging alles sehr gut, solange die Priesterfrau und der alte Lehrer örgelten. Als aber der neue aufkam, da spielte er nicht so ebendrächtig wie der alte. Er brachte in der heiligen Musik viele Schwänze an, vorn und hinten, und in der Mitte auch noch, und da war der Krach zwischen vorn und hinten fertig. Die Schwänze waren man ja kurz; aber wenn ich viele kleine Enden Bindfaden zusammenbinde, dann gibt es doch ein langes Ende, und darauf war der alte Windmacher nicht einstudiert. Er mußte nun viel öfter zutreten als sonst. Der da vorn ging der Örgel ganz anders zu Leibe als sein Vordermann. Er registerte auch ganz anders darauf los. Er bedachte nicht, daß die Örgel alt war und ihr Brustkasten klapprig. Sie hatte einen kurzen Atem, wie alte Leute es manchmal haben. Und davon kam der Kirchenstreit.

Es kam einmal ein Sonntag, und da war der Glaube angesteckt. Der Alte wußte ganz genau, wie oft er da zutreten mußte. Aber der neue Örgelmann spielte ihn hier zum erstenmal. Er wollte Ehre einlegen vor Gott und Menschen. Darum zog er alle Register und setzte viele Schwänze an. Das hörte sich fein an, aber nicht lange tat er das. Denn hinten der Windmacher zählte nach dem alten Glauben, und als er 165mal zugetreten hatte, da war sein Glaube zu Ende, und dem neuen Glauben da vorn ging auf einmal die Puste aus, und das war mitten im dritten Vers.

Er konnte nicht weiter. Er lief rum um die Örgel. Er fing an zu schelten. Aber der alte Windmacher wurde zornig in seinem Herzen. Er erhob seine Stimme und sprach: Ich weiß, wieviel Wind zum Glauben gehört: 165 Schlag. Für das Amen gab ich 5 zu. Das macht 170 Schlag. Aber Sie brauchen aufs wenigste 250. Registern Sie man nicht so doll drauf los, als wenn der Wind kein Geld kostet, und lassen Sie man die weltlichen Schwänze raus aus den heiligen Liedern, dann kommen Sie mit meinem Wind gut aus. Ich habe hier viele Jahre Gott treu gedient; aber mehr Wind kann ich Ihnen für Ihren Glauben nicht liefern, wo mein Einkommen so gering ist.

Wir saßen unterdes und hörten zu. Dann machten sie einen Akkord. Der da vorn brauchte freundliche Wörter und ließ ab: 50 Schlag ließ er ab. Der da hinten brauchte trotzige Wörter und legte zu. Aber bloß 30 Schlag, das Amen eingerechnet. So einigten sie sich auf 200 Schlag für den Glauben. Als sie einig waren, ging ein jeglicher wieder an seinen Ort, und wir sangen den dritten Vers noch mal von vorn. Aber dem Örgelmann haben wir nachher gesagt, für sich selbst und beim Einüben könnte er ja örgeln wie er wollte; aber in der Kirche brauchte er nicht so bunt zu spielen. Da wollten wir Gott man lieber auf die alte Weise loben. So hat er es denn auch gehalten und sich ganz gut bei uns eingelebt, denn er war ein vernünftiger Mensch. Er hatte bloß zwei Fehler. Er sagte immer Orgel und nicht Örgel, und beim Kaffeetrinken stippte er immer mit dem kleinen Finger von der rechten Hand in die Luft rein, als wenn er sagen wollte: Seht mich an! Ich bin nichts Gemeines; ich gehöre zur Geistlichkeit. Aber sonst hatte er an seinem Leibe keinen Hochmut.

In dem Stück schlachtete er nach seinem Windmacher. Der rechnete sich auch immer zur Geistlichkeit. Beim Tanzen auch. Dann strich er den Baß. Er verstand nichts davon, aber das junge Volk ließ ihm das Vergnügen, denn es kostete nichts, und den Baß hatte er sich aus einer alten Zuckerkiste hergerichtet. Oben schnitt er ein paar Löcher rein, vier dicke Saiten zog er darauf, so stand er mit seinem Baß in der Ecke und spielte, daß es einen Hund jammern konnte. Er konnte auch nicht recht mitkommen mit der andern Musik, und hinter den Tänzern hinkte er auch immer her. Aber er ließ nicht davon ab. Er sprach: Der Baß kommt mir zu. Wir von der Geistlichkeit sind ruhige Herrschaften. Da paßt die Fidel nicht, sie ist viel zu hiwwelig (aufgeregt). Aber der Baß geht einen bedächtigen Gang. Der Baß ist ein geistliches Musikstück. – Manchmal sang er auch zu seinem Baß. Dann kniff er die Augen zu und schmetterte los: Mit dem Pfeil, dem Bogen. Das eine konnte er man, und das sang er auf jede Melodie, und das konnte wieder einen Hund jammern. Er hat sich selbst aber immer ganz gern zugehört, und darum hat ihm niemand etwas gesagt.

Jetzt ist dem alten Windmacher selbst die Puste ausgegangen, und ich weiß nicht, ob er im Himmel auch Wind machen kann, wenn die kleinen Engel sonntags ein bißchen auf der Örgel spielen. Ich wollte es ihm wohl gönnen, denn wieviel Wind zum Glauben gehört, weiß er ganz genau. Aber die kleinen Engel sind ein unruhiges Volk und ein bißchen fahrig. Wenn die auch so viele Schwänze anbringen, dann kann er nicht mehr mit, denn er ist noch einer nach der alten Mode.

Für seine Frau haben wir gesorgt. Sie ist immer ein treues Glied der Gemeinde gewesen, und er hatte doch das geistliche Amt. Bloß Geld war nicht da, und als der Mann tot war, ging es ihr und ihren Kindern man zeitlich. Da hat sie ganz gern die Hand aufgetan, wenn einer ihr da was reinlegte. War es wenig, dann sprach sie: Vergelt's Gott, wenn's der Wind nicht wegweht! War es mehr, dann sprach sie: Danke christlich! denn sie war eine fromme Frau. Aber aus der Hand in den Mund leben, das geht nicht für die Dauer. So haben wir ihr ein kleines Haus hingesetzt und etwas Gartenland dazu vermacht, bis die Kinder groß sind. Darum hat sie keine Sorgen und sitzt an jedem Sonntag auf ihrem alten Platz unter der Kanzel. Von da aus konnte sie ihren Mann immer arbeiten sehen und stolz auf ihn sein.

Man bloß, sie ist beinah blind geworden. Aber eins von ihren Mädchen führt sie an der Hand in die Kirche, und sie ist immer eine von den Letzten. Der Pastor hat sie schon mal verwarnt. Da hat sie gesagt: Herr Pastor, wenn Ihr aufwacht, dann könnt ihr genau sehen, ob es Tag ist oder Nacht. Ich kann das nicht mehr so sehen. Aber wenn der Tag kommt, daß die Blinden sehend werden, dann will ich mich sputen, wie geschrieben steht: Die Letzten werden die Ersten sein. Wenn Ihr dann die Predigt tut, sollt Ihr nicht über mich zu klagen haben. – Da hat sich der Pastor richtig verstutzt und ihr nichts mehr gesagt. Als wir ihr das Haus bauten, haben alle was gegeben. Aber sonst ist mancher in der Gegend, der sein gutes Auskommen hat und dabei vor Geiz vorn und hinten stinken tut. Von einem solchen will ich dir eine Geschichte erzählen. Aber es wird wohl ein paar Wochen dauern, bis ich dazu komme. –

So, nu stek di de Piep an, un denn hür tau! Du kennst wohl noch Hans Jahnke aus Menkendorf von der Dienstschule her. Er war Kuhjunge bei Karl Busacker, und seine Frau stammt aus Tewswoos. Er arbeitet auf Wochenlohn und wohnt mit Frau und sechs Kindern fünf Treppen hoch in Milwaukee, denn es geht ihm man mäßig. Aber sein Onkel Jochen Penningschmidt ist reich und hat keine Kinder und wohnt hier ein paar Meilen Süd auf seiner Farm. Der besucht ihn im Herbst und liegt ihm acht Tage lang auf dem Hals. Dabei erzählt er, daß er 115 Fuder Heu eingefahren hat und zwölf Dollars das Fuder kriegen kann. Er will aber warten, bis er dreizehn kriegt. Für seine Milch hat er von der Käsefabrik einen Wechsel von über 900 Dollars erhalten, und dann kriegt er noch viel Geld für Korn, Hafer, Gerste, Kartoffeln und Gemüse. Auch hat er viel Geld auf Interessen. Das zählt er dem andern so vor, und dabei folgt er die Hände über den Bauch und spricht fromme Wörter von Gottes Segen. Denn er ist ein gottseliger Mann, wenn's nichts kostet.

Hans Jahnke wundert sich mächtig und sagt: Na, wenn du so im Fett sitzt, wieviel Kirchenbeitrag zahlst du dann das Jahr? So fragte er, weil er ein frommer Mann war und nicht bloß in Wörtern. Der andre will erst nicht mit der Sprache raus, dann sagt er: Oh, was meinst du wohl, ich zahle 8 Dollars! – Was? Nur acht Dollars? Und ich zahle bei meiner Armut alles in allem rund dreißig Dollars! Dabei wundert er sich noch mehr über den Alten. Als Jochen abreiste, hat er den Kindern nicht mal einen Cent geschenkt, aber eingeladen hat er die ganze Familie. Die Frau sagt: Ja, ich wollte auch gern mal wieder ein Kornfeld sehen und wissen, wie Landbutter schmeckt. Aber es sind 250 Meilen. Wenn du für die Reisekosten aufkommst, wollen wir dich gern besuchen. Der Onkel meint: Das wird sich schon finden, und hin reist er. Im nächsten Sommer schrieb die Frau an ihn, woans es mit der Reise wäre. Aber er antwortete nicht.

Es geschah aber, daß Jahnke von einem andern Verwandten in der Gegend eingeladen wurde. Der schickte auch gleich das Reisegeld. Er fährt hin, und seine Kinder trinken Milch wie die Börnkälber. Er muß auch den Pastor besuchen. Der hat sieben

Kinder. Die dreizehn Gören schlafen auf einem großen Strohlager. Der Pastor sagt: Na, wenn sich eins davon im Stroh verkrümelt, dann bleibt das Dutzend immer noch voll. Jahnke kuckt das Nest voll an und meint: Herr Pastor, Gott hat Euer Haus gesegnet. Eure Kinder sind nach dem Wort der Schrift wie die Ölzweige. Ja, lacht der Pastor, die Zweige sind da, aber mit dem Öl im Krug und mit dem Mehl im Cad ist es man knapp bestellt. So sprach er, denn er hatte damals nur seine vierhundert Dollars. – Ihr habt hier aber doch Farmer, die was in die Suppe zu brocken haben. – Haben wir, aber sie brocken man nicht in unsre Suppe. – Ich kenne hier einen, der hat das letzte Jahr seine 115 Fuder Heu eingefahren und für seine Milch –. Ja, für seine Milch hat er von der Käsefabrik einen Wechsel von über 900 Dollars erhalten, und mit seinem Namen heißt er Penningschmidt. – Und das ist mein Onkel. – Und Kinder hat er nicht. – Warum greift er denn nicht in die Tasche?

Da lachte der Pastor und sprach: Vor Weihnacht begegnete er mir auf der Landstraße. Er fuhr Holz nach dem Town, gutes, trocknes Hartholz, und ich wollte zu einem Kranken. Da hielt er still und sagte, er wollte mir dies Jahr auch eine Freude machen zu Weihnacht und meiner Frau auch. Ich kenne ihn schon lange Jahre, darum dachte ich: Abwarten! Aber einige Tage vor Weihnacht ließ er wahrhaftig eine Fuhre Holz bei mir abladen. Man bloß, es war grünes, und olmiges war auch dazwischen. Na, etwas ist besser als nichts. Meiner Frau hat er auch einen großen Packen geschickt. Das war Rindfleisch und noch ziemlich frisch. Man bloß, der liebe Mann hatte aus Versehen lauter Knochen zu fassen gekriegt, und Knochen haben wir selbst so viel in unserer Familie, daß wir damit auskommen. Na, eine Mahlzeit gab es her, mehr aber auch nicht.

Nu glöwst du woll, dat de Geschicht tau Enn' is? Lieber Freund, ich kann dir mitteilen, daß du dann einen Mißglauben in dir hast. Denn bald nach Neujahr kam Penningschmidt zum Pastor. Der nötigte ihn zum Sitzen, aber er wollte nicht. Er hatte was auf dem Herzen. Er drehte seine Mütze in der Hand, und das tut der Mensch nur, wenn er was auf dem Herzen hat. Zuletzt kam er auch damit raus: Herr Pastor, ich wollte man anfragen, ob das Holz richtig angekommen ist. Ich will's Ihnen billig machen: vier Dollars für die ganze Ladung. Dabei schielte er in die Ecke hinein. Da stand der segnende Christus und wunderte sich. Es war aber schade, daß da nicht Christus der Tempelreiniger stand. Der wäre nicht stehengeblieben vor Verwunderung. Der hätte ihn Hals über Kopf zur Tür hinausgejagt, wie Matthäi 21 geschrieben steht.

Der Pastor war so verstutzt, daß er kein Wort sagen konnte. Darum griff er in die Tasche und gab ihm das Geld, denn er ist nicht der Mann von solchen Wörtern, wie sie bei solchen Gelegenheiten paßlich sind. Aber da kam zum Glück seine Frau rein. Die hatte hinter der Tür gestanden und gehorcht, so ungefähr, wie Sarah tat. Das war dem Manne sein Glück, denn sie kannte die Wörter, die ihm fehlten. Und das war Penningschmidt sein Unglück. Er wollte fort. Er kannte die Frau. Aber sie stand vor der Tür wie einer von den Cherubs, daß er nicht ausritzen konnte. Na, sagte sie, eine Quittung brauchen wir wohl nicht, daß Ihr das Geld für Euer Weihnachtsgeschenk richtig erhalten habt. Nein, sagte Penningschmidt, wo kann das unter Christenmenschen wohl angehen, daß da eine Quittung nötig ist. – Schön, was kosten denn die Knochen von der alten Kuh? – Oh, das schöne Fleisch soll gar nichts kosten, antwortete Penningschmidt und fingerte mit den Augen wieder in der Ecke rum, wo Christus stand. – Na, das freut mich, und ich sehe, daß Ihr die Predigt vom Herbst her gut behalten habt. Da habt Ihr ja noch Mittag bei uns gegessen, und ganz umsonst. Das war ja die Geschichte von dem alten Kamel, das absolut durch ein Nadelöhr durchwollte und konnte nicht, und von dem Geizigen, der nicht ins Reich Gottes reinkommen konnte. Das ist eine schöne Geschichte zum Nachlesen für jedermann. – Ganz meine Meinung, Frau Pastorin, sagte Penningschmidt und zählte das Geld in der Tasche nach; ganz meine Meinung, denn der Geiz ist die Wurzel alles Anfangs. – Ihr meint: Der Geiz ist die Wurzel alles Übels. – Ja, Frau Pastern, as ick segg: Der Geist ist die Wurzel alles Anfangs. – Da ging er hin. Der Pastor und seine Frau haben sich erst geärgert, denn das Geld war knapp bei ihnen. Nachher aber hat das Lachen überhand genommen, und das ist auch gut, denn wenn der Mensch lachen kann, das bekommt ihm besser, als wenn er sich bloß ärgern kann.

Nu glöwst du woll, dat de Geschicht tau Enn' is? Lieber Freund, ich kann dir mitteilen, daß du dann einen Irrglauben in dir hast. Denn nun kommt das dicke Ende, und das ist zum Lachen geworden für unsre ganze Gegend. Als Jahnke die Geschichte von dem Weihnachtsgeschenk hörte, da ergrimmte er in seinem Herzen, weil das in seiner Freundschaft passiert war. Darum arbeitete er mit seinem Vetter einen richtigen Plan aus, wie sie den Alten strafen und bekehren wollten. Denn christliche Wörter nützten bei dem nichts. Der mußte auf amerikanisch bekehrt werden. In den nächsten Tagen reisten die beiden viel in der Gegend rum, und siehe, es wurde eine richtige Verschwörung und Strafexpeditschon gegen den alten Geizhammel. Penningschmidts hatten seit vielen Jahren keinen großen Besuch bei sich gesehen. Das kostete zu viel. Sie fuhren bloß zu Besuch bei andern. Das war billiger. Jetzt kam Leben in die Bude. Jetzt schickte Jahnke sein Vetter einen Botschafter an ihn: Nächsten Sonntag nach der Kirche kommt großer Besuch. Dazu haben wir uns schon lange gefreut. Wir wollen einen fröhlichen Tag mit euch verleben, wo wir doch so gern bei euch sind. Richtet euch ein, denn wir wollen zu Mittag bei euch essen!

Und siehe, das war eine richtige Völkerwanderung, was am nächsten Sonntag, als die Kirche aus war, nach Penningschmidts Farm zog. Da kamen alle seine Freunde und Verwandten über die Berge dahergezogen. Und wer nicht mit ihm verwandt war, der kam auch, denn er hatte rundgegessen bei allem, was für ihn erreichbar war im Country. Und es waren bei 35 Mann. Als sie ankamen, da trat die Frau ihnen entgegen; ihre Augen waren voll Entsetzen, und sie sprach: Was wollt ihr hier? – Euch eine Freude machen! sagte der eine und sprang vom Wagen. Wo wir so lange nicht bei euch gewesen sind, sagte der zweite und kletterte vom Pferde. Essen! der dritte. Aber nicht zu wenig! der vierte. Spute dich, denn wir sind hungrig! der fünfte. So füllten sie das Haus mit ihrem Lachen. Aber die Frau lief und suchte ihren Mann. Der hatte sich hinten im Garten versteckt. Da kaute er an seinen Stachelbeeren rum und fand keinen Rat.

Endlich war der Tisch gedeckt, aber die Hälfte konnte man sitzen, die andern mußten so lange warten. Zuletzt kam das Dienstmädchen mit einem großen Teller. Da sahen alle Augen auf den Teller und waren neugierig. Und was meinst du wohl, was da auf dem Teller lag? Ein ganzes Huhn und nicht mehr. Das hielt seine Beine nach oben, als wollte es sagen: Es ist nicht meine Schuld. Da sprach der eine: Was ist das unter so viele? Da sprach der andere: Es ist mir leid um meinen schönen Hunger. Und der dritte: Soll ich ungegessen von euch gehen? Der vierte: Wir wollen eure Schinken und Würste mal in Bewegung setzen, sonst verschimmeln sie. Da sprachen sie alle: Die Sache hat euch übernommen. Es ist billig und recht, daß wir euch helfen, wo wir euch doch die Umstände machen.

So liefen sie in die Speisekammer und holten Schinken und

Wurst. Andre aber machten sich mit den Hühnern zu schaffen, die auf dem Hof rumliefen, und brachten sie in die Küche. Und sie aßen und wurden alle satt. Aber es dauerte bis gegen den Abend. Denn sie aßen erstens aus Hunger und zweitens aus Rache und drittens noch einmal. Penningschmidt und seine Frau aber saßen da und legten die Hände in den Schoß und sagten nichts und taten nichts; bloß blaß sein taten sie. Nachher aber zogen die Gäste wieder fort unter Loben und Danken und sprachen: Du wohnst hier sehr schön, Penningschmidt, aber du bist zu sehr für die Einsamkeit. Es hat uns hier schön gefallen bei dir. Wir werden dich öfter besuchen, wo du doch einen christlichen Lebenswandel führst und gastfrei bist ohne Murmeln.

Er aber war wie ein geschlagener Mann und lächelte mit Wehmut. Im nächsten Jahr hat er nicht mehr acht Dollars Kirchenbeitrag gegeben, sondern fünfzig. Denn der Grund zu dem Strafessen und Überfall auf seine Hühner und Würste war ihm auf Umwegen bis an seine Ohren hinangekommen. Als wir merkten, daß er Angst hatte, da haben wir ihm in aller Freundschaft gesagt, wir würden nächstens mal wieder kommen, denn es hätte uns sehr schön bei ihm gefallen. Siehe, so hat er sich allmählich schon auf hundert Dollars gesteigert. Siehe, so haben wir ihn auf amerikanisch bekehrt. Ja well.

Das ist eine wahre Geschichte, und der dir das erzählt hat, der ist mit dabeigewesen und hat mit eingehauen. Die Geschichte kannst du ruhig vorlesen in deinem Dorf: daraus kann mancher lernen und einen Augenspiegel nehmen. Penningschmidt hat das auch getan, und Penningschmidts wird es bei euch auch wohl geben. Bloß, sie heißen mennigmal mit ihrem Namen anders. – Wieschen hat das Bekehrungsessen nicht mitgemacht. Sie sagte, das wäre ihr zu schanierlich. Aber ausgefragt hat sie mich nachher bis auf den letzten Wurstzipfel. Frauensleute sind neulich (neugierig).

Unsre Kirche hat auch vier Wände. Darin ist sie grade so getrachtet wie eure. Bloß die vier Wände stehen hier dichter zusammen. Dafür ist sie sonntags auch voller als eure. Wir haben hier auch mehr Interesse an Kirchensachen. Wir haben hier nicht bloß zu zahlen. Wir haben da auch mit zu sagen und zu beschließen. Hier sucht der Pastor auch seine Leute auf. Er wartet nicht, bis sie zu ihm kommen. Ja, jetzt ist das alles hier bei uns in Ordnung. Aber zu Anfang, da war es nicht so. Meine Farm lag mitten im Busch. Da kam mein Stammhalter an und wollte getauft werden. Es war nicht leicht. Denn zu einer richtigen Taufe gehört nicht bloß ein Junge; nein, da ist auch ein Pastor nötig. Mit dem Jungen hatte es seine Richtigkeit, ja well. Siehe, er wog nüchtern seine neun Pfund. Aber mit dem Priester, das war schlimm, denn da war bloß ein methodistischer in der Gegend. Der hatte die Angewohnheit an sich, daß er seine Stelle alle zwei Jahre wechselte. Er sprach: Gott hat mich gerufen! Weißt du, was ich glaube? Ich glaube, der Mann hat sich da oft verhört. Die Frau hatte es schlimm, denn sie mußte immer das Packen besorgen. Seine Hühner waren es schon gewohnt. Wenn er in den Stall reinkuckte, dann legten sie sich gleich auf den Rücken und hielten die Beine hoch. Sie dachten: Nun geht das Elend mit dem Umzug wieder los. Aber wir wollen uns man fix die Beine zusammenbinden lassen, daß wir zur rechten Zeit fertig sind und mitkommen.

Von den Methodisten muß ich noch ein paar Wörter machen, weil wir doch so viele bei uns haben. Ich bin auch ein paarmal auf ihren Versammlungen gewesen. Da predigte und schrie der Priester auf die Versammlung los, daß sie sich bekehren sollten. Er erzählte Bekehrungsgeschichten und predigte vom Jüngsten Tag und vom Feuer in der Hölle. Auch von den Frauensleuten schrien welche dazwischen. Aber es wollte sich keiner bekehren. Da schrien sie noch doller. Sie schrien so durcheinander, daß nichts mehr zu verstehen war. Aber es wollte sich noch keiner bekehren. Bloß schwitzen und seufzen taten viele, und am meisten schwitzte der Priester. Dann erzählte er greuliche Geschichten von Menschen, die sich nicht bekehren wollten. Da war der Teufel mit Gestank gekommen und hatte ihre schwarze Seele geholt, so daß sie in Verzweiflung gestorben waren. Da kamen dann zuletzt zwei oder drei alte Frauen nach vorn. Sie weinten und jammerten und warfen sich auf die Bußbank. Na, das war doch wenigstens was.

Mir kam auch mal einer von den methodistischen Leuten ins Haus. Er wollte mich bekehren, und Wieschen gibt ihm zu essen und zu trinken. Er jammerte über meine Seele. Er predigte sich in eine große Hitze hinein. Aber dabei gingen seine Augen vom Schinken zur Wurst und von der Wurst zum Schinken. Er stürmte mit Geschrei auf mich los und wollte mich mit Gewalt bekehren. Aber dabei säbelte er ein paar mächtig dicke Scheiben Schinken herunter. So sprach ich: Ich sehe, daß du auch am liebsten Schinken magst. Aber wenn du geistlich sein willst, dann sei geistlich; und wenn du weltlich sein willst, dann sei weltlich. Geistliches und Weltliches in einem Pott, das gleiche ich nicht. – Da hat er mit Bekehren und Jammern nachgelassen. Da hat er mich bloß noch mit ein paar frommen Wörtern ermahnt. Da war er ein ganz vernünftiger Mensch, und Wieschen ihre Wurst hat er auch noch gelobt.

Nein, einer von der Sorte sollte unsern Jungen nicht taufen. Als lutherische Christen wollten wir zum lutherischen Priester. Als Wieschen wieder so weit war, machten wir uns darum auf den Weg. Ich mit dem Jungen vorauf, sie hinterdrein. Wir gingen zwei Tage. Die Nacht blieben wir bei einem Farmer aus Norwegen. Wir kannten ihn nicht. Wir haben ihn nie wieder gesehen. Er nahm uns auf. Seine Frau hat Gutes an uns getan.

Am andern Morgen zogen wir weiter. Der Weg war schlecht. Er war wie ein Regenwurm, der auf Irrwegen ist. Bald gingen wir rechts durch den Swamp, bald links durch den Busch. Dann wieder über dicke Baumstubben. Einer war so dick, da sagte ich zu Wieschen: Wieschen, sagte ich, wenn du willst, können wir mal einen Schottschen drauf tanzen. Aber Wieschen wollte nicht. Da waren so viele Wagentraden und Geleise als auf dem Bahnhof in Chicago. Man bloß, sie liefen wild durcheinander. Da war keine Ordnung und kein Gesetz, und die vielen Schlaglöcher sorgten auch dafür, daß wir nicht zu schnell vorwärts kamen. Das Gehen ging da sehr holprig. Wenn ich den linken Fuß aus einem Loch rausgezogen hatte, dann steckte ich mit dem andern schon im nächsten. Wieschen mußte ich auch oft raushelfen, und den Jungen durfte ich auch nicht fallen lassen. So kamen wir vorwärts, und am Abend des zweiten Tages waren wir beim Pastor. Da war der zehn Meilen Ost geritten, um Gesunde und Kranke zu besuchen.

Wir hatten aber Glück. Wir durften in seinem Hause schlafen, und seine Frau gab uns nicht bloß freundliche Wörter; sie gab uns auch was zu essen. Am andern Tag hatten wir noch mehr Glück. Da kam er selbst, und der Junge wurde getauft, daß es eine Lust war. So konnten wir zurückwandern. Aber der Weg war darum nicht besser geworden, daß der Junge nun auch Christ war. Auch brüllte er noch ganz heidnisch. Ihm gefiel die Wanderschaft nicht. Das dicke Ende aber kam nach.

Als wir wieder in unserer Blockhütte waren, da klappte Wieschen zusammen. Es war ihr zuviel geworden. Dann hat sie einmal um die Uhr rund geschlafen. Das war wieder gut. Aber der Junge schrie, die Kühe brüllten, die Schweine murrten: Die Wirtschaft paßt uns nicht. Wo können wir Schinken und Speck ansetzen, wenn ihr uns so behandelt! Ich ging hinaus. Ich kratzte mich hinter den Ohren. Als ich das getan hatte, sprach ich zu mir: Jürnjakob Swehn, dat Kratzen nützt hier ok nicks. Riet di man leiwer tausamen, dat Vieh un Minschen ehr Gerechtigkeit kriegen. Als ich das zu mir gesprochen hatte, da riß ich mich zusammen. Ich melkte die Kühe und gab ihnen Futter, den Schweinen Korn und Wasser, daß sie nicht mehr murrten. Für den Jungen machte ich einen Lutschbeutel, als wenn es schon der sechste wäre. So fein, sage ich dir. Wieschen kochte ich eine schöne Suppe, und dann setzte ich mich an ihr Bett und aß den Speck mal wieder über den Daumen wie in alter Zeit. Schinken und Speck ist eine angenehme Gesellschaft für eine einsame Seele. – Ja, zu Anfang hatte es in Amerika seinen Haken, seinen Jungen auf lutherisch taufen zu lassen. –

Lieber Freund, von unserm Anfang kann ich dir noch manches erzählen. Wir hatten den Pastor schon viel näher, da ist es mir doch noch ein paarmal passiert, daß ich sonntags in die Kirche reinkam und der Pastor kam mir schon entgegen. Das tat er nicht aus Höflichkeit, sondern weil die Kirche schon aus war. Bloß ich konnte nicht eher rankommen. Andern ging das auch so. War der Pastor beinahe fertig mit seiner Predigt, dann konnten wir in der Ferne manchmal noch ein Ochsengespann hören. Das kam langsam näher. Das war Heinrich Tiesel. Er wohnte seine zwölf Meilen Nord, und sein Weg ging durch Busch und Sumpf. Bei den vielen Schlaglöchern sind Ochsen am sichersten. Man bloß, man muß laut mit ihnen reden, sonst verstehen sie es nicht. Tiesel aber hatte eine gute Ausrede, darum hörten wir ihn schon von ferne, und um das Amen rum war er denn auch richtig in der Kirche. Dann ließ der Pastor noch einen langen Schlußgesang singen. So hatte er auch was vom Sonntag und hatte den weiten Weg doch nicht umsonst gemacht.

Ich hatte zu Anfang auch manchmal ein merkwürdiges Unglück in der Kirche. Da stand an der Tafel der Gesang Nr. 401. Hoho, denke ich, den kennst du von der Schule her aus dem Kopf; da kannst du dein Gesangbuch sparen. Denn es war noch mein altes von der Schule her. Ich fing dann auch richtig an zu singen: Ein' feste Burg ist unser Gott. Aber meine Nachbarn wunderten sich über mein Singen und stießen mich an, denn sie sangen: Du bist zwar mein und bleibest mein; wer will mir's anders sagen? Nimm mal bloß an, das ist in Amerika Nr. 401! – Da war wieder mal ein Sonntag, und am Brett stand Nr. 359. Ich denke mir nichts Arges dabei und lege richtig los: Wer nur den lieben Gott läßt walten. Aber Wieschen stieß mich an, denn die andern sangen: Gott lebet noch, Seele, was verzagest du doch? – So ging es mir auch mit Nr. 89. Das war in der Passionszeit, und ich wundere mich noch, daß da Luther sein Weihnachtslied gesungen werden soll, denn Nr. 89 ist ja: Lobt Gott, ihr Christen, alle gleich. Aber wir waren in Amerika, und da war Nr. 89 kein Weihnachtslied. Es war: O Welt, sieh hier dein Leben. Ja, denke ich, das paßt besser und ist auch ein schönes Lied. Aber es ist doch schade, daß nicht alle Welt einerlei Zunge und Sprache und Gesangbuch hat. Ich hatte mich so schön an die alten Nummern gewöhnt. Aber einer muß hier im Leben oft umlernen und in den Nummern auch.

Unsere Pastoren haben hier kein bequemes Leben, und die meisten bleiben hellschen mager. Was der unsre ist, der war zu Anfang meist als Reisepastor unterwegs und hatte in der Woche vier Predigten zu tun, zwei am Sonntag, zwei in der Woche. Zu uns kam er am Dienstag. Da mußte einer es schon ganz wild haben oder sehr raffig sein, sonst machte er den Dienstag zum Sonntag. Sein Reisen und Reiten geschah also, daß er seine sieben Meilen ritt oder mehr. Bis Mittag hielt er dann Kirche. Nachher gab es noch biblische Geschichte mit den großen Kindern, wobei wir auch meist dablieben. Später legte er sich einen Wagen zu und kam öfter. Meist gegen Abend, weil er uns dann mehr zu Hause traf. In der ersten Zeit ritt er manchmal den ganzen Tag von Farm zu Farm und traf doch nur Kinder. Die Großen waren alle auf dem Felde. Jetzt richtete er auch Kinderlehre und Konfirmandenunterricht ein. Drei Tage hielt er Schule in Town, drei halbe auf dem Lande. Die Kinder lernten biblische Geschichte, Katechismus und Gesang. Die meisten konnten nicht lesen. Pflügen, mähen, reiten und fahren, ja, das konnten sie alle. Lesen konnten sie nicht; es ist auch schwerer. Ja, wenn man die Buchstaben mit der Harke zusammenfassen könnte! – Er sprach es ihnen vor, und sie sprachen es nach, bis sie es wußten. So lernten sie in zwei Wintern doch ihre zehn Gesänge und mehr und sangen sie auch. Auch lernten sie bei ihm Lesen, Schreiben und Rechnen, wenn so viel Zeit da war.

Auf die Dauer ging das nicht. Er gab sich viele Mühe, aber die Kinder wuchsen doch beinahe auf wie das liebe Vieh. Der Mann konnte das auch nicht aushalten. Es begegnete ihm zuviel Unfall. Mal sich verirren im Busch und draußen übernachten, aber nicht bei so schönem Wetter, als Jakob unterwegs hatte. Sondern er war bis auf die Haut durchweicht. Viel kalt war es auch noch. Bei solchem Wetter hätte Jakob auch nicht von der Himmelsleiter geträumt. Mal mit dem Braunen durch den Fluß geschwommen. Aber unterwegs verlor er seinen Braunen oder der Braune ihn. Mit knapper Not kam er wieder ans Land. Sein Brauner auch, man bloß am andern Ufer. Da kuckten sie sich beide an, und die Tasche mit dem heiligen Rock schwamm unterdes nach dem Ozean. – Mal wieder mit dem Wagen umgeschmissen. Er ließ ihn liegen und kam mit den losbändigen Pferden an. Mal übernachtete er in einer elendigen Blockhütte, in der lange keine Menschen mehr gewohnt hatten. Das Dach war so löcherig, daß er nachts den Regenschirm aufspannen mußte. Das hält auf die Dauer kein Mensch aus, ein amerikanischer Pastor auch nicht. Aber man muß sie dafür ehren und danken.

Als erst mehr Leute zugezogen waren, da machten wir es anders. Da meldete sich der Pastor zum Sonntag an. Da wurde alles aufgeboten, was so bei zehn Meilen in der Runde wohnte. So ist mein altes Blockhaus auch ein paarmal Kirche gewesen. Ich hatte die Balken inwendig aber auch extra gekalkt. Die Stube war die Kirche, die Küche nahmen wir auch noch dazu. Ich schleppte große Blöcke rein und legte Bretter darüber. Aber Wieschen deckte ein weißes Laken über den Tisch. Da war die Kirche fertig.

Am andern Morgen kamen sie alle an, zu Fuß oder zu Wagen. Die welchen zu Pferd, Frauensleute auch, denn der Weg war schlecht. Winter war es auch, und wir hatten in dem Winter viel kalt. Na, dagegen gab es einen heißen Ofen und heißen Kaffee. Zuerst sangen wir: Ich singe dir mit Herz und Mund. Das schallte man so. Das ging bunt her. Da kam ein jeder für sich am Ende des Verses an. Denn da gab es welche, die waren hitzig; da gab es auch welche, die hatten was Gleichgültiges an sich. Als aber der Vers zu Ende war, da hielten die Hitzigen so lange still, bis die andern auch da waren. Da war auch ein Däne, der stammte aus Naestved, das liegt da irgendwo achter Rostock rum. Der saß hinter dem Ofen in der Ecke, da, wo es am heißesten war. Da saß er auf seinem Stubben. Da schwitzte er auf amerikanisch und sang auf dänisch. Da wurde es noch bunter, denn er sang, wie geschrieben steht: In eigener Melodie. Und die war auch dänisch. Lieber Freund, weißt du, was ich glaube? Ich glaube, der liebe Gott hat sich an dem Tage sehr gewundert über seine Buschleute.

Siehe, an dem Tage war ich der Küster und ging mit dem

Klingelbeutel rum. Das war mein schwarzer Hut. Denn Wieschen sagte: Mit dem Strohhut kannst du Gott nicht ehren. Ich sagte: Wieschen, du hast einen verkehrten Glauben. Mit einem Strohhut kann man Gott auch ehren, denn der Herr siehet das Herz an, und vom Hut steht nichts in der Schrift, ob das ein schwarzer oder ein weißer sein muß. So sagt sie: Weiß ist er schon lange nicht mehr, aber entzwei ist er schon lange. Wenn sie dir nun da oben Geld reinwerfen und es fällt gleich durch und rollt durch die Stube, dann mußt du dahinter herkriechen und es wieder suchen, und das gehört nicht zur Andacht. So sage ich: Wieschen, wenn es so ist, dann will ich man lieber den schwarzen nehmen. Das sieht auch geistlicher aus. – So wurde der schwarze auf den Tag zum Klingelbeutel erhöht. Man bloß, daß da keine Klingel an war. Geklingelt hätt' ich für mein Leben gern.

So fing ich an zu kollekten, und es hat mir keiner in meinen Hut reingenickköppt, sondern alle haben gegeben, und der Pastor kriegte über fünfzehn Dollars. Da war er fröhlich. Aber Wieschen war stolz auf mich und ich auch, denn so was hat der alte Adam gern. Der Däne aus Naestved da auf dem Block hinter dem Ofen, der hat auch einen Dollar gegeben, und nachher sagte er: Verstanden hab ich nichts, aber es war sehr feierlich und eine große Auferbauung. Wenn ihr nichts dagegen habt, will ich gern wiederkommen.

Der Pastor predigte über die Speisung der Fünftausend, und dazu brummten die Kühe und Ochsen, und die Schweine quiekten, und die Hähne krähten, und das hat sich alles ganz gut mit der Speisung der Fünftausend vertragen. Denn die Tiere loben Gott auch mit ihrer Stimme, ein jegliches nach seiner Art. Aber nach dem Amen kam noch eine Frau. Die wollte taufen lassen, und was meinst du wohl, wer das war? Das war Dürten Fründt aus unserm Dorf. Sie hat hier Fehlandt seinen Zweiten geheiratet, und zu ihrem kleinen Mädchen bin ich Pate geworden und Wieschen auch.

Als das geschehen war, räumten wir aus und stellten die Tische zusammen, und die meisten haben gleich bei uns gegessen. Lieber Freund, ich kann dir mitteilen, da waren Gerichte darunter, die konnte der ärmste Mann essen. Du kannst mir richtig glauben, sie sind alle satt geworden und haben gesagt: Danke, ich habe plenty! So war ich wieder mächtig stolz auf Wieschen.

Nachher blieben wir gleich sitzen, und da wurde viel erzählt. Erst Geistliches, dann wurden wir weltlich und zuletzt wieder geistlich. Es war alles sehr schön und dauerte sehr lange. Denn wir kamen in den Jahren selten zum Sitzen. Aber wenn wir mal saßen, dann saßen wir auch fest. Erst sprachen wir von den Toten, und dem einen sein Großvater liegt auf dem Kirchhof in Picher, dem andern sein Vater in Konow und meiner in Eldena. So sind sie auch Nachbarn und nicht weiter auseinander als ihre Kinder hier im Land Amerika. Und der eine hat seine erste Frau im Hannöverschen begraben und der andere seinen ältesten Sohn im Holsteinschen, und der Pastor sprach viele gute Wörter dazwischen von Leben und Sterben und Auferstehen.

Aber von den Toten kamen wir auf die Lebenden; denn was dem einen recht ist, ist dem andern billig, und der Pastor erzählte schöne Geschichten aus der Heimat und aus schönen Büchern, daß es uns eine rechte Freude war und die Augen blänkerten. Dann sprach der eine vom Bohnenmähen in Holstein, was das für schwere Arbeit sei, und der andere vom dreikantigen Weizen in der Heide. Mit einmal waren wir dann alle in der Kinderzeit, und jeder erzählte von zu Hause und von der Schule. Dann waren wir wieder auf den Farmen, und der eine verkaufte sein Vieh vom letzten Jahr noch einmal, und der andere fing schon an, seine nächste Weizenernte zu dreschen, wenn er auch noch gar nicht gesät hatte. Aber der dritte schlug Holz, und der vierte sprengte die Stubben mit Dynamit. Alles auf plattdeutsch. Bloß, das dauerte nicht lange, denn das haben wir hier alle Tage, und sonntags will der Mensch mal was anders hören.

Siehe, da fing einer an und erzählte aus seiner Dragonerzeit in Ludwigslust, und ein anderer war wieder Füsilier in Rostock, und ein dritter streckte seine krummen Knie und diente als strammer Grenadier in Schwerin. So exerzierten sie durch die Stube, und in der Küche war die Parade an Großherzogs Geburtstag; darum machten sie schöne Griffe mit dem Besenstiel. Aber der Dragoner fing an zu singen: König Wilhelm saß ganz heiter. Viele Verse konnte er nicht mehr, aber das schadete nicht, denn wir waren alle schon beim großen Krieg, und Sedan, Straßburg, Metz und Orleans wurden an dem Tage noch einmal erobert. Als aber Paris erobert war, da wanderten die Besenstiele wieder in die Ecke, denn der alte Schuldt hatte schon ein paarmal sein Häih?! gesagt, und das ist immer ein Beweis, daß er müde ist. Die Frauensleute meinten auch, nun sei es Zeit. So machten sie den Anfang. Dunkel war es auch schon. Aber Wieschen hatte noch einmal guten Kaffee gekocht, und als sie den eingenommen hatten, da wurde alles in die Wagen gestopft, und alle sagten: So einen schönen Sonntag haben wir uns schon lange mal wieder gewünscht, denn der Mensch ist nicht bloß zum Arbeiten auf der Welt. – Da fuhren sie hin, und wir gingen auch zu Bett. Das war mal ein richtiger Sonntag. Ja well.

Das haben wir dann lange Zeit so gemacht, mal beim einen, mal beim andern. Zuletzt ging das nicht mehr. Wir hatten schon zuviel Zuzug gekriegt. Die Blockhäuser waren nicht mehr groß genug. Wat nu? Wir besprachen die Sache zwei lang, zwei breit. Aber beim Reden kommt auch nicht viel raus, und rein noch weniger. Wenn man beim Reden nicht weiß, worauf man hinaus will, dann kann man sich ebensogut vor den Spiegel stellen und den Mund eine halbe Stunde auf- und zuklappen. Das ist dann auch eine ganz gute Übung. – Als wir wieder mal bei mir zusammenkommen wollten, da sage ich: Wieschen, du mußt zum Sonntag so schön kochen, als du man irgend kannst, und recht viel davon. Denn ich habe einen Plan, und du mußt mir mit deinem Kochen dabei helfen. Wieschen wird hellhörig. Sie sagt: Woso und woans? Was hat mein Kochen mit deinem Plan zu tun? Was hast du vor? Sage es mir! Ich sage: Ein tugendsam Weib ist die Krone ihres Mannes, aber viel fragen macht den Leib müde. Du wirst es erfahren, wenn wir alle satt sind.

Als nun die Kirche zu Ende war, da haben sie alle gegessen. Sie haben so gegessen, daß sie pusteten; denn Wieschen hatte getan nach meinem Rat. So sprach ich: Lieben Freunde, Nachbarn und Landsleute, unsere Gemeinde ist zu groß geworden und unsere Häuser zu klein. Darum so laßt uns eine Kirche bauen.

Da waren auch viele gleich dafür. Das waren die, mit denen ich die Sache schon vorher besprochen hatte. Da willigten auch die bald ein in meinen Rat, die vorher am meisten gegessen hatten. Denn wenn der Mensch satt ist, dann ist er friedfertig. Darum bespricht sich so etwas besser nach dem Essen. Aber es waren noch etliche, die wollten abspringen, denn ihr Geld war ihnen zu lieb. So haben wir mit ihnen gerechnet: Wir machen das meiste mit eigen Hand und Spann, denn es soll für den Anfang bloß eine Blockkirche werden. Die kostet so gut wie nichts. Die können wir uns selbst herrichten und zusammenschlagen. Holz haben wir genug, und wenn wir gleich dabei anfangen, dann sind wir zu Ostern fertig mit dem Bau.

Der dicke Meier will nicht. Er sagt nichts. Aber er steckt die Hände in die Taschen und brummt vor sich hin. Im Mittagsschlaf haben wir ihn auch gestört. Dann ist nicht viel mit ihm anzufangen. Aber ich kenne ihn. Ich weiß, wie er zu nehmen ist. Ich sage: Meier, ich will dir mal was sagen. Es dauert mich schon lange, daß du hier gar nicht ordentlich sitzen kannst. Unsere Bänke sind viel zu schmal für dich. Du mußt immer schräge sitzen. In der Kirche bauen wir breite Bänke, daß jeder bequem drauf sitzen kann. Und eine wird extra breit gebaut. Die sollst du haben, daß du mit Loben, Danken und Wohlgefallen drauf sitzen kannst. Die Bank vermachen wir dir schriftlich. Wenn du einverstanden bist, dann kannst du dich nachher auch gleich hinter den Ofen setzen und ein Auge voll nehmen. Wieschen, stell Meier den Stauhl doch en beten achter den Aben!

So sage ich, denn ich weiß, daß er gern bequem sitzt. Das von der breiten Bank hat er auch gern gehört. Da hat er nicht mehr gebrummt. Da hat er bloß noch die Hände in den Taschen gehabt. Da ist er halb gewonnen. Darum sage ich zu seiner Frau: Wir müssen eine Kirche haben. Das geht nicht, daß wir dir deinen schönen Teppich immer so voll Schnee treten und dir soviel Dreck in die Stube tragen, wo du sie vorher grade so schön gebohnert hast. – Das sieht die Frau ein, denn sie ist sehr für die Reinlichkeit. So sagt sie ja, und da ist der dicke Meier ganz gewonnen. Er holt seine Hände aus den Bücksentaschen. Er geht hinter den Ofen. Denn er ist ein verständiger Mann. Aber in etlichen Dingen ist die Frau der Mann, und sein Haus ist manchmal von der umgekehrten Weltordnung.

Da waren aber noch ein paar andere, die wollten auch nicht anbeißen, denn Teppich und Fußbodenstreichen sind ihnen wilde Wörter, und ihre Dielen haben nicht die Angewohnheit, daß sie gescheuert werden. Denen ist das gleich, ob da ein Zoll Dreck mehr raufkommt das Jahr oder zwei. Sonst sind sie ordentliche Arbeiter. Es sind Polen, aber sie belangen zu unserer Kirche. Sie wohnen nun einmal unter uns, und haben müssen wir sie; sonst springen sie ab und laufen zu den Sekten, und die wollen wir uns hier vom Leibe halten. Die mußten anders genommen werden.

Ich sage: Ihr mögt doch gern Kirchenglocken hören? – Mögen wir, antworteten sie. – Als wir uns vor drei Wochen im Town trafen und die Glocken gingen, da habt ihr gesagt: Darüber tun wir uns freuen. – Tun wir auch noch. Ja, Kirchenglokken können wir gut leiden. – Ihr habt dann weiter gemeint, daß es so schön wäre, wenn wir auch ein paar Glocken haben täten. – Meinen wir auch heute noch. – Ja, wo bleiben wir dann aber mit den Glocken? Oben aufs Hausdach können wir sie nicht gut hängen, und in den Baum hinein, das läßt auch nicht. Da lassen die Vögel auch leicht was drauffallen, was sich für heilige Glocken nicht paßt. Wie sieht das bloß aus! Wenn da mal einer herkommt und läßt es nachher in die Zeitung setzen, dann lacht das ganze Land über uns. – Da wollten sie erst recht nicht ran. Sie sagten: Das mit den Vögeln, das hat nichts zu sagen. Aber das Gerede in der Zeitung, nein, das darf nicht aufkommen. Zuletzt hatten wir sie dann richtig so weit, daß sie sagten: Wenn Glocken sein sollen, dann muß auch ein Turm sein; das geht da nicht ohne.

Schön, sage ich. Aber was meint ihr, wollen wir den Turm denn so auf den Berg stellen? Da kommen viele Leute die Road lang. Die stehen mal still und verpusten sich, und wenn sie das besorgt haben, dann kucken sie sich um, und einer spricht: Nu seht mal bloß, was für eine malle Gegend! Die haben sich einen Glockenturm hingestellt und weiter nichts. Dann sagt der andre: Das werden wohl Nachkommen sein von dem Farmer, der einen Wald kaufen wollte. Aber das wurde ihm zu teuer. So ging er hin und kaufte sich eine Bohnenstange. Dann sagt der dritte: Oder von dem Mann, der eine Farm kaufen wollte. Aber das wurde ihm zu teuer. So ging er hin und kaufte sich einen Kohlkopf! Dann sagt der vierte: Oder von dem Mann, der einen Knopf hatte und nun am Wege saß und auf jemand wartete, der ihm die Bücks dazu schenkte. Dann gehen sie mit Lachen weiter, und ein paar Tage später lesen die Leute es mit Lachen in der Zeitung. Wenn wir einen Turm bauen, dann müssen wir auch eine Kirche bauen, daß wir nicht zum Eulenspiegel werden im Country. Bloß ein Turm, das ist nicht Hemd und nicht Bücks. So sagt mir, was eure Meinung ist.

Da haben sie sich gelacht und gesagt: Unsere Meinung ist, daß du uns angeführt hast. Du hast mit der Kirche da angefangen, wo andere mit aufhören. Weil wir mal gesagt haben, daß Kirchenglocken sich schön anhören tun, darum müssen wir nun eine Kirche bauen. – So waren wir einig, und sie haben fleißig geholfen. Wir machten gleich in den nächsten Tagen den Anfang, denn den Platz hatten wir schon vorher ausgesucht. Wir nahmen die paßrechten Bäume nieder. Streben, Stützen, Balken, Bretter: alles wurde vermessen und zugeschnitten. Aber Dielenbretter und innen die Verschalung, dazu nahmen wir Ahorn. Es war ein saures Stück Arbeit, denn es war hartes Holz, und die Säge ging wie in Eisen. Die Steine zum Fundament mußten wir auch erst den Hügel raufwälzen. Aber es ging schnell vorwärts, denn wir arbeiteten mit Freuden und nicht mit Seufzen. Als Palmsonntag ins Land kam, da war sie hoch. Ostern hielten wir zum erstenmal Kirche im Rohbau, und Pfingsten läuteten die Glocken zum erstenmal. Da standen wir unten auf dem Kirchhof und nahmen die Hüte und Mützen ab und beteten. Und als wir das getan hatten, freuten wir uns wieder, und alle waren zufrieden. Meier auch mit seiner Extrabank.

Bloß einer war nicht zufrieden. Das war der Krüger. Er hatte da einen Saloon aufgemacht. Er bot uns zweihundert Dollars zum Bau, wenn wir die Kirche näher an sein Haus ranrückten. Einen schönen Hügel am Wege wollte er auch umsonst hergeben, und den Kirchhof konnten wir von seinem Platz abstecken, so groß wir ihn haben wollten. Aber wir haben ihm abgesagt: Christus und Belial, die passen nicht zusammen, die müssen Abstand haben. Da wurde er falsch, aber man für kurze Zeit, denn mit seinem Kramladen ist er auf uns angewiesen.

Siehe, das war unsre erste Kirche. Sie wurde nachher auch zu klein, und da bauten wir die schöne Steinkirche. Die alte hat dann noch eine Zeit als Schule gedient. Aber den Turm brauchten wir nicht runterzunehmen. Der Sturm hatte uns die Arbeit schon abgenommen. An die alte Kirche denken wir noch gern zurück, denn es war die erste, und wir hatten sie selbst gebaut. Wir hatten Gottes Wort in ihr gehört und Gottes Segen mit rausgenommen auf unsre Farm.

Ein Vierteljahr zurück schrieb ich dir von den Polen, wie wir sie zum Kirchenbau bekehrten. Von dem einen will ich dir heute eine Geschichte erzählen, denn Wieschen hat in diesen Tagen mal wieder ihre große Reinmacherei, und dann ist ein schlechter Umgang mit ihr. Ich sage bloß so im Vorbeigehen ganz löslich ein paar Wörter von der Sündflut. So sagt sie, ich soll mir ganz ruhig eine Arche bauen und abgondeln. Ja, so sind die Weiber. Nun riecht das ganze Haus nach Wasser, und bei dem wässerigen Geruch ist mir die Geschichte von dem Polen wieder eingefallen. Der Mann hieß mit seinem Namen Scharwenski und war ein Jahr mit im Kirchenvorstand. Aber so was von Dreck hab ich mein Lebtag nicht in einem Hause gesehen. Die Stube war anzusehen wie ein richtiger Schweinestall, und in der Küche klebte das Geschirr an den Brettern. Die Wanzen wollten gern schwadronsweise an den Wänden lang exerzieren. Man bloß, sie blieben stecken, sie saßen bis an den Bauch im Dreck. Na, es gibt verschiedene Würmer aus Gottes Erdboden. Die einen mögen gern im Apfel sitzen und die andern im Dreck. Die Naturen sind verschieden.

Der Pastor kam zu ihnen. Der Mann war nicht da. So kam die Frau rein. Sie kam vom Ausmisten. Das konnte man sehen und riechen auch. Sie hatte sich nicht mal die Finger gewaschen. Sie trug Brot, Butter und Käse auf. Der Pastor mußte essen. Er mußte sich würgen. Es wollte nicht untergehen. Er mußte noch ein großes Stück Käse mitnehmen. Er war froh, als er draußen war. Den Käse legte er in seine Stube. Als er dann wieder rein kam, da saß sein Kandidat hinter dem Käse und säbelte ein Stück nach dem andern ab. Das war ein feiner junger Herr, und sein Vater war Professor am College. Er war auch schon mal bei Scharwenski gewesen, aber nachher hatte er einen Tag lang nicht essen können.

Als der Pastor ihn nun so nürig (emsig) essen sah, sprach er zu sich. Dein Kandidat will Pastor werden. So kommt er zu allerlei Volk und muß an ihrem Tisch sitzen und ihr Brot essen; sonst sehen sie das als eine Beleidigung an. Der junge Mann ist von Hause aus noch immer zu ekelhaft in seinem Essen. Er muß mehr hartfratsch* werden, und dies ist eine paßliche Gelegenheit, ihn zu bekehren.

Als er so weit gedacht hatte, da lobte der Kandidat den Käse in seinem Geschmack und daß er auch einen besonderen Geruch an sich habe. Ja, sagte der Pastor, er ist auch von Frau Scharwenski. Als der junge Herr das hörte, da aß er nicht mehr. Da legte er das Messer hin. Da wurde er blaß. Da lief er raus. Da lief der Käse auch wieder an die frische Luft, und das Vesperbrot sauste hinterher. Da hat der Pastor es aufgegeben und hat ihn nicht mehr bekehrt.

Solche und ähnliche Geschichten passieren hier auch. Der Mann hat seine Farm nachher ganz gut verkauft und ist über den Missouri nach Nebraska verzogen. Mit ihm ging ein andrer; dem sein Haus sah sehr reinlich aus, denn die Frau war dafür. Als sie so zusammen fortzogen, da wurde ein Sprichwort hinter ihnen hergesprochen: Hier swemmen wi Appel, säd de Roßappel taum Gravensteiner, dunn swemmten sei tausammen de Bäk dal. Aber sein Nachfolger und seine Frau, die haben ein halbes Jahr lang zu tun gehabt, daß sie den Stall rein kriegten, und die

* wenig wählerisch, alles essen.

Frau hat einen ganzen Tag mit der Schüffel gearbeitet, bis sie den gröbsten Mist aus der Stube hatte.

Wieschen sagt: Das mußt du nicht schreiben, denn es gehört zum Afterreden und ist gegen das achte Gebot. Ich sage: Wieschen, das ist nicht an dem. Ich habe es geschrieben, damit der Mann weiß, wie Land Amerika manchmal aussieht, wenn es in unrechte Hände kommt. So sagt sie: Du wirst auch keine Geschichten hinschreiben, die für dich selbst keine Ehre sind; darum mußt du es bei andern auch nicht tun. – Hoho, Wieschen, das werde ich doch tun. Ich soll ihm das Leben hier aufschreiben und abmalen, wie es wirklich ist; und das muß ich tun, ob ich davon eine Ehre habe oder nicht. – Was willst du denn von dir hinschreiben? – Wie ich mal von der Kanzel herab gezüchtigt worden bin! – Ach, laß doch die dumme Geschichte! Das ist ja auch schon seine zehn Jahre her. – Wir wollen uns freuen, Wieschen, daß es nicht erst letzten Sonntag passiert ist. Sonst würde ich meine Feder nicht in die Dinte stippen, sondern in Grimm. – Und das ist nicht christlich und bekommt auch nicht. Ich konnte dir den schönsten Braten machen, aber du bist auf und davon gegangen. – Stimmt, Wieschen! Ein Gericht Kraut mit Liebe ist besser denn ein gemästeter Ochse mit Haß, Sprüche Salomonis Kap. 15. – Na, das laß man sein. Für Krautessen bist du immer nie nicht gewesen.

Da geht sie hin, und ich will dir die Geschichte aufschreiben. Es ist nichts dabei, ist auch schon lange her. Du brauchst es aber im Dorf nicht vorzulesen. – Wir hatten mit Freunden und Verwandten eine kleine Feier. Es war ganz ordentlich, bloß zuletzt ein bißchen laut. Da kam ein junger Mensch rein, der hatte reichlich getrunken. Dem hatte Wieschen früher mal die Wahrheit gesagt, weil er duhn war und Reden führte, die nicht mehr anständig waren. Nun fing er an, sich mit Wörtern an Wieschen zu reiben. Sie sah mich an. Ich sah ihn an. Er stichelte weiter. Er stichelte nicht mehr mit Nähnadeln. Er stichelte mit Packnadeln. Es wurde ganz still. Ich sprach: Du mußt nun ruhig sein. Ich muß dir sonst eine runterhauen. Du kommst billiger weg, wenn du es jetzt sein läßt. – Es half nicht. Der Bengel trieb es immer ärger. Wieschen schämte sich vor den Leuten. Ich stand auf. Ich ging auf ihn zu. Ich hob meine Faust wider ihn. Ja, das tat ich. Aber Wieschen sprang dazwischen. Einer von den Nachbarn warf den Bengel aus der Tür. Ich vergaß die Sache. Aber sein Vater ging zum Pastor und verklagte mich. Das war der erste Teil.

Nun kommt der zweite Teil. Am Altjahrsabend saß ich in der Kirche, und der Pastor hielt eine schöne Predigt über das Wort: Meine Zeit stehet in deinen Händen. Aber am Schluß machte er noch eine Anmeldung. Er sprach: In unserer Gemeinde befindet sich ein Mann, der seine Hand wider seinen jungen Bruder erhoben hat. Er ist noch nicht um Vergebung bei ihm eingekommen. So wollen wir am Schluß des Jahres für ihn beten. – Und wahrhaftig! Da beteten sie für mich, und es kam mir gar nicht zu. Als sie das taten, da dachte ich erst was, was ganz unchristlich war, und was man in der Kirche lieber nicht denken soll. Aber dann hab ich auch gebetet. Ich habe gebetet: Vater, vergib ihnen, denn sie wissen nicht, was sie tun. Nachher bin ich zum Pastor gegangen und hab ihm mein Beten erzählt und die ganze Geschichte auch, denn mein Herz ist keine Mördergrube. Ich hab ihm auch gesagt, wenn er wieder mal von der Kanzel herab für einen bete, dann solle er sich vorher lieber genau erkundigen, daß er nicht vorbeibete. So war alles wieder in Ordnung, bloß der Pastor kriegte einen Kopf, der war etwas rot. Aber den Jungen und den Alten hat er sich dann mal ordentlich gelangt, und der Junge hat sich bei Wieschen verbeten und ist seitdem viel manierlicher geworden.

Na, so was kann passieren, denn Irren ist menschlich, auf der Kanzel auch. Und Fürbitte kann der Mensch immer mal brauchen. Paßt es heute nicht, dann paßt es ein andermal, und ich denke, der liebe Gott hat meine Fürbitte zurückgelegt für ein andermal, wo sie besser für mich paßt. Unter den Menschen aber ist es nötig, daß da kein Span und Haken zurückbleibt, und hier ist nichts zurückgeblieben.

Oha, in unsern Kirchen geschahen früher manchmal merkwürdige Sachen. Das war meist, als wir noch im Anfang steckten und weit auseinander wohnten. Aus der Zeit stammt sich eine Kirchengeschichte, die trug sich in einer Nachbargemeinde zu, so bei zwanzig Meilen West. Sie hatten da einen guten Pastor, aber eine schlechte Ernte, und das drei Jahre hintereinander. Alles war auf dem Halm verbrannt, und sie konnten sich das Einfahren sparen. Ihre Kühe waren anzusehen wie die Windhunde. Das erste Jahr ging das noch an. Als aber auch im zweiten Jahr der Himmel verschlossen war, da kamen sie zusammen und klagten sich ihre Not. Als sie damit fertig waren, machten sie den Beschluß, sie wollten in diesen teuren Zeiten dem Pastor sein Gehalt auch sparen. So gehen sie zu ihm und reden erst vom Wetter und all solchen Sachen, womit der

Mensch anfängt, wenn er zu Menschen kommt. Aber dann stößt einer den andern an, und endlich mußte der Kirchenälteste damit raus. Der stammte aus Buxtehude, da achter Hamburg. Das is dor, wo de Swienegel mal mit den Hasen in de Wedd löp und wo er ihn im Laufen übermochte.

Herr Pastor, sagt er, Ihr habt uns nun so'n Stücker drei Jahre Gottes Wort gepredigt, und wir haben Euch das Gehalt gern gezahlt und ohne Murren. Aber nun sind aasig schlechte Zeiten gekommen, und wir müssen sparen, denn die Gemeinde kann Euer Gehalt nicht mehr aufbringen. So haben wir den Beschluß gemacht, wir wollten mal versuchen, ohne Euch fertig zu werden.

Er hält still in seiner Ansprache. Keiner hilft ihm. Ihm wird heiß. Er merkt, es ist nicht leicht. Der Pastor steht am Fenster. Er kuckt raus. Er sagt nichts. Der Buxtehuder muß wieder anfangen: Wir haben an das Wort gedacht, was Ihr uns verkündigt habt: Gott ist in den Schwachen mächtig. Das wird wohl auch für trockne Jahre gelten. Besonders, wenn da ein Schwacher nicht allein ist, sondern ein ganzer Posten. Um Gottes Segen haben wir auch schon gebetet. Nun sind wir zwölf Mann im Kirchenrat, und wir haben uns das so gedacht: Wir wollen uns das umgehen lassen im Vierteljahr. Jeder übernimmt einen Sonntag und hält in der Kirche eine geistliche Vermahnung an die Gemeinde, so ähnlich, wie Ihr das macht. Bloß kürzer und kräftiger, und einer nach dem andern, daß jeder sein Recht kriegt. Er hält wieder still. Ihm wird noch heißer. Er muß sich den Schweiß abwischen. Der Pastor steht noch immer am Fenster. Er kuckt noch immer raus. Er sagt noch immer nichts. Der Mann aus Buxtehude muß noch einmal anfangen: Ihr habt uns Gottes Wort treu gepredigt. Dafür sind wir Euch dankbar. Aber jetzt sind wir in großer Not, und wir wollen uns bei Euch bedanken, wenn Ihr Euch eine andre Stelle sucht. Der liebe Gott wird Euch dabei helfen, und wir wollen auch für Euch beten. Wenn der liebe Gott wieder Regen über das Land schickt, holen wir Euch gern zurück. – Er hustet. Er scharrt mit dem Fuß. Er ist fertig mit seiner Ansprache. Die andern nickköppen ihm zu: Du hast deine Sache gut gemacht.

Da ist der Pastor auch fertig mit seinem Fensterkucken. Er dreht sich rum und sagt ja. Dann wischt er sich mit der Hand ein paarmal über den Mund und das Kinn. Ja, wenn Ihr meint, daß es nötig ist und daß Ihr auch ohne mich fertig werden tut, dann macht Euch weiter keine Sorgen. Heute ist Montag.

Nächsten Donnerstag will ich gehen, und nächsten Sonntag könnt ihr anfangen. Bloß, Ihr müßt mir erlauben, daß ich meine Sachen noch ein paar Wochen hierlasse. Denn für den Augenblick weiß ich nicht, wo ich damit hin soll.

Da willigten sie gerne ein und zogen ab, und er rief ihnen noch nach: Also bis dahin, daß der liebe Gott wieder Regen schickt über das Land! – Ja woll! riefen sie zurück. Du, sagte draußen einer zum andern, der Pastor hat sich eben, als er vom nächsten Regen sprach, mit der Hand wieder über den Mund gewischt. Aber es kam mir so vor, als wenn seine Augen sich inwendig lachten. Dabei ist für ihn doch nichts zu lachen. Aber wozu reibt er sich denn um den Mund rum? – Laß ihn reiben! sagten die andern, und am Donnerstag zog der Pastor richtig ab.

Damals dachte noch kein Mensch auf der Farm daran, sich ein Telephon anzuschaffen; aber die Geschichte lief in ein paar Tagen in der ganzen Gegend rum: In Dingskirchen hat die Gemeinde ihrem Pastor aufgesagt. Gottes Wort wird ihnen in trocknen Jahren zu teuer. Nächsten Sonntag wird der Kirchenälteste an seiner Stelle eine geistliche Vermahnung an die Gemeinde halten, die soll kurz und kräftig ausfallen. Sie wollten sich das umgehen lassen.

Da kam der nächste Sonntag schon ran. – Da kam alles, was Beine hatte, und ich auch. Ich sagte zu Wieschen: Das muß ich mir anhören. Sie sprach: Die Leute haben eine Dummheit gemacht, und die sie Sonntag machen, die wird noch größer sein, denn die erste war. Was willst du dir die Stiefelsohlen danach ablaufen? Aber als der Sonnabend kam, da nahm ich die zwanzig Meilen unter die Füße, und am Abend hatte ich sie richtig abgewickelt. Am andern Morgen war die Kirche proppenvoll. So voll hatte der Pastor sie wohl lange nicht gesehen. Vor dem Altar stand das Lesepult, und davor saß der Buxtehuder und hatte seinen Sonntagsrock an. Aber ein Sonntagsgesicht hatte er nicht aufgesetzt. Auch rutschte er heftig hin und her auf seiner Bank. Na, denke ich, in deiner Haut möchte ich heute auch nicht stecken. Wo dit woll möt!

Er läßt Nr. 288 singen: Was willst du, armer Erdenkloß, so sehr mit Hoffart prangen? Es ist ein langer Gesang. Er hat 13 Verse. Es ist zu Ende. Er bleibt sitzen. Er läßt ein zweites Lied singen. Die Gemeinde wundert sich; er ist sonst nicht für Musik. Endlich ist das auch zu Ende. Noch ein drittes Lied – nein, das geht nicht. So wankt er nach dem Pult und stellt sich dahinter. Aller Augen sehen auf ihn, die einen mit Neubegier, die andern mit Ehrfurcht. Ihm bebern die Bücksen. Er muß sich immerzu den Schweiß abwischen. Er nimmt die Bibel. Er schlägt sie auf. Er liest Matthäi am 23.: Oh, ihr Schlangen und Otterngezücht, wie wollt ihr der höllischen Verdammnis entrinnen? – Wir setzten uns. Wir husten noch mal, um nachher nicht zu stören. Wir setzten uns zurecht, und ich denke so bei mir: Alles, was recht ist! Eine kurze, kräftige Vermahnung läßt sich da gut anbringen. Aber daß er die Farmersleute gleich mit Schlangen und Ottern vergleicht, das wäre wohl nicht nötig gewesen, wo es auch gar nicht an dem ist. Na, das ist seine Sache. In der Bibel kommen Schlangen und Ottern ja öfter vor.

Als die Gemeinde mit dem Husten fertig ist, da hustet er selbst noch ein paarmal. Dann gibt er sich inwendig einen Ruck und fängt wahrhaftig an. Lieber Freund, ich kann dir mitteilen, was nun kam, so was hab ich im Leben nicht gehört. Das war nicht geistlich. Das war nicht weltlich. Das war bloß ängstlich und lauter Unsinn. Er fing an:

Meine lieben Mitchristen! Oder, wie der Apostel sagt, ihr Schlangen- und Otterngezücht! Ihr Schlangen! sagt er. – Ihr Schlangen und Ottern! – – Ihr Ottern und Schlangen! – – Ihr Ottern! – Ihr Schlangen! Das brüllt er man so raus, und dazu schlug er mit der Faust auf die Kanzel. Er tat es aber nicht aus Kraft, sondern aus Angst. Er wollte sich Mut machen. Es gelang ihm nicht. Er wußte nicht weiter. Er verbiesterte (verirrte) in seinem Text. Er fing wieder an: Ihr Schlangen- und Otterngezücht! – Ihr Schlangengezücht! – Es war wieder alle. Er kuckte über sich. Er kuckte uns an. Wir kuckten ihn an. Wir saßen ganz still. Er legte noch mal los; aber er war heil und deil verbiestert: Ihr Schlangen! Ihr Schlottern und Zangen! – – Ihr Schlottergezücht! – Das kam noch ordentlich forsch raus. Und dann saß er ganz fest. Seine Vermahnung war alle geworden. Er blickte um sich wie einer, der in großer Not ist.

Es war aber allda einer von den Ältesten, der sollte am nächsten Sonntag ran. Der sah seine Not und daß er die Tiere so durcheinander schmiß. Der sah auch, daß es mit der geistlichen Vermahnung für heute nichts mehr wurde. Darum erbarmte er sich über ihn und rief ihm leise zu: Lasset uns beten! – Er aber griff das Wort mit seinen Ohren auf, und mit seinen Augen suchte er auf der Bibelseite Matthäi am 23. nach einem Gebet. Es nützte nichts mehr. Er war nun einmal an Leib und Seele verbiestert, und darum verhaspelte er sich auch in seinem Beten. Er folgte die Hände und sprach: Lasset uns beten! Wehe euch, ihr Schriftgelehrten und Pharisäer! Amen. – Dann setzte er sich und tat sich bloß noch den Schweiß abwischen. Wir sangen noch ein kurzes Lied, und dann war die Kirche aus. Die Andacht war schon lange vorher aus gewesen. Weißt du, was ich wohl wissen möchte? Ich möchte wohl wissen, was der liebe Gott zu dem Buxtehuder seiner geistlichen Vermahnung gesagt hat.

Die Ältesten aber hielten einen Rat und machten einen Beschluß: Wir wollen unsern Pastor aufsuchen und ihn bitten, daß er wieder zu uns kommt. Es ist schwerer, als wir gedacht haben. – Der Pastor war auch gar nicht schwer aufzufinden. Er war in der Nähe geblieben, weil er sich das schon so gedacht hatte. Am nächsten Sonntag stand er wieder auf der Kanzel, und die Kirche war wieder voll. Sie haben ihm alle gedankt und gebeten, er solle ihnen das man nicht weiter übelnehmen; es sei bloß ihre Dummheit gewesen. Lieber wollten sie noch ein trockenes Jahr durchhalten als noch eine geistliche Vermahnung von der Sorte.

Der alte Buxtehuder aber hat um Vergebung einkommen müssen bei der Gemeinde. Er hat auch gesagt, es sei ihm bloß aus Angst abgegangen und es tue ihm leid; sie würden es aber auch nicht besser gemacht haben. Das haben sie denn auch geglaubt und sind damit zufrieden gewesen. Bloß, als Kirchenältesten haben sie ihn gleich abgesetzt, weil es vor Gott und allem Volk geschehen war. Es durfte ihn aber hinfort niemand fragen nach seinem Priestertum. Dann wurde er wild. – Der Pastor und seine Gemeinde sind nachher ganz gut miteinander fertig geworden, und in trocknen Jahren ist nicht wieder die Rede davon gewesen, daß sie ihm aufsagen wollten.

Als ich nach Hause kam und meinen Stock in die Ecke gestellt hatte, da sagte ich: Wieschen, sagte ich, du hast wieder mal recht gehabt. Lieber in trocknen Jahren Sägespäne essen, als vor dem Altar stehen und nicht priestern können. Wieschen meinte, das habe sie ja gleich gesagt. Aber ich mußte ihr die Geschichte doch haarklein erzählen.

Beim Maispahlen

Unsere Maisernte war all die Jahre durch gut, nur in einem Sommer verregnet. Das hat der Mais gern, wenn er sich versonnen kann. Der Bushel Mais wiegt beinah soviel wie ein kleiner Scheffel Rostocker Maß, 56 Pfund. Er kostet jetzt 75 Cents; das ist schon ein guter Preis. Der Bushel hat aber nicht einerlei Gewicht für alles, was wächst. Denn ein Bushel Weizen wiegt 60 Pfund, ein Bushel Kartoffeln auch 60. Beim Mais wird wieder unterschiedlich gerechnet, ob mit oder ohne Kolben. Mit Kolben, wenn er noch nicht geschält ist, hält er 70 Pfund; ohne Kolben, so wie er bei euch in den Handel kommt, 56 Pfund. Pfund und Pfund ist kein großer Unterschied, denn hundert deutsche Pfund sind hundertacht amerikanische.

Wir verbrauchen auch die Stubben vom Mais und die Kolben, wenn die Körner raus sind. Das können wir alles gut verbrauchen, ja well. Damit heizen wir. Wir stecken Steinkohle dazwischen. Das heizt beinah noch besser als Steinkohle allein und hält lange vor im Ofen. Die Stubben in der Erde lassen, das geht nicht. Wenn wir so lange warten wollen, bis sie da verfaulen, dann müssen wir so alt werden wie Methusalem; denn sie sind steinhart. Wollen wir sie kleinhaben, so nehmen wir die Axt.

Das Korn macht viel Arbeit. In den ersten Jahren machten wir das noch verkehrt. Da fuhren wir es auf dem Felde zusammen. Dort schälten und pahlten und rieben wir die Körner aus. Wir mußten morgens schon vor vier weg, und Wieschen stand dann so früh auf, daß wir vorher noch Kaffee trinken konnten. Die Pferde mußten vorher ja auch was haben. Es war so die Gewohnheit in meinem Kopf, daß ich zu dann rechtzeitig aufwachte. Bei Hannjürn mußten wir ja auch erst einige Lagen Korn dreschen, bis es Mehlsuppe gab.

So trieben wir es einige Jahre. Dann trieben wir es nicht mehr. Wir änderten unser Leben. Wir standen nicht mehr so früh auf. Wir fuhren das Korn nach Hause und schälten es da aus. Das geschah manchmal am Tage, sonst abends. Dann saßen wir die ganze Familie zusammen und machten Korn aus. Zwei Kolben wurden aneinandergerieben, und die Körner sprangen raus. Aber das kostete Zeit und wird heute nur noch auf ganz kleinen Farmen so gemacht. Auf großen Farmen machen wir das heute alles mit der Maschine. Die ganz großen im Westen und in

Kanada arbeiten mit Dampfmaschinen; die schneiden Stangen und Blätter auch gleich zu Häcksel. Viel Korn verfüttern wir auch grün. Wir fahren es in großen Haufen zusammen und schließen es luftdicht ab. So hält es sich, und das Vieh frißt es gern.

Mit dem Maispahlen vertrieben wir uns im Winter die Zeit. Das war eine schöne Gelegenheit zum Vorlesen und Erzählen. Da hörten wir aus der alten Heimat und von hier. Wir hörten von Gerechten und Ungerechten, vom Reichwerden und Armwerden. Wir hörten Gutes und Böses aus allen vier Winden, meist aber aus Ost. Denn knapp vier Meilen Nord, da läuft eine große Road an meiner Farm vorbei. Die geht nach dem Westen ins Land hinein. Da bröckelte manch einer ab, der aus dem Osten kam. Der wollte sich nicht mehr die Sohlen entzweilaufen. Manchmal hatte er auch keine mehr. Wer ordentlich aussah, der konnte bleiben. Wieschen gab ihnen zu essen und zu trinken. Abends halfen sie dann beim Maispahlen. Das taten sie auch ganz gern. Dabei erzählten sie ihre Geschichten; das taten sie auch gern. Die meisten hatten schon viel erlebt. Da kamen manche an, die konnten acht Tage lang erzählen. Da kriegte man viel zu hören und wurde nicht dummer davon. Aber am liebsten erzählten die alten Frauen. Wenn so ein paar zusammenkamen und eine erzählte, dann knabberte die andre schon immer mit dem Munde. Sie konnte nicht die Zeit abwarten, bis die Reihe an sie kam.

Da kamen bunte Geschichten zusammen, auch solche aus Rußland, Galizien, Bessarabien und wie die ollen Länder alle heißen. Die Jungs konnten sie auf der Karte auch nicht immer finden. Manchmal war das Land so klein, daß ich es mit dem Daumen zudecken konnte. Man denkt gar nicht, daß es da auch Leute gibt und Geschichten. Man denkt, das ist bloß zum Lernen für die Schüler da, denn es sieht bloß gelb oder blau oder braun aus. Aber dann saß da auf einmal einer in unserer Stube; der kam da her, und dann wurde der kleine gelbe oder braune Fleck auf einmal lebendig, und siehe, da wohnten gerade solche Menschen wie wir, bloß ganz anders, und wir sagten oft noch nach Jahren: Haha, da war ja der her, der die schönen Geschichten von den polnischen Juden erzählte, oder: Wieschen, weißt du das nicht mehr? Da hat ja die Frau mit den beiden Jungs gewohnt, die abends so schöne Lieder sangen und nachts das Bett naßmachten.

So saßen wir alle um den Maishaufen herum und erzählten

und hörten zu. Dazu wurde Kaffee getrunken und geraucht, daß die Stube blau war. Das schaffte aber mit dem Korn. Das dauerte so bis neun Uhr. Dann fingen wir an zu andachten, und dann ging es zu Bett. Am andern Tag bedankten sie sich und zogen weiter. Die welchen blieben auch länger. Ich wollte bloß, du hättest dir das einen Winter über angehört und gleich alles aufgeschrieben. Das waren manchmal Geschichten, die konnten in einem richtigen Buch stehen. Nun ist das Maispahlen meist vorbei. Aber besuchen mußt du uns doch. Du sollst auf dem besten Platz sitzen und uns abends die Andacht lesen und sonntags die Predigt, wenn wir nicht zur Kirche kommen können. Das mußt du dir überlegen, aber nicht zu lange. Und dann mußt du kommen, aber bald. Bis dahin will ich dir ein paar von unsern Maispahlergeschichten erzählen, um dir Lust zu machen. Wieschen sagt, sie will auch alles tun, daß es dir bei uns gefällt. Sie sagt, das wird dir hier auch gefallen. Das glaub ich auch; denn was Wieschen sagt, darauf kannst du dich verlassen.

An einem schönen Nachmittag kam sie an. Ich hörte sie schon, da sie noch ferne war. Ich dachte: Das ist eine ganze Gesellschaft. Das kann dir passen beim Mais. Aber dann war sie es man ganz allein. Sie unterhielt sich auf eigene Faust und zausterte (räsonierte) immer so eben vor sich hin. Das hat der Mensch gern, wenn er mal ein vernünftiges Wort mit sich selbst reden kann. Erst tat sie wie ein verschüchtertes Huhn und kuckte uns an, als ob sie unter die Räuber und Mörder geraten wäre, so zwischen Jerusalem und Jericho. Beim Essen wahrschaute sie auch erst. Ich sprach: Du kannst ruhig essen; es ist kein Gift mang. Wir löffeln ja alle aus derselben Schüssel. Da aß sie ganz nürig mit. Reden konnte sie für drei, aber alles bunt durcheinander, daß es nicht anzuhören war. Das war, als ob einer mit der Peitsche hinter ihr her war. Das war, als ob sie in großer Angst einen langen Weg gelaufen war.

Als sie hinter ihrem Maishaufen saß, da wurde sie ruhig. Ich sprach: So, nun siehst du, daß du bei ordentlichen Leuten bist. Hier tut dir kein Mensch was zuleide. Hinter deinem Maishaufen bist du so sicher wie in Abrahams Schoß. Und nun fang noch mal an zu erzählen, aber hübsch der Reihe nach. Da muß Schlagordnung drin sein. So erzähle uns, wie du heißt, wo du herkommst und wie du über die Grenze gekommen bist, wo du hier doch keinen Mann hast.

Da erzählte sie. Sie hieß mit ihrem Namen Etelka Bräuer und

kam aus Ungarn, war aber von deutschen Eltern geboren. Die Jungs hatten das Land Ungarn auch bald gefunden. Damit hatte es seine Richtigkeit. Und nun legte sie los: Ach, ich bin so glücklich, daß ich zu euch gekommen bin und bin nicht gefallen in die Satanshand, entschuldigen Sie. Wie ich über die Grenze gekommen bin, das sollt ihr auch wissen. Man muß nur sein aufherzig und ohne Scheu, denn den Aufrichtigen läßt es Gott gelingen. Ich nahm mir bloß einen andern Namen in meinem Kopf und fuhr damit nach Teschen. In Teschen hat man mich gefragt: Wohin? Ich habe gesagt: Nach Oderberg. – Vater, hier ist Oderberg! sagt mein Ältester und tippt auf die Karte. – Weiter nicht? – Nein! So bin ich in Gottes Namen gefahren nach Oderberg. In Oderberg hat man mich gefragt: Wohin? Ich habe gesagt: Nach Ratibor. – Weiter nicht? – Nein. So bin ich gefahren nach Ratibor. – Vater, hier ist Ratibor! – In Ratibor hat man mich gefragt: Wohin? Ich habe gesagt: Nach Berlin. – Weiter nicht? – Nein. So bin ich gefahren nach Berlin, und in Berlin hat man mich nicht mehr gefragt. Da konnte ich weiterfahren bis Bremen. So hab ich mich mit Gottes Hilfe glücklich durchresekiert. Man muß nur sein aufherzig und ohne Scheu, denn den Aufrichtigen läßt es Gott gelingen. Ich sage: Dein Christentum ist von einer Sorte, daß es sich nicht für einen Christenmenschen gehört. Du hast dich durchgeflunkert und sagst nun: der liebe Gott hat mir geholfen. Mit deiner Aufherzigkeit ist das man ganz kläterig bestellt, und vom zweiten Gebot weißt du wohl nicht mehr viel ab. – Ja, sagte sie, es ist so, wie ich sage: den Aufrichtigen läßt es Gott gelingen; darum bin ich glücklich durchgekommen. – Na, denn erzähle man weiter, aber den lieben Gott laß man lieber raus aus deinen Geschichten. Und sie erzählte weiter:

In Bremen auf dem Bahnhof stand ein Mann mit einer blauen Schürze und mit einer Nummer an der Mütze. Der stürzte auf mich los und wollte mich versuchen und griff nach meinen Sachen. Aber ich habe sie festgehalten und zu ihm gesagt: Hebe dich weg von mir, Satanas! Ich muß zu dem hochwichtigen Herrn Pastor, denn ich bin in der evangelische Glaube geboren und erzogen, und wenn ich in der Glaube bin, dann bin ich in der Glaube. Da ist er von mir gewichen und hat sich bloß noch einmal umgekuckt. Ach, es ist sehr traurig, zu fallen in die Satanshand, entschuldigen Sie.

Ich bin dann zu dem Herrn Pastor gegangen, und der hat mich zu Herrn Mißler gebracht, und da hatte ich wieder einen andern Namen. Man muß nur sein aufherzig und ohne Scheu, und meine Geld und mein Zettel hab ich in die Strumpf, um nicht zu fallen in die Satanshand, entschuldigen Sie. Ich muß mein Leben selbst schwer machen, und mein Mann ist gewesen ein Satan, entschuldigen Sie, und meine große Knabe hat mich verunglückt mit meine Geld. Ach, ich bin glücklich, daß ich gekommen bin durch, und ich will nicht schlafen in die Hotel; ich will schlafen in euer Küch.

Na, sage ich, das mit der Geldversicherung im Strumpf, das gefällt mir, aber von Aufherzigkeit bin ich bis jetzt nichts gewahr geworden in deiner Geschichte. In Bremen auf dem Bahnhof wirst du dich auch wohl verkuckt haben, denn der Satan trägt für gewöhnlich keine blaue Schürze und keine Nummer an der Mütze. Wieschen, wo blieben wi mit dat Worm?

Da hat Wieschen sie natürlich behalten. Wir machten Schicht, und sie ging zu Bett. Aber es dauerte nicht lange, da gab es in ihrer Kammer einen großen Spektakel. Sie schrie: Hilfe! Man will mich vergiften. Ich bin gefallen in die Satanshand! – Wieschen stand auf und ging zu ihr. Da war alles in Ordnung. Aber sie sagte: Nein, hier ist Gift in der Luft. Hier ist Satans Hand in die Luft. Mit meiner Nase rieche ich sie. Ich bin gefallen unter Räuber! Wieschen sagte: Dummen Snack! und redete ihr das aus und sprach ihr gut zu mit freundlichen Wörtern, so daß sie wieder zu Bett ging. Es dauerte so seine Zeit, dann ging es wieder los mit dem Giftgeschrei. Wieschen stand wieder auf. Wieschen brachte sie wieder zur Ruhe.

Als sie wiederkam, sagte ich: Wieschen, sagte ich, wenn das so beibleibt, dann kann das eine kurzweilige Nacht werden. Die Alte muß im Kopf nicht ganz ordentlich sein; sonst kommt doch kein vernünftiger Mensch auf den verrückten Einfall, daß wir hier Gift legen tun. Über so was kann ich mich nun wieder giften. Denn so eine Nachrede, das ist keine Ehre für unser Haus. – Reg dich man nicht auf, Jürnjakob, sagte Wieschen. Oder glaubst du, daß da draußen neugierige Menschen stehen und horchen, was hier los ist? Die Frau hat wohl schon schwere Tage durchgemacht, und davon ist sie so ängstlich geworden. Nun dreh dich man lieber nach der andern Seite rum und schlaf weiter und laß das Reden sein. Oben eine, die auf ungarischdeutsch schreit, und unten einer, der auf amerikanischdeutsch knurrt, das ist in einer Nacht ein bißchen reichlich.

Als sie das gesagt hatte, da war ich richtig erstaunt und drehte mich rum und schlief weiter und dachte: Dieses, das ist die längste Rede, die Wieschen jemals getan hat in ihrem Leben, und das mitten in der Nacht. Und das ist bloß, weil ihr die Alte da oben jammern tut in ihrem Herzen. Und dabei hat sie nichts davon als Laufereien. Es ist doch eine ganz merkwürdige und unbegreifliche Nation, die, wo nachts Barmherzigkeit tut an ihresgleichen.

Zweimal lärmte sie oben dann noch los, und zweimal stand Wieschen noch auf. Nachher schlief sie ein, und da konnten wir auch schlafen. Aber es dauerte nicht mehr lange, da kuckte der Tag durchs Fenster. Und als alle Kaffee getrunken hatten, da mußte ich auch noch mit rauf, denn die Frau ließ sich das nicht aus ihrem Kopf ausreden, daß da Gift in der Luft sei. So schnüffelte ich mit meiner Nase alle Wände ab. Von Gift hab ich nichts gerochen, aber rausgekriegt hab ich das doch, und als ich es raus hatte, da hab ich auch ungarischdeutsch mit ihr gesprochen. Ne, hab ich gesagt, das ist kein Gift, das ist bloß der Geruch von die amerikanische Seif; das bist du nicht gewöhnt. Das seh ich an deinem Nacken und hinter deinen Ohren, da hast du lange keinen Umgang mit die Seif gehabt. Gekämmt hast du dich auch nicht ordentlich. Das mußt du dir in Land Amerika auch noch angewöhnen. – Das hat sie mir denn auch versprochen, und nachher ist sie fröhlich abgezogen, daß es bloß Seife war und keine Satanshand oder Gift.

Ja, erzählt hat sie genug, und erlebt haben wir auch genug mit ihr. Aber viel Korn hat sie nicht ausgemacht. Ihr fehlte der ruhige Sinn, darum hatte sie auch keine ruhige Hand. Lieber Freund, weißt du, was ich glaube? Ich glaube, sie wird sich noch mal festresekieren. Ich glaube, sie glaubt, der liebe Gott hilft ihr bei ihrem Lügen, weil sie dabei fromme Wörter macht. Ich glaube, in Ungarn wohnen auch nicht lauter solide Christen. Das war No. 1.

Nun kommt No. 2. Den hab ich im Lehnstuhl sitzen lassen. Beim Kornausmachen mochte ich ihn nicht anstellen, denn er war ein alter Mann. Zwei Jahr zurück kam er schon einmal hier durch. Da zählte er seines Lebens 78 Jahr. So war er jetzt 80. Aber er lief so flink wie ein Katteiker. Er wollte nach dem Hannöverschen und seine Augen besehen lassen. Da liegt eine Stadt, die heißt Göttingen; da wohnt ein tüchtiger und aufgeweckter Augendoktor und Brillenmacher. Auf der Karte ist sie ein kleiner Punkt. Er hatte noch alle Zähne, und hören konnte er auch gut. Man bloß, Bibel, Zeitung und Kalender mußte er armweit von sich abhalten. Nun wollte er sich in Göttingen eine Brille verschreiben lassen, die ihm Bibel und Zeitung näher ranzog. Seine Verwandtschaft wollte er bei der Gelegenheit auch gleich besuchen. Er kam hier ganz fröhlich angestiefelt. Gut vierzehn Tage ist er dann drüben gewesen und hat sich richtig eine Brille anmessen lassen. So kam er hier wieder an. Das war zwei Jahre zurück. Jetzt kam er wieder. Das ging noch grade so beinig wie das erstemal. Na, sage ich, da bist du ja auch schon wieder. Ja, sagte er, ich muß wieder nach Göttingen und mir ein paar neue Gläser einsetzen lassen. Mir geht das auf meine alten Tage mit den Gläsern so wie den Jungs mit den Stiefelsohlen. Sie nützen sich bald ab. Bloß, daß man das bei den Gläsern nicht so sehen kann. Darum will ich nach drüben. Die amerikanischen Gläser taugen nichts.

Es dauerte auch nur wenig mehr als zwei Mond, so war er wieder da und war ganz glücklich. Wie hat es dir denn in der alten Heimat gefallen? Oh, antwortete er, bei dem Augendoktor in Göttingen ganz gut. Er freute sich, als er mich sah. Er kannte mich auch gleich wieder, als ich ihm sagte, daß ich das sei. Ja, das ist ein freundlicher Mann. Und seine kleine Frau war noch freundlicher. Die hat mir Kaffee und Kuchen gegeben, als sie hörte, daß ich aus Amerika kam. Und als ich von meinen achtzig Jahren sagte, da hat sie mir noch extra ein weiches Kissen hinter den Rücken gesteckt. Das waren freundliche Menschen. Ja well. Was macht denn deine Freundschaft? – Hm! Das war man so so, und ich freue mich, daß ich mein Leben gerettet habe. Drüben mag es auch ganz nette Freundschaft geben; aber es ist meine nicht. Was die meine ist, wenn ich da als amerikanischer Onkel zu Besuch komme, dann heißt es: Aller Augen warten auf dich. Erst freuten sie sich und backten Kuchen. Den hab ich gern gegessen. Da war ich lieber Onkel vorn und lieber Onkel hinten. Das hab ich gern gehört. Aber dann fingen sie von meinen Jahren an und redeten ganz christlich von Tod und Sterben, und aufhören taten sie mit Testament und Vererben. Sie fingen schon morgens an und sangen Sterbelieder. Das hab ich nicht mehr gern gehört. Als sie das merkten, da sprachen und sangen sie nicht mehr davon. Da mußte ich immer mit ihnen rein nach Hannover. Da mußte die eine ein Kleid haben, die andre einen Hut, und am nächsten Tag mußte es eine goldene Uhr sein. Sie haben mich beinahe ausgezogen. Mit Liebe und frommen Wörtern haben sie das getan, daß ich mich nicht wehren konnte, und ich hab mich auch nicht gewehrt. Bloß das

Geld wurde alle, und da war ihr Gesicht nicht mehr wie gestern und ehegestern.

Darum machte ich mich auf die Socken. Sie gaben mir noch schöne Bibelsprüche mit auf den Weg und sprachen von der Hoffnung auf ein Wiedersehen. Ich aber grawwelte in meinen leeren Bücksentaschen rum und sprach: Ja, das hoffe ich auch. Ich bin gern hier gewesen und will gern wiederkommen. Aber dann müßt ihr mich nach einem andern Schriftwort behandeln als diesmal. Sie sprachen: woso und woans? – Ja, diesmal habt ihr mich behandelt nach dem Wort der Schrift: Ein lebendiger Hund ist besser denn ein toter Löwe; Prediger Salomonis am neunten.

Als er seinen Pfeifenstummel wieder in Brand hatte, sagte ich: Na, denn bleib man lieber hier und laß das Reisen. Er meinte aber: Ja, für's erste will ich das auch tun. Wenn ich aber neue Gläser haben muß, reise ich doch wieder rüber. Die amerikanischen Gläser taugen nichts. Das Reisen macht mir auch vielen Spaß. Bloß, ich muß mir das nächste Mal mehr Geld einstecken. – Damit tüffelte er ab. Als zwei Jahr hin waren, hab ich auf ihn gelauert. Er mußte ja wieder neue Gläser haben. Er ist aber nicht wiedergekommen, und ich habe nichts wieder von ihm gehört. Ich glaube, die freundlichen Doktorsleute in Göttingen kriegen ihn nicht wieder zu sehen. Ich glaube, er hat eine andre Reise gemacht, in ein Land, wo er keine Brillengläser mehr braucht, keine amerikanischen und keine aus Göttingen.

No. 3 und 4. Denn nun kommen gleich zwei Mann, und das ist eine ganz merkwürdige Geschichte. Lieber Freund, ich kann dir mitteilen, daß es nirgends bunter zugeht als auf dieser Welt. Eines Tags, da kamen zwei Mann angewankt, das waren die richtigen Tramps, das meint Landstreicher. Ich sah sie mir so'n bißchen an; denn das hat der Mensch im Winter gern, wenn er sich dann und wann einen neuen Menschen anbesehen kann. Dann wollte ich ihnen schon den Rat geben, sie sollten den Weg man wieder unter die Füße nehmen; denn sie sahen sehr heruntergekommen aus, und was die Sorte einem ins Haus bringt, das springt bei zehn Grad Kälte noch im Hemd herum. Aber die Sprache war mir bekannt. Und als ich den einen, was der Jüngere war, noch mal richtig ankuckte, da kommt mir auch sein Gesicht bekannt vor. Bloß, ich wußte ihn nicht gleich hinzubringen.

So nahm ich sie beide auf, und sie haben gegessen als wie in

Akkord. Als das besorgt war, machten sie schon andre Gesichter, denn es ist ein großer Unterschied im Leben, ob einer satt ist oder hungrig. Als sie abends hinter ihrem Kornhaufen saßen, fragte ich sie nach ihrem Woher und Wohin. Da erzählte bloß der Große. Er redete auch in Akkord. Er hatte es in den Wörtern wie der Katteiker im Schwanz. Er sprach: Ich stamme aus Berlin. Da war flaue Zeit. So machte ich mich auf und kam nach Wittenberge. Da war das Essen schlecht. So kam ich nach Grabow. Als er Grabow sagte, da wurde ich hellhörig, denn das ist schon unser Land; das andre ist bloß Ausland. – Von da lief ich nach Ludwigslust. – Da wurde ich noch hellhöriger. Er aber erzählte weiter:

Als ich da die Hamburger Chaussee ein Ende rausgelaufen war, dachte ich: Berlin kennst du, aber die Dörfer hierzulande kennst du nicht. Vielleicht kannst du da dein Glück machen. So bog ich links in den nächsten Landweg ein und kam nach Hornkaten. Das ist ein langes Dorf, und jeder wohnt für sich auf seinem Acker. Aber die Hunde taugen nicht; darum ging ich weiter. – Lieber Freund, denk dir mal bloß, dann ist der Lankschinkige aus Berlin wahrhaftig in unser altes Dorf gekommen! Kannst du dir das wohl denken? Und das erzählte er so ganz gleichgültig weg, als wenn er in irgendein Dorf in Land Asien hineingeraten wäre.

Als er aber sagte, daß er nach Hornkaten und weiter gezogen wäre, da stand ich auf. Da ging ich ans Fenster. Da kuckte ich raus. Es war schon dunkel, aber mir ging ein mächtiges Licht auf. Ich sprach: Ich höre dir ganz gern zu. Ich merke, daß du ein Berliner bist und daß du die Welt kennst. Erzähle man weiter. – Da wurde er ganz gnädig: Gewiß kenne ich die Welt. Als richtiger Berliner Junge kann ich mein Glück allenthalben machen, auch auf dem Dorf. Darum bin ich da beim Bürgermeister in Dienst gegangen. Da hab ich die jungen Leute erst mal in Schwung gebracht. Abends trommelte ich sie auf der Dorfstraße zusammen. Da hab ich sie einexerziert, daß sie ordentlich die Beine schmeißen lernten. Dann haben wir im Krug weiter exerziert und den Bierflaschen den Geschwindschritt beigebracht. Ich wollte da wohl mal Bürgermeister über die Bauern sein. Denen wollt' ich aber den Parademarsch beibringen!

Ich kuckte noch immer raus. Es war immer noch dunkel, aber inwendig lachte ich mich, als er so berlinerte. Ich dachte: Das menschliche Maul ist eine Landstraße, die viel begangen wird.

Ich sprach: Hatte der Schulze keine Tochter? Dann hättest du dich ja einfreien und Bürgermeister werden können. – Nein, eine Tochter war nicht da, und die Arbeit paßte mir auch nicht. Vor dem Herbst kein Geld in der Tasche, das ist nichts für mich. Ich bin ein Berliner Junge und kenne die Welt. Aber da brannte abends nicht mal eine Laterne auf der Straße. Was sollte ich da verbauern? So bin ich davongegangen. Ich will hier mein Glück machen. – Bist du denn wieder über Ludwigslust gereist? – Nein, diesmal über Dömitz, weil ich mir die Elbe mal ansehen wollte. Warum fragst du danach? Dabei kuckte er mich ein bißchen unsicher an.

Aber ich kuckte ihn sehr sicher an. Ich nahm einen Stuhl. Ich setzte mich quer neben ihn. Auf der andern Seite stand der Ofen. Vor ihm lag der Kornhaufen. Er war eine richtige Belagerung von dem Ofen, vom Mais und von mir. Er konnte nicht ausritzen. So sage ich: Wo bist du mit den 185 Mark geblieben, die du in Dömitz für dem Schulzen sein Kalb gekriegt hast? – Lieber Freund, ich kann dir mitteilen, daß ich gern Gesichter sehe und in meinem Leben auch schon manche Gesichter gesehen habe. Aber dies Gesicht kann ich dir nicht abschreiben. Er fuhr auf. Er wollte raus. Ich kriegte ihn beim Kragen. Ich drückte ihn sanft auf seinen Stuhl nieder. Ich sprach: Philister über dir, Simson! Wenn du noch eine Bewegung machst, die nach Weglaufen aussieht, dann kriegst du eine Tracht Prügel, daß dein Fell aussieht wie die Karte von Deutschland.

Dann zum andern: Dich kenne ich jetzt auch. Du bist Wickboldt sein Jung und hast für deinen Bauern zwei Kälber nach Dömitz gebracht und dafür 350 Mark gekriegt. Aber du hast auch den Weg nicht wieder finden können! – Siehe, so saßen sie da wie Frau Lot von Sodom und Gomorrha und klappten den Mund immer umschichtig auf und zu. Der Kleine rallögte bloß, aber der Große lauerte mit den Augen an den Wänden rum. So sage ich: Ich will Kloppschinken aus euch anfertigen, wenn ihr flüchten wollt. Dann holt ich den Brief raus, in dem du mir die ganze Geschichte geschrieben hast. Damit hab ich ihnen die Beichte verhört. Erst dem Großen, dem Berliner: Du bist ganz verhungert und abgerissen wie ein Lump ins Dorf gekommen. Schulzens Mutter hat dich satt gemacht, und er hat dir Zeug geschenkt, daß seine Bauern nicht glaubten, er hätte eine Vogelscheuche aus dem Garten geholt und als Späuk (Gespenst) auf dem Hof angestellt. Dann hast du einen Tannendrumm vom

Wagen nehmen sollen. Da hast du erst geprahlt, daß du in Berlin solche Dinger immer an der Uhrkette getragen hast. Aber von deinem großen Maulwerk ist der Drumm nicht runtergekommen. So hat es der Schulze besorgen müssen. Daß du dich abends immer auf der Dorfstraße und im Krug rumgetrieben hast, das ist richtig. Du hast aber vergessen, daß der Schulze euch gewöhnlich mit der Peitsche auseinander gejagt hat und daß du dann das meiste gekriegt hast. Denn der Schulze ist ein gerechter Mann. – Ich halte den Brief in einer Hand und ihn in der andern. Nach ein paar Wörtern drücke ich ihm immer so ein bißchen den Arm. Dann dreht er seine Augen. Das tun wir umschichtig, das Drücken und das Drehen.

Ich sage: Das Geld hast du in Dömitz richtig gekriegt. Dann hast du den andern verführt, und er ist richtig mitgedammelt nach Hamburg. Ich drücke wieder. Er dreht wieder seine Augen. Ich sage: Du brauchst mit den Augen hier gar kein Theater zu spielen. Dafür geb ich dir keinen Cent.

Dann wieder zu dem andern: Nu kümmst du. Du büst noch dümmer as dumm. Wenn du so lang as dumm werst, denn künnst du den Mond küssen. Du bist auch schlecht. Die 350 Mark mußte Brüning gebrauchen, um seine Pacht zu bezahlen. Du hast große Trauer in die Familie hineingebracht, denn die Ernte war mäßig und das Geld knapp. Nun hat er sich das Geld leihen müssen. Wo hast du das Geld? Damit drücke ich ihn auch so ein bißchen über den Arm. Er ruft: O Gott, o Gott! Ich sage: Den lieben Gott brauchst du bei dieser Gelegenheit nicht anzurufen; das ist gegen das zweite Gebot. Und dann hab ich ihm links und rechts ein paar Ohrfeigen gegeben, und das war nicht gegen die zehn Gebote. Der Große hat zur Gesellschaft gleich ein paar mitgekriegt, denn bei solchen Geschichten muß man gerecht sein mit der Hand.

Als das besorgt war, hab ich den Beschluß gemacht: Ich sollte euch als Verbrecher zurückschicken, daß ihr die Geschichte in Grabow abbrummt. Aber darüber geht bloß Zeit hin, und das mit dem Geld kommt doch nicht in Ordnung. So wollen wir es anders machen. Du, sage ich zu dem Großen, du schreibst morgen an den Schulzen, ob er dir deine Schlechtigkeit nicht vergeben will. Aus dem Lehrer seinem Brief sehe ich, daß der Schulze dir deinen Lohn nicht mehr geben konnte, weil du ihm ausgekniffen bist. Das wird wohl gegeneinander aufgehen. Du bleibst hier bei mir als Farmhand, bis der Schulze wieder geschrieben hat. Wenn alles in Ordnung ist, kannst du gehen. Wenn du auskneifst, schicke ich dir die Polizei nach. Nun weißt du Bescheid.

Dann wieder zu dem andern: Du bleibst auch hier und arbeitest erst die beiden Kälber ab. Wenn das geschehen ist, bist du frei. Das Geld lege ich aus. Das schicke ich morgen ab an den Lehrer, daß er es deinem Bauern bringt. Und du schreibst morgen auch an ihn, daß er dir vergeben soll. Es sei deine Dummheit gewesen. Das kannst du ruhig schreiben, das ist keine Lüge.

So ist es denn auch gekommen. Der Berliner konnte nach zwei Monaten gehen. Der andre hat dreiviertel Jahr arbeiten müssen. In der Zeit hab ich ihm auch deinen Brief vorgelesen, in dem du schreibst, daß du Brüning das Geld gebracht hast und daß die Frau vor Freude geweint hat. Da fing der Bengel doch wahrhaftig an, sich die Augen zu wischen. Schlecht ist er doch nicht, aber dumm bloß einmal. Mit dem Mais hat das in der Zeit aber mächtig geschafft. Es ist ihnen doch in die Knochen gefahren, daß sie von Dömitz nach hier laufen mußten, damit die Geschichte wieder ins gleiche kam. Dem Großen hab ich beim Abschied auch gesagt: Es war nicht nötig, in der Geographie so weit rumzulaufen; du hättest es von Dömitz aus näher und bequemer haben können, und ein Denkmal werden die Berliner dir wohl nicht setzen. – Es ist man gut, daß nun alles wieder in Ordnung ist.

Nun kommt No. 5, das war auch ein Mecklenburger. Wir saßen nachmittags beim Kornschälen, und der Pastor saß auf dem Sofa beim Glas Grog, denn es war rusiges Wetter. Da ging die Tür auf und herein kam ein Mensch, der war im ganzen ziemlich eckig gebaut, und ziemlich eckig kam er auch in die Stube rein. Aber im Zeug ging er ganz ordentlich. Als er die Tür zugemacht hatte, drehte er sich wieder um. Er nahm seinen Hut ab und sprach:

Erlauben Sie mal, mein Name ist Drögmöller. Darf ich ein paar Wörter zu Ihnen sprechen? Ich komme von Singer, Nähmaschinenfabrik, erlauben Sie mal. Singers Nähmaschinen sind weltberühmt. Singers Nähmaschine ist in jedem Hause unbedingt notwendig. Erlauben Sie mal. Ein Sofa ist nicht unbedingt notwendig. Ein Klavier ist nicht unbedingt notwendig. Aber Singers Nähmaschine ist unbedingt notwendig. Ein Sofa kommt aus der Mode. Ein Klavier wird verstimmt. Aber Singers Nähmaschine kommt nicht aus der Mode und wird auch nicht verstimmt. Darum kaufen Sie Singers Nähmaschine! Es wird Ihnen niemals leid. Sie können auch gar nichts Besseres tun für das Wohlbefinden Ihrer hochverehrten Frau Gemahlin. Sie ersparen damit jährlich eine kostspielige Badereise. Darum: kaufen Sie Singers Nähmaschine! Wir machen Ihnen die kulantesten Bedingungen und werden es uns stets zur besonderen Ehre rechnen, Sie zu unsern hochgeschätzten Kunden zählen zu dürfen. Zu Anfang waren uns allen die Hände am Leibe dalgesackt, dem Priester auch. Dann faßte ich mich und sprach: Na, bist du nun zu Ende, Drögmöller? Du hast deinen Spruch schön auswendig gelernt. Singers Nähmaschine brauchen wir aber nicht zu kaufen, weil wir sie schon haben. Da steht sie ja, neben dir. Du hast sie man bloß nicht gesehen, weildes du deine Lektion aufsagtest. Weil du aber auch ein Mecklenburger bist, Drögmöller, darum kriegst du auch ein Glas Grog. – Wieschen, meine hochverehrte Frau Gemahlin, stah up un mak em ok en lütten Grog! Wieschen ging hin.

Da war die Reihe an ihm, daß er sich verwunderte. Woher wissen Sie, daß ich ein Mecklenburger bin? – Das will ich dir sagen, Drögmöller. Deine Sprache verrät dich. Hier kommen viele Menschen durch und führen allerhand Sprachen in ihrem Munde. Die welchen verstehen wir man knapp, und die welchen gar nicht. Das kommt noch von dem dämlichen Turmbau zu Babel. Aber, was Mecklenburger sind, die kennen wir doch gleich raus, weil wir uns auch daher schreiben tun. – Nun laß dir man deinen Grog schmecken; deine Hände sind ja ganz klamm geworden bei dem Hundewetter. Wenn du erst aufgetaut bist und magst nicht weiter, dann kannst du über Nacht hierbleiben. Dafür hilfst du heut abend beim Kornausmachen. So sparst du Stiefelsohlen und die Rechnung im Gasthaus.

Damit war er gern einverstanden. So saßen die beiden und tranken ihren Grog, und wir saßen und schälten unsern Mais. Draußen klatschte der Regen gegen die Fensterscheiben, und es war sehr gemütlich. Dann kam die Rede auf die alte Heimat, denn wo so ein paar richtige Mecklenburger zusammen sind, da klönen sie auch einen Strämel von ihrem alten Lande. Von dem Lande kamen wir auf die Pastoren, und Drögmöller erzählte von Pastor Brandtmann und seiner Nachbargemeinde. Den lobte er und sprach: Ja, Pastor Brandtmann, das ist ein leutseliger Mann. Der hat ein Herz für die Armen. Der kennt die Not des Volkes. Wenn ich heute zu ihm gehe und klage ihm meine Not und bitte ihn um eine Unterstützung, dann langt er in die Tasche und sagt: Lieber Bruder in Christo, hier haben Sie einen Taler. – Das tut Pastor Brümmerstädt in meiner Gemeinde nicht. Der fühlt nicht mit dem Volk. Dem liegt die Not des armen Mannes nicht am Herzen. Wenn ich zu dem komme und bitte ihn um eine Unterstützung, dann steckt er beide Hände in die Bücksentaschen und sagt: Drögmöller, sagt er, gah hen un klopp Stein! Denn hest du Brot und brukst nicht tau snurren!

Ich sage: Da gefällt mir deinem Brümmerstädt sein Rat aber besser als deinem Brandtmann sein Taler. – Der gefällt Ihnen besser? sagt er. Wie meinen Sie das? Das müssen Sie mir erklären. – Das will ich tun, Drögmöller. Wenn du hingehst und Steine klopfen tust, dann machst du ein Stück ehrliche Arbeit und verdienst dir selbst dein Brot und kriegst eine sichere Hand, einen festen Arm und einen festen Willen. – Und Quesen in den Händen, meinte er und betrachtet sich seine Hände; die waren schön glatt und ohne Quesen. – Das schadet nichts; darauf kannst du stolz sein. Quesen sind besser als ein Arbeitsschein von Papier. Wer aber immer von Unterstützung lebt und mit gesunden Knochen andern Leuten auf der Tasche liegt, der verkommt und wird ein Lump.

Dazu nickköppte der Pastor, und Drögmöller sagte: Das ist mir sehr interessant, was Sie da sagen. Meinen Sie das wirklich so, daß man vom Steinklopfen energisch wird? – Ja, das meine ich wirklich so. Aber nicht bloß vom Steinklopfen. Einen festen Willen kriegt der Mensch durch jede ehrliche Arbeit, die von Dauer ist.

Darüber hat er eine ganze Zeit nachgedacht und dazwischen Grog getrunken, aber man dann und wann und immer einen kleinen Schluck. Wieschen schüttete noch ein paar Kohlen auf, und es war sehr gemütlich in der Stube.

Als er mit seinem Nachdenken zu Ende war, fing er wieder an: Ich fühlte mich früher auch zu was Höherem geboren. Ich war erst im Seminar zu Lübtheen und wollte Lehrer werden. Das gefiel mir nicht mehr. Da wollte ich Pastor in Amerika werden. Darum schrieb ich an Pastor Brümmerstädt, ich hätte große Gaben und fühlte mich zu was Höherem berufen. Und was meinen Sie wohl, Herr Pastor, was der Mann mir da schrieb? Er schrieb:

Mein lieber Drögmöller! Es ist ja sehr erfreulich, daß Sie die Entdeckung gemacht haben, daß Sie große Gaben besitzen. Aber es ist besser, wenn andre Leute das auch noch merken und sagen; sonst ist es verdächtig. Ich kenne einen Mann, den berief

Gott selbst zum Predigtamt. Also hatte er doch gewiß große Gaben. Aber er antwortete und sprach: Ach, Herr, ich tauge nicht zu predigen, denn ich bin zu jung. Wenn Sie Näheres darüber wissen wollen, dann schlagen Sie Ihre Bibel auf und lesen Sie Jeremias 1. – Haben Sie das denn getan? – Ja, getan hab ich das und gekommen bin ich bis zu dem Topf von Mitternacht her, aber abgegangen bin ich auch vom Seminar. Das mit dem Pastorwerden, das verlor sich auch wieder. Zum Bauern gehen und da für mein Leben lang Kühe melken und den Stall ausmisten, danach stand mein Sinn auch nicht. So schrieb ich an meinen Freund und Gönner, den Auswanderermissionar in Bremen, und der schrieb an einen Bankdirektor in Schwerin, und der schrieb mir wieder, ich sollte mich mal vorstellen.

Na, was hat der Bankdirektor denn zu Ihnen gesagt? – Ja, das war ein lustiger Herr. Es war ein kurzer, runder Herr, und zuerst tat er ganz kurz und knasch: Haben Sie Ihre Papiere mitgebracht? – Ich gab ihm den ganzen Packen, denn ich hatte mir auf jeder Stelle ein Zeugnis ausstellen lassen. Sonntags nachmittags lese ich da manchmal gern drin und mache mir eine Freude, denn ich sehe, daß die Leute was von mir gehalten haben. – Na, der Bankdirektor wiegt den Packen in der Hand, sieht mich scharf an, und dann sagt er: Sie mögen wohl gern laufen? – Nein, Herr Bankdirektor, dieses weniger; ich habe Plattfüße. – Da hat er laut losgelacht. Er hat über die Maßen gelacht. Er hat übermenschlich gelacht. Warum er wohl so gelacht hat, Herr Pastor? – Er hat gemeint, daß Sie Ihre Stellen wohl ein bißchen oft gewechselt haben. – Ja, das hab ich mir nachher auch gedacht. Wir haben uns dann noch schön unterhalten, und zuletzt hat er gesagt: So viel wie ein guter Volksschüler wissen Sie auch. Wir wollen den Versuch machen. Woher wußte er das wohl? Die Zeugnisse hat er knapp angesehen. – Nun, das hat er aus der Unterhaltung gehört. – Ja, das hab ich mir auch schon gedacht.

Herr Pastor, fing er wieder an, ich habe Vertrauen zu Ihnen. Ich achte Sie. Aber meinen Vorgesetzten kann ich nicht achten. Sehen Sie, diesen Brief schreibt mir der Mann. Ich verkaufe ihm nicht genug Nähmaschinen. Aber der Mann schreibt weder grammatisch noch orthographisch richtig. Kann man vor solchem Vorgesetzten wohl Achtung haben? Ich möchte gern Ihre Meinung hören. Ich möchte wissen, was Sie dazu sagen. – Ja, Herr Drögmöller, das kommt ganz darauf an, was Sie von dem Mann lernen wollen. Wollen Sie Grammatik von ihm lernen? – Dieses nicht. – Wollen Sie Orthographie von ihm lernen? –

Dieses auch nicht. – Wollen Sie von ihm lernen, wie man Nähmaschinen verkauft? – Ja. – Na also. Versteht der Mann sein
Nähmaschinenfach? – Ja, das versteht er großartig. Der Mann
versteht Wörter zu machen. Er versteht auch Geschäfte zu
machen. – Dann müssen Sie ihn auch achten. – Aber er schreibt
weder grammatisch noch orthographisch richtig, Herr Pastor.

Sagen Sie mal, Herr Drögmöller, kennen Sie Karl den
Großen? – Na und wie! 768–814! – Haben Sie Respekt vor Karl
dem Großen? – Dieses sehr! – Nun, der Mann konnte auch
nicht richtig schreiben. Er machte mehr Fehler als die Kinder
heute in der Schule; aber darum bleibt er doch Karl der Große.
– Herr Pastor, das imponiert mir. Herr Pastor, das leuchtet mir
ein. Na, denn will ich nach diesem bei meinem Nähmaschinen-
onkel und seinen Fehlern man immer an Karl den Großen denken und ihn auch achten.

Ja, dat dauh denn man, Drögmöller, sagte ich. Der Pastor
ging, und er half beim Maisspahlen. Da lernte ich ihn weiter
kennen, denn er sagte gerade raus, was er dachte, und das gleiche ich. Was andre Leute von ihm sagten, das erzählte er auch
gerade raus, wenn er da auch keine Ehre von hatte. Er erzählte:
Pastor Brümmerstädt hat mich immer mit Josef verglichen. Er
hat zu mir gesagt: Drögmöller, wenn ick di so ankieken dauh,
denn möt ick ümmer an Josef denken: Sehet, da kommt der
Träumer her! Das hat mir an dem Mann nicht gefallen. Das war
nicht höflich von ihm. – Das laß man gut sein, sage ich, Josef
war doch ein heiliger Mann und steht in der Bibel. – Höflich
war das aber doch nicht. – Na, sag mal ehrlich, bist du in der
Zeit wohl so etwas von einem Träumer gewesen? – Das will ich
nicht abstreiten. Das kann gut angehen. Das ist wohl nicht ganz
ohnedem. Brümmerstädt hatte mal in Hamburg zu tun, und ich
mußte mit. Da nahm er mich auch mit in den Zoologischen
Garten, und wir standen lange vor dem Löwenkäfig. Da hielt
der Pastor mir einen Vortrag über die Löwen, und ich hatte
unterdes meine Betrachtungen über all die Löwengeschichten,
die ich schon gelesen hatte. Als er nun fertig war mit seinem
Vortrag, da war ich auch gerade fertig mit meinen Betrachtungen und sprach: Herr Pastor, sind das hier nun wirkliche oder
lebendige Löwen? Da hat er sehr gescholten. Er hat sogar auf
hochdeutsch gescholten, was sonst nicht seine Angewohnheit
war. – Und eines Nachmittags stand ich hinter der Scheune und
kuckte die Wolken an und hatte dabei meine Betrachtungen
über mich und meine Zukunft. Denn die Natur hat sehr vieles

Anzügliches für mich. Da kam die Frau Pastorin und sagte: Drögmöller, die Kühe brüllen ja wieder so; die haben gewiß wieder kein Wasser gekriegt. Drögmöller, Drögmöller, woran denken Sie eigentlich immer? Und ich wandte meinen Blick von den Wolken zur Erde und antwortete und sprach: Frau Pastorin, immer an Lernen!

Er war mächtig sparsam, und das gefiel mir an ihm. Er war geizig, und das gleiche ich nicht. Er war schon Mitte der Dreißiger und noch immer ein Mann von kümmerlichem Einkommen. Dabei hat er doch 3000 Mark auf der Sparkasse. Das hat er selbst erzählt, und ich glaube, daß er wahrgesagt hat. Jahrelang hat er sich durchgehungert im Lübeckschen; aber einmal im Jahr, am Altjahrsabend, da ist der Sparer ein richtiger Verschwender gewesen.

Ja, da hab ich herrlich und in Freuden gelebt. Da kaufte ich mir einen Spickaal zum halben Taler, einen Butterkuchen mit viel Rosinen und Korinthen, ein Stück Butter extra und eine Flasche Portwein. Das baute ich vor mir auf, und dann setzte ich mich dahinter. Ja, das verputzte ich an dem Abend, und von der Aalhaut nachher auch noch ein Stück, weil sie so schön fett war. Bloß in der Nacht kriegte ich mächtige Bauchwehtage. Was meinen Sie, woher mögen die wohl gekommen sein? – Na, Drögmöller, wenn du dat all inpackt hest un hest dinen Spickaal mit Rosinen und Korinthen in Portwein un Bodder swemmen laten, un denn de oll tage Aalhut achteran, dat kann jo kein Präriebüffel uthollen.

Ja, das habe ich mir auch schon gedacht. Ich habe sonst einen gesunden Magen, und das Hungern ist mir auch ganz gut bekommen. Auf den Altjahrsabend aber hab ich mich schon immer von Martini an gefreut. Ja, da hab ich herrlich und in Freuden gelebt wie Moses in den drei fetten Jahren in Ägypten. – Na, Drögmöller, nimm mi dat nich äwel, äwer dat is dummen Snack. Irstens waren dat nicht drei fett Johren – dat weren säben. Tweitens hett Moses von de fetten Johren nicks markt, denn hei is dor noch nicht mit bi west, un drüddtens gelt dat »Herrlich und in Freuden leben« nicht von Moses; dat gellt von den rieken Mann int Evangelium. Mit de Bibel weißt du nich recht Bescheid. Du hest dor kein richtige Slagordnung in. Wi willen uns de Geschicht von den rieken Mann man noch vörlesen un denn tau Bedd gahn.

Nach der Andacht aber hatte er noch was auf dem Herzen, und endlich kam er damit raus. Er tat eine Bitte an Wieschen:

Kann ich mir in der Küche wohl noch ein reines Hemd anziehen? Es ist da so schön warm, und morgen ist doch Sonntag. – Das war Wieschen auch noch nicht vorgekommen in ihrem Lebenswandel; aber sie sagte ja, und er sprach: In Lübeck hat meine Wirtin mir das auch immer erlaubt. Ich sparte mir das Einheizen, und am Sonnabendabend nahm ich das Hemd unter den Arm und ging in die Küche. Frau Böteführ wußte dann schon Bescheid und ging solange raus. So zog ich das alte Hemd aus und setzte mich auf den Herd. Da war es schön warm und ein guter Platz für Betrachtungen. Wenn ich ordentlich durchwärmt war, zog ich das reine an. Ja, das war eine schöne Zeit. – So erzählte er, und Wieschen machte dazu ihre runden Augen.

Am Sonntag blieb er bei uns. Da erzählte er viel von seiner Mutter. Von der hält der alte Knabe viel, und sie hat man den einen Jungen. Einmal ist sie sehr krank geworden und hat dazu auch Not gelitten. Er liebt das Geld sehr; aber da hat er gleich 300 Mark abgehoben und ist zu ihr gereist und hat sie gesund gepflegt. Das gleiche ich. Denn der Mensch, der seine Mutter in Ehren hält, der muß in seinem Herzen doch gut sein, und er lebt nach dem vierten Gebot. – Am nächsten Tag wanderte er weiter. Ich glaube, er wird nicht viele Nähmaschinen verkaufen im Lande Amerika, wenn er seinen Spruch auch noch so schön aufsagt. Ich glaube, er ist inwendig in seinem Kopf ein bißchen steifbeinig gebaut und ein bißchen einsam dazu. Er ist nicht der Mann, der sich hier durchschlägt. Aber er ist auch wie ein Kind, und man muß ihm gut sein. Wieschen hat ihm den Rat gegeben, er solle man wieder nach Mecklenburg gehen und ein Mädchen heiraten, das etwas Land und zwei Kühe hat. Das wäre das beste für ihn und für seine Mutter auch. Aber davon wollte er noch nichts wissen. Er meint, hier in Amerika liegt das Geld auf der Straße und man braucht sich nur zu bücken und es aufzusammeln. Darum wird das Mädchen wohl auch noch auf ihn warten müssen. Aber wenn er sich nach dem Gold bücken tut, dann macht er erst lange Betrachtungen, und unterdes kommt ein anderer; der sammelt es auf und geht davon. Es tut mir leid um ihn. Als er von uns ging, da gingen unsere Gedanken mit ihm. Aber sie mußten allein wieder zurückkommen. Sie suchen ihn noch manchmal, aber sie finden ihn nicht. Vielleicht hat er getan nach Wieschen ihrem Rat.

Nun kommt No. 6. Das ist der letzte. Sieben Winter zurück hab ich dir von ihm geschrieben. Ich kannte ihn gleich wieder, als er angewankt kam. Ich besah ihn mit meinen Augen. Ich sprach: Die Welt ist bannig klein. Ich will auf der Fenz nach Chicago reiten, wenn das nicht der Franzosendoktor ist. Und er war es. Nun will ich ihn abschreiben, wie er aussah. Der Kopf war noch ungefähr so groß wie bei der Überfahrt, aber man konnte ihm das Vaterunser durch die Backen lesen. Auf dem Kopf trug er einen Hut, vor dem Bäcker-Krischan sich geschämt hätte, und Bäcker-Krischan trug doch alle Hüte von den Vogelscheuchen der Bauern der Reihe nach zu Ende. Seinen kaffeebraunen Überzieher trug er auch noch, aber unten sah er schon grün aus. Vorn und hinten war er geflickt mit allen Farben; aber das war lange her, und die Flicken hingen wie traurige Fahnen runter. Unter dem Überzieher trug er einen Rock. Ich glaube, von dem Rock war nicht mehr viel nach als die Naht. Ich glaube, er hatte kein Hemd an. Ich habe Wieschen gefragt. Die glaubte es auch nicht. Es war Winter und viel kalt. Auf seinen Beinen ging er man sehr klapprig, denn ihm waren die Waden abhanden gekommen. Seine Bücks war nichts als Lumpen, die man noch knapp zusammenhielten. Als Hosenträger brauchte er einen Bindfaden. Die Schuhe hatte er auch mit Bindfaden zusammengebunden, aber vorn rissen sie beide ihr Maul auf. Er hatte eine richtige Hühnerbrust und hing nur so in den Schulterknochen. Der Mann sah aus wie eine von Pharao seinen sieben mageren Kühen. Weißt du, wo ich mal um nachsitzen mußte, weil ich zwei abgehandelt hatte und den Rest aus Versehen von den sieben fetten auffressen ließ. Auf dem Rockkragen kroch was rum, was man nicht gern nennt. Aber in Pharao seinen Plagen kommt es auch vor. Das haben die Frauen nicht gern, wenn man ihnen so was ins Haus bringt. Das ist so eine Gewohnheit bei dieser Nation. Wieschen ist auch so.

Gesagt hat er zu Anfang nicht viel, bloß was vor sich hingebrummelt von schlechtem Wetter und Hunger. Ich sprach zu mir: Wenn man diesen Menschen in einen Weizenschlag stellt, das ist gut gegen die Sperlinge. Aber das geht nicht, denn erstens ist es Ende Januar, und zweitens ist dieser Mensch auch nach Gottes Ebenbild geschaffen, wenn das Bild auch ein bißchen unähnlich geworden ist. In Not ist er nun mal, und wenn du ihn gehen läßt, dann bleibt er dir hinter der Fenz liegen, und auf deinem Gewissen bleibt er auch liegen. Kennen tust du ihn auch schon, und ein Deutscher ist er obendrein, wenn auch von der miesigen Art. Zu essen wird sie ihm wohl geben, und die Nacht über schläft er im warmen Stroh, daß er auch mal eine Freude hat. Man bloß, seine Winterläuse muß er erst los sein, sonst nimmt sie ihn nicht auf.

So zog ich mit ihm los, und wir traten vor Wieschen ihr Angesicht. Wieschen kuckte ihn an. Wieschen kuckte mich an. Wieschen kuckte ihn an. Da wurde ich verzagt. Aber Wieschen kuckte mich nicht wieder an. Da wurde ich fröhlich. Sie sagte nichts. Er sagte nichts. So sagte ich: Du hast es heute morgen eilig gehabt, darum hast du dich nicht mehr waschen können. In deinem Magen wird es auch wohl so aussehen wie zu Pfingsten in meinem Heustall. Dafür ist Essen und Trinken gut. Aber vorher wollen wir uns mal mit Wasser und Seife beschäftigen.

Ich gab Wieschen einen Wink. Ich goß ihm zwei Eimer warm Wasser in den großen Tuppen im Stall. Wieschen holte ihm abgelegtes Zeug, ein Hemd auch. Seine Lumpen hab ich nachher auf die Forke genommen und hinter dem Stall eingegraben. Als er rauskam, sah sein auswendiger Mensch schon anders aus den Augen. Bloß daß mein Rock ihm zu weit war. – So, sage ich, nun kommt der inwendige Mensch, denn Ordnung muß sein. Wieschen holte ein dägtes Stück Speck, und ich säbelte ihm ein paar dicke Scheiben Brot ab. Sie schenkte ihm heißen Kaffee ein. Sie ging immer im Bogen um ihn herum. Ich weiß, warum sie das tat. Sie glaubte damals noch an Läuse. Ich nicht. Er kratzte sich ja noch manchmal, wo man sich bei solchen Gelegenheiten kratzen tut. Aber das war bloß die Gewohnheit von seinen Händen und Gedanken.

Dann hat er gegessen. Lieber Freund, ich kann dir mitteilen: Was hat der Mensch gegessen! Ich kann dir mitteilen: Ich hatte immer Glück mit dem, was in den Jahren zum Maisspahlen zu mir kam. Die konnten alle scharf essen. Die hatten lange Zeit nichts zwischen den Zähnen gehabt als ihre eigene Zunge. Aber zuletzt wurde er doch satt. Da vermunterte er sich schon ein bißchen. Da machte er schon andre Augen. Weißt du, was ich glaube? Ich glaube, bei plenty Brot und Speck würde es weniger Hunger und Elend geben unter den Menschen. – Nachher drusselte er so'n bißchen ein, und als er damit fertig war, kriegte er eine kurze Pfeife. Da vermunterte er sich noch mehr, da rauchte er wie Vater Köhns Backofen zu Pfingsten, wenn kein trocknes Holz mehr da war. Als er aufgetaut war, fand er auch seine Sprache wieder. Sie war ihm bloß aus Hunger und Ohnmächtigkeit abhanden gekommen.

Als er sich ordentlich ausgeruht hatte, schob ich ihn mit einem Stuhl hinter den Mais. Ich sprach: Du hast nun gegessen,

und schlafen kannst du hier auch. So kannst du jetzt beim Maispahlen helfen. Das ist so schön gemütlich beim warmen Ofen.
Dabei kann man auch so schön Geschichten anhören. Darum
erzähle uns: Wo kommst du her und wo willst du hin?

Da fing er an zu pahlen. Das ging mäßig. Da fing er an zu
reden. Das ging besser. Er hatte eine gute Ausrede, und seine
Zunge war draußen nicht lahm geworden. In seinem Reden
wurde er wieder ganz der alte Franzosendoktor von der Überfahrt her. Dazu handschlagte er durch die Luft: in der einen
Hand die beiden Kolben, in der andern die Pfeife und im Kopf
mächtig viel Pläne. Die Kinder pufften sich an und wollten
lachen. So theaterte und fuhrwerkte er in der Luft rum. Ich
schickte sie zu Bett und wunderte mich. Er erzählte, wie er sein
Leben gemacht hatte. Er kannte die Nordstaaten und die Süd-
staaten. Er war im Osten gewesen und im Westen. Er war alles
gewesen und nie was Ordentliches. Nun wollte er wieder in die
Großstadt. Nimm mal bloß an, der alte Knabe wollte nach New
York und dort sein Glück machen. Und draußen lagen seine
Lumpen und Läuse und redeten wider ihn. Mit den Lumpen
und mit den Läusen wollte er sein Glück in New York machen.
Was die Menschen dort wohl gesagt hätten bei seinem Einzug!

So sprach ich: Da war es man gut, daß du hier erst angekehrt
bist. In New York hätten sie dich so gar nicht reingelassen.
Aber daß es dir so jämmerlich geht, wer hat die Schuld daran?
Ich habe das so in meinem Gefühl, daß du nicht arbeiten magst.
Du hast deine Stellen zu oft gewechselt. Da wurde er noch
großspartanischer und redete stolze Wörter: Arbeiten? Jeder
Mensch muß arbeiten; aber es ist ein Unterschied zwischen
arbeiten und arbeiten. Die einen arbeiten wie die Ochsen auf
dem Felde und haben ein Brett vor dem Kopf. Aber andere sind
da, die haben die Pläne im Kopf, und danach müssen die andern
arbeiten. Das ist immer so gewesen und wird auch so bleiben.
Ich habe einen ganzen Sack voll Pläne. Kuck mal meinen Kopf
an! Dabei tippte er sich mit dem Kolben gegen den Kopf. Im
Augenblick geht es mir ja schlecht; in den Weststaaten sind die
Leute ja zu dumm und noch zu weit zurück. Für neue Gedanken sind sie da noch nicht reif. Aber das ist nur ein Übergang.
Frag mal nach einem Jahr in New York nach mir. Jedes Kind
auf der Straße wird dir Bescheid sagen.

So windmüllerte er in einem fort, und über mich kam ein
Schrecken. Ich dachte: Dem Mann ist draußen in der Kälte und
bei leerem Magen der Verstand eingefroren und nun zu schnell

wieder aufgetaut. In der Schule hast du gelernt, daß man mit verfrorenen Fingern und Ohren nicht so schnell ins Warme gehen soll. So wird ihm das mit seinem Verstand auch wohl gegangen sein. In der Ofenwärme ist er zu schnell aufgetaut, und davon ist er ein Irrgeist geworden.

Als ich darüber nachdachte, da war es doch nicht an dem. Denn was er redete, da war Sinn drin, wenn auch Unsinn. Und der Unsinn nahm überhand. Er redete gegen Reiche und Arme. Er redete gegen Gott und Präsident, gegen Farm und Town, gegen Arbeiten und Nichtarbeiten. Dazu stangelte er mit den Kolben in der Luft rum. Er redete mir das Hemd vom Leibe und den Bauch aus dem Leibe. Er redete sich duhn mit Wörtern, und hinter dem Stall lagen seine Lumpen und Läuse. Aber seine Gedankenläuse waren am warmen Ofen aus dem Ei gekrochen. Am meisten aber redete er zuletzt wider Gott und heilige Dinge, als da sind Auferstehung des Fleisches und ein ewiges Leben. Auf die Bibel gab er schon lange nichts mehr. Das hatte er an den Schuhsohlen abgelaufen. Mit solchen Sachen muß man mir vom Leibe bleiben, sagte er. Dazu bin ich zu klug und zu weit rumgekommen in der Welt. Ich glaube nur, was ich begreife.

Ich sprach zu mir: Du mößt em stiewer kamen. Du sollst es erst mal mit einem Gleichnis versuchen. Darum sah ich ihn freundlich an und sprach: Wenn ich dich so höre, mein lieber Mann, dann muß ich immer an meine Ochsen denken. Die glauben auch nur, was sie begreifen. Viel ist das aber nicht. Und dein Ausgang wird auch nicht viel anders sein. Aber meine Ochsen geben wenigstens noch ein gutes Stück Fleisch zum Wohlgefallen für die Menschen. Aber wenn du so beibleibst, dann wirst du zuletzt in die Erde gesteckt, und die Würmer können sich die Zähne an dir ausbeißen; viel Lob und Dank wirst du nicht von ihnen haben.

Du hättest Priester werden sollen, antwortete er und fuhrwerkte mit seinen Maiskolben vor meinem Gesicht hin und her. Aber mir darfst du mit solchen Bekehrungsgeschichten nicht kommen. Dazu bin ich zu klug. – Ich will dich gar nicht bekehren; ich will dir bloß mal ein Gleichnis machen. Im Sommer gingen meine Kühe draußen und fraßen Gras. Glaubst du das? – Natürlich; warum sollte ich das nicht glauben? – Schön. Daneben gingen einige Schafe, die fraßen auch Gras. Glaubst du das? – Warum nicht? Aber was willst du damit sagen? – Das kommt nachher. Neben den Schafen gingen meine Schweine; die fraßen auch Gras. Glaubst du das? – Nun sage bloß: wo hinaus willst du mit deinem Gleichnis? – Antworte mir nur Ja oder Nein! Glaubst du, daß Schweine auch Gras fraßen? – Ja. – Schön; ich bin auch gleich zu Ende. Neben den Schweinen gingen ein paar Gänse; die fraßen auch Gras. Glaubst du das? – Ja, das glaube ich. Aber ... So sage mir, wie kann das bloß angehen? Die Tiere gehen alle nebeneinander auf der Weide und fressen dasselbe Gras. Aber doch kriegen die Schweine Borsten, die Schafe Wolle, die Kühe bloß Haare, aber die Gänse Federn. Kannst du das begreifen, so sage mir, wie das zugeht.

Er aber schwieg und verstummte und sprach: Nein, begreifen kann ich das nicht. Aber daß es ein ganz dummes Gleichnis ist, das begreife ich. Die Bekehrungsgleichnisse mußt du den Priestern lassen; bei denen gehört das zum Geschäft. Aber mir mußt du nicht damit kommen. Und dann legte er wieder los und redete das Blaue vom Himmel herunter.

Ich sprach zu mir: Du mößt em stiewer kamen. Mit din Gleichnisse is dat nicks bi em. So sprach ich: Nun halt mal still. Deine Windmühle läuft sich sonst in Brand. Ich will ohne Gleichnisse zu dir reden. Ich kenne dich. Du bist der Franzosendoktor, mit dem ich Anno 68 die Überfahrt machte. Auf dem Schiff hast du dann immer zusammengesteckt mit dem schlesischen Mädchen, die die viele Bildung und die vielen Läuse hatte. Als sie dich bei der Landung suchten, da war das auch von wegen unsauberer Geschichten. Aber das ist lange her und gehört zu deiner Vergangenheit. Darum wollen wir von deiner Gegenwärtigkeit reden.

Daß ich ihn so auf die alte Bekanntschaft anredete, das schoß ihm doch mächtig in die Knochen. Er war zu Anfang ganz verbast (verwirrt), und seine Zunge stand still. Bloß die Pfeife hielt er noch hoch. Dann wollte er wieder anfangen, aber ich sprach: Laß deine Zunge sich man noch verpusten, Franzosendoktor. Du sagst: das ist man ein Übergang. Das sagte der Fuchs auch, als ihm der Jäger das Fell über die Ohren zog. Du sagst: ich habe einen mächtigen Kopf. Das muß wahr sein. Darin bist du getrachtet wie ein Kürbis. Der hat auch einen großen Kopf. Aber denken tut er damit nicht. Das hat er auch nicht nötig. Du sagst: ich glaube nur, was ich begreife. Ja, so sagst du. Ich begreife das nicht, sprach der Regenwurm auch, als der Hahn ihn schon beim Kragen hatte; aber glauben mußte er es doch. Du sagst: ich gebe nichts auf Bibel und Gottes Wort, denn damit kommt man heute nicht mehr durch die Welt. Glaubst du denn, daß du mit deinen Lumpen und Läusen durch die Welt kommst?

Ne, ne! Laß das Handschlagen mit der Pfeife man sein. Du hast für heute genug geredet, und ich bin auch gleich fertig. Ich will dich bloß noch taxieren, so wie du hier vor mir stehst. Du bist nichts. Du hast nichts. Du weißt nichts. Du kannst nichts. Du glaubst nichts. Darum bist du auch unter die Räder gekommen. Wer hier voran will, der muß hart arbeiten. Aber es ist für alle Fälle gut, wenn man noch eine Stütze hat für Leben und Sterben. Es ist nur von wegen der Sicherheit. Ja well. Und dir will ich wünschen, daß du das nicht zu spät gewahr wirst. – Nun ist Schlafenszeit. Hier hast du zwei wollene Decken. Damit kannst du ins Stroh kriechen und erst mal ordentlich ausschlafen. Aber die Pfeife mußt du hierlassen, daß da kein Unglück im Stroh geschieht.

Jürnjakob, du hast ihm das zu scharf eingegeben, und krank ist er auch, meinte Wieschen, als wir zu Bett gingen. Ich sagte: Wieschen, ich kannte einen Menschen, dem hatte der alte Doktor Steinfatt in Ludwigslust aus Versehen eine halbe Kannbuddel voll Rizinusöl eingegeben. Als er nach vierzehn Tagen wieder so weit war, ging er hin und wollte ihn verklagen. Da sprach der Doktor zu ihm: Sei du zufrieden und geh nach Hause. Es ist noch genug von dir übriggeblieben. Da ging er hin, und es war ihm ein großer Trost.

In der Nacht hat er viel gehustet, und am andern Morgen lag der Schnee knietief. Willst du jetzt nach New York? – Er sah erst mich an, dann das Wetter. Er sprach: Ich muß mich verkühlt haben, und zu Fuß ist das nichts bei dem Wetter. Reisegeld hab ich auch nicht. Wenn ihr nichts dagegen habt, dann bleibe ich heute noch hier und warte das Wetter ab. Heut abend helfe ich dafür wieder beim Maisschälen. Aber du mußt mich nicht wieder so hart anfassen wie gestern abend. – Ich antwortete: Dich hab ich gar nicht angefaßt, bloß deinen alten Adam. Du hattest vergessen, ihn mit deinem alten Zeug auszuziehen. Er sprach: Du hast auch deinen alten Adam; das ist deine Rechtschaffenheit. Aber du weißt es nicht.

Ja, so sagte er. Ich aber wurde ganz verstutzt und dachte: Dieser Mensch ist verlumpt, aber er hat in dein Herz hineingesehen. Du hast wahrhaftig auch deinen alten Adam, das ist deine Rechtschaffenheit, und der Kerl sitzt ganz vergnügt in deinem Herzen und trägt den Kopf hoch und baumelt wohlgefällig mit den Beinen. Wir sind allzumal Sünder, und den alten Knaben hat dir der liebe Gott wohl extra ins Haus geschickt, daß er dir deinen alten Adam weisen tut. – Das hab ich mir aufmerksam in mein Herz genommen und ihn nicht mehr verachtet. Ich sprach: Bei solchem Wetter lassen wir dich nicht ziehen, wo du doch unser Landsmann bist. Mit deinem Husten muß es auch erst wieder besser werden. Wieschen soll dir gleich Tee kochen.

Als es aber besser war mit seinem Husten, da ist er doch nicht weitergezogen. Lieber Freund, ich kann dir mitteilen, daß er nicht mehr nach New York gekommen ist. Er ist bei uns hängengeblieben. Er hat uns in der Wirtschaft geholfen, und ich habe ihm Lohn gegeben. Das dauerte zwei Jahre. In der ersten Zeit steckte der alte Adam noch manchmal seine Hörner raus. War es schlimm, dann sagte ich: Ich will nachsehen, wann dein Zug fährt. Dann wurde es besser mit ihm. Aber sonst bin ich fein säuberlich mit ihm gefahren, denn ich dachte an meinen alten Adam.

Mit seinem Helfen, das war nicht weit her. Aber er gab sich Mühe, und manchmal lobte ich ihn. Denn das hat der Mensch gern, wenn er von andern gelobt wird. An die Kirche hat er sich auch wieder gewöhnt und die Bibel nicht mehr verachtet. Bloß rechten Bescheid hat er nicht mehr in ihr gelernt. Das Vaterunser lernte er auch wieder. Zuerst liefen ihm die sieben Bitten wild durcheinander, aber nachher ging es ganz gut. Etliche Verse aus dem Gesangbuch auch. Viel war es ja nicht; aber ich glaube, daß es genug gewesen ist.

Bloß mit seiner Lunge, das wollte und wollte nicht. Die hatte auf den Landstraßen zu viel weggekriegt, und nach zwei Jahren wollte sie gar nicht mehr. Er ist nur kurze Zeit krank gewesen. Wieschen hat ihn treu verpflegt. Zuletzt konnte er auch nicht mehr sprechen. Da hab ich noch das Vaterunser für ihn gebetet und den Segen über ihn gesprochen. Dazu hat er mit dem Kopf genickt und uns beiden die Hand gedrückt. Nach einer Zeit hat er die Augen noch mal weit aufgemacht und leise gesagt: Mutter, Mutter! Da waren wir richtig erstaunt, denn in den zwei Jahren ist nie ein Wort von Vater und Mutter über seine Lippen gekommen. Und als das geschehen war, da hat er sich still auf die Socken gemacht und ist seinen Weg gegangen. Aber nicht nach New York, sondern einen andern, und der ist sicherer. Aber er hat doch recht gehabt mit seinem Wort: Es ist man bloß ein Übergang.

In den zwei Jahren, daß er hier war, ist er so sachte doch ein anderer geworden. Er kam zur Ruhe, erst auswendig, dann auch inwendig. Er war lange nicht dumm, und abends und sonntags haben wir oft über dies und das gesprochen. Einmal fragte er mich: Wo hast du das gelernt, daß du so in der Bibel beschlagen bist und im Gesangbuch und Katechismus? – In der Schule. – Das muß ein guter Lehrer gewesen sein. – Ist er auch noch, sagte ich, und dann erzählte ich ihm von dir und daß ich ein Mecklenburger bin. Aber davon wollte er nicht recht was wissen. Er sprach: Mecklenburg ist man klein und hat nicht mal eine Verfassung. Das ist kein freies Land.

Stimmt! sagte ich. Eine Verfassung haben sie da nicht, aber ein nahrhaftes Land ist es darum doch, und ein ruhiges auch. Und dann haben wir da einen Großherzog, und den hat Amerika nicht mal. Klein ist Mecklenburg auch gar nicht. Lange nicht klein! Du hast wohl man bloß einen kleinen Atlas gehabt. Nimm man bloß die Seen an! Amerika hat bloß eine Salt-Lake, wo die mormonischen Menschen wohnen. Aber Mecklenburg hat viel Salzwasser in sich. Da ist zuerst die Sült bei Konow und dann all die andern Sülte, Sülze, Sülten und Sülstorf, und immer ist da Salzwasser bei dem Namen. Wat is dorgegen de ein solten Pütt in Amerika? – Und wieviel andre Seen haben wir dann hier im Lande? Wenn du beim Ontariosee anfängst und zählst die großen Seen an den fünf Fingern ab, dann brauchst du gar nicht wieder beim Daumen anzufangen. Aber Mecklenburg hat mächtig viel Seen. Da ist der Wocker See, der Schweriner See, der Schalsee, der Goldberger See, der Krakower See, der Plauer See, der Malchiner See, der Kummerower See, die Müritz, und so geht das noch lange weiter. Und erst die vielen Solls (Wasserlöcher)! Das geht in die Tausende. Und dann noch das viele feste Land von Boitzenburg und Dömitz bis achter Rostock, bis Ribnitz hin. Ne, das laß man gut sein. Mecklenburg ist ein großes Reich!

Der Exam. Von einer jungen Lehrerin und von
alten Erinnerungen

Nu geiht dat Kratzen mit de Fedder wedder los. Ick wull all vör
acht Dag anfangen. Äwer bi weck Baukstaben müßt ick söß Mal
taukratzen. Dunn dacht ick: Dat kümmt blot von de dämliche
Fedder. Äwer de Fedder hadd ditmal kein Schuld. Dor wer kein
Black mehr in de Buddel, un wenn ick kein Black heff, kann ick
nich schriewen. Süß bün ick bannig fix in de Fedder. Blot nah-
her lesen, dat is en slimm Stück. – Uncle Sam ward ümmer
barmhartiger gegen sin Kinner. De Breifdräger kümmt nu all
jeden Dag. Äwer de Stüern warden ok jedes Jahr gröter! Nu
man los!

Ich will dir was erzählen, wo du keine Ahnung mehr von
hast. Der alte Suhrbier fragte Jochen Möller mal in der Schule,
wieviel Läuse in Ägyptenland waren, und Jochen sagte: Einen
ganzen Kartoffelsack voll, und das sagte er mit einem ernsthafti-
gen Gesicht, denn er sah immer einbömig (einerlei) aus. Beim
Essen auch. Ich habe damals oft nachgedacht, woher er das
wohl wissen täte. Denn in der Bibel steht nichts davon, daß
Moses sie mit Scheffel und Himpen aufgemessen hat. Es war
noch vor dem großen Feuer, als das halbe Dorf abbrannte, und
wir waren alle so bei zehn, zwölf Jahr rum, also in einem Alter,
was so recht zum Nachdenken anzufangen paßt.

Und Karl Gaurke wollte mal ausprobieren, wo heiß es in der
Hölle wär. Es war so gegen Herbst, und wir hüteten Kühe auf
dem Plahst und dem Stör und in der Strichel. Wir sagten: Wo
willst du das anfangen? Er sprach: Das sollt ihr bald sehen.
Dann nahm er Tannenquäst und Olm und Busch. Das war im
Sommer schön trocken geworden. Damit machte er ein mächtiges Feuer auf dem Grabenwall zwischen Plahst und Stör. Als es
brannte, zog er sich splitternackt aus und setzte sich wahrhaftig
da mitten mang, und wir standen rum und kuckten zu. Man
bloß, heil lange hat er das nicht ausgehalten. Er fing an zu
schreien und ritzte aus. Im Krullengraben war noch Wasser,
darin hat er sich abgekühlt. Dann mußte er ein paar Wochen zu
Bett liegen, weil daß er hinten ganz voll Blasen war. Vom Mau-
kern* und vom Stuten beim Flachsbraten hat er nichts mehr

* Kinderspiel und -bittgang abends beim Festessen nach dem Flachsbrechen.

abgekriegt. Als er wieder raus war und hinten alles heil, da hat er Schacht auch noch gekriegt, denn sein Vater verstand in heiligen Dingen keinen Spaß. Es durfte ihn hinfort auch keiner darum fragen, wo heiß es denn eigentlich in der Hölle wär. Sonst wurde er falsch. Wenn du ihn siehst, dann frag ihn mal, ob er das noch wissen tut. – Nein, frag ihn man lieber nicht.

Das war wohl in demselben Jahr, aber im Sommer. Da saßen wir so'n Stücker sechs Jungs beim Kuhhüten auf der Guhls. Die Kühe mußten sich allein hüten, und das taten sie auch, denn der erste Schnitt war runter von den Wiesen. Wir saßen auf dem Wall und aßen Brommelbeeren. Dazu sprachen wir vom Angeln und von Regenwürmern und Chinesen. Denn morgens in der Schule hatten wir im Lesebuch gelesen, daß die Chinesen gern Regenwürmer essen mögen. So sprachen wir davon, ob die deutschen Regenwürmer sich auch wohl essen lassen täten. Denn bei uns in Meckelborg war das nicht Mode. Und ob man sie auch auf Butterbrot legen könnte. Da sagte Krischan Kollmorgen – weißt du, der nachher Schneider-Jürn-Jochen seine Dürten zur Frau nahm und nach Vielank zog, – der sagte: Warum soll man sie nicht auf Butterbrot essen? Was die ollen dämlichen Chinesensleute können, das kann ein richtiger Mekkelbörger Jung noch alle Tage. Man muß da bloß aufpassen, daß sie nicht runterkriechen. Und so viel Fett als ein Spickaal zu einem Schilling auf dem Martinimarkt in Eldena, so viel hat ein guter Regenwurm noch alle Tage. Als er das gesagt hatte, da sagte er: Ich will es probieren. Aber ihr müßt mir was dafür geben, umsonst kann ich das nicht machen.

Wir sprachen: Ja, das wollen wir denn auch noch tun. So setzten wir fest, was wir ihm geben wollten. Dann nahmen wir unsere Taschenmesser und gruben Regenwürmer aus und warfen sie ihm zu, denn er war auf dem Wall sitzengeblieben. Er aber fing sie auf und wischte sie ab; dann steckte er sie in den Mund und aß sie auf. Zu jedem Happen Butterbrot einen Regenwurm. Für einen kleinen, magern kriegte er zwei Zwicken für seine Peitsche, für einen mittelgroßen drei und für einen ganz großen, fetten vier Zwicken. Siehe, er hat sich den ganzen Sommer über keine Zwicken mehr zu drehen brauchen. Aber er hat doch mächtig geschluckt und gewürgt, wenn er von Natur auch hartfratsch war, und hat uns keine Wette mehr angeboten.

So wurde alles ganz richtig ausprobiert. Bloß unsere Kühe waren weildes in dem Schulzen seinen Hafer gegangen, und der Schulze kam und jagte uns mit der Peitsche auseinander. Am andern Tag fragten wir Krischan, woans ihm die Pierenmahlzeit (Regenwürmer) bekommen wäre. Da schüttelte er sich noch und sprach: De Gesmack is verschieden, säd de Düwel, dunn hadd hei in'n Düstern 'ne Pogg für 'ne Bier (Frosch für 'ne Birne) äwersluckt. Äwer seggt man blot min Großmudder nicks!

So will ich dir diesen Winter erzählen, wie es hier mit der Schule steht und wie es zu Anfang war, als wir herkamen in dies Land. Ja, jetzt ist alles ganz allright. Aber zu Anfang war es damit spaßig und schlimm in ein und derselben Zeit, und die Gören wuchsen auf wie die Tiere im Busch. Ich war damals noch Knecht auf der Farm, und die Farmer da herum hatten noch nicht recht was vor den Daumen gebracht. So konnten sie kein Schulhaus bauen und sich auch keinen Schulmeister leisten. Da erbarmte sich der Pastor über die Not, indem er sich aufs Pferd setzte, denn er wohnte ein paar Tagreisen ab. Da holten wir alles zusammen, was so seine sechs bis acht Meilen in der Runde wohnte. Dann predigte er uns und hielt Schule mit den Großen, die konfirmiert werden sollten; die Kleinen saßen dabei und hörten zu. Viele schliefen auch ein. Wenn noch Zeit über war, dann fiel auch für sie noch was ab: Buchstabenlesen und Rechnen. Hatte das so ein paar Tage gedauert, dann ritt Gottes Wort auf seinem Braunen nach einer andern Farm und lehrte dort. Das war aber bloß zu Anfang.

Als ich meine erste Farm gerennt hatte, da saßen in der Gegend schon Mecklenburger. Wir wollten einen Lehrer haben. Wir machten es bekannt beim Kaufmann und in zwei Zeitungen. Da meldete sich keiner. Wir machten es noch mehr bekannt. Da meldete sich einer. Aber wir sollten ihm Reisegeld schicken. Wir machten es noch mehr bekannt. Da meldete sich wieder einer. Den ließen wir kommen. Sein Rock war vorn und hinten einesteils heil, andernteils entzwei. Aus seiner Bücks kuckte hinten das Hemd raus, und das war man auch so so. An einem Schuster war er wohl lange nicht vorbeigekommen. Na, das ließ sich alles flicken. Aber der Mann roch vorn und hinten nach Schnaps. Inwendig wohl auch. Wir fragten ihn nach seinem Herkommen.

Er sprach: Ich komme von einem großen Hamburger Auswanderungsschiff. – Was hast du da gemacht? – Ich bin da Obersteward gewesen. – Warum bist du nicht dageblieben? – Der Kapitän konnte mich nicht leiden. – Wieso konnte er dich nicht leiden? – Er schnückerte immer zwischen den Töpfen rum, und ich kann keine Topfkuckerei leiden. Auch wollte er mir immer in mein Kochen reinreden. So hab ich ihm eine Tasse mit Kaffee an den Kopf geschmissen, und das wollte er sich nicht gefallen lassen. Wir haben uns dann gleich in der Küche auseinandergesetzt, aber er hat das meiste gekriegt. So bin ich von ihm gegangen. – Na, sage ich, wenn es an dem ist, dann sehe ich schon, dann wirst du dir wohl Respekt verschaffen in der Schule. Aber mit der Kaffeetasse schmeißen, noch dazu, wenn sie voll Kaffee ist, das ist bei uns kein Gebrauch. – Ja, meinte er, das könnte denn ja auch nachbleiben.

Er kriegte nun auch eine Pfeife, und als sie brannte, sagte ich: Wir wollen jetzt den Exam abhalten; denn wir müssen dich prüfen, was du weißt. So sprach ich, denn die andern hatten mich als Oberhaupt gewählt. Der eine sprach: Mir sind beim Schreiben die Buchstaben im Wege. Der andre: Ich weiß mit dem Einmaleins nicht mehr so recht Bescheid. Der dritte: Beim Lesen kommen mir immer so viel Stubben in den Weg. So saßen sie am Tisch oder hinter dem Ofen und schmökten und hörten andächtig zu. Es war am Sonntagnachmittag.

Ich will dich prüfen, sagte ich. Denn man zu, sagte er und spuckte aus. Das verstand er. – Erst in der Bibel, sagte ich. – Das wird schlecht gehen, sagte er, meine hat der Kapitän einbehalten. – Das macht nichts. Weißt du noch was von dem, was in der Bibel steht? – Ja, sagte er, einen ganzen Posten. Da sind viele fromme Geschichten in von Abraham und David und von den Hirten auf dem Felde und von Luther und Pharao und Karl dem Großen. – Na, sage ich, den laß man raus. Aber erzähle mal, was du noch von Pharao weißt. – Oh, das war ein sehr edler Mann. – Kannst du uns das aus der Schrift beweisen? – Na, meint er und spuckt aus, sonst wär er doch nicht mit in die Bibel gekommen. Das ließ sich hören, war aber verkehrt. Weißt du noch was von der Weihnachtsgeschichte? – Gewiß, das ist von den Hirten und von den Schafen, die da auf der Weide im Grase gingen. – Erzähle uns die Geschichte mal. – Siehe, da wußte er kein Sterbenswort von der Weihnachtsgeschichte. Kannst du dir das wohl denken? So sage ich: Na, denn mal die Geschichte von dem Meeressturm. Die wirst du wohl kennen, wo du doch oft auf dem großen Wasser gewesen bist. – Ach, sagt er, was ist da viel von zu erzählen. Da ist ein Sturm wie der andre. Aber als ich mal um Kap Horn rumfuhr... – Kap Horn steht nicht in der Bibel. So wollen wir mal sehen, woans du im Alten

Testament beschlagen bist. Wieviel Söhne hatte Jakob? Er wußte es nicht. – Wer war Jakob sein Vater? Die Verwandtschaft war ihm auch fremd. – Dann erzähle mal die Geschichte von Pharao seinen Träumen. Weißt du, was er da sagte? Da sagte er: Auf Träume geb ich nicht viel. Ja, so sagte er und wischte sich den Schweiß ab und spuckte aus.

So wollen wir das Gesangbuch vornehmen. – Schön, sagte er, im Singen hatte ich immer Nummer 1. – Singen kommt nachher auch noch. Erst aber aufsagen. Kennst du den Gesang: Vom Himmel hoch, da komm ich her? – Gewiß! Was wollt ich den nicht kennen! – Na, dann sag ihn mal auf. – Aufsagen? Weiter weiß ich ihn auch nicht, als du ihn eben aufgesagt hast. – Ich fragte ihn noch einen ganzen Posten. Er rauchte und wußte von nichts.

Na, denn mal weiter in dem Exam. Nun kommt geistlich Singen. Was kannst du da? – Oh, eine ganze Masse. – Das ist schön. Unsere Kinder müssen singen lernen, daß es man so schallt. Dann sing uns mal eins vor, aber recht schön. Er spuckte aus und nahm die Pfeife aus dem Munde. Er fing an und sang: Adam hatte sieben Söhne. – Aber das ist doch kein geistlich Lied! – Aber Adam war doch ein geistlicher Mann! – Dagegen konnten wir nichts sagen, aber es war verkehrt.

Na, denn mal ein weltliches Lied, so wie die Kinder es in Deutschland in der Schule singen. Kannst du eins? – Gewiß, im Singen hatte ich immer Nummer 1. Aber ich muß mich erst besinnen, denn es ist lange her. Er klopfte seine Pfeife aus, stopfte sie wieder, zündete sie an und machte ein paar Züge. Dann spuckte er aus, legte sie auf den Tisch und sagte: Nun weiß ich eins. So fing er an zu singen. Er sang: Möpschen, wie früh schon fliegest du jauchzend der Morgensonne zu. – Iwo, Möpse und andre Köter können doch nicht fliegen! – Ist mir ganz egal, sagte er, aber ich hab mal zu Weihnacht ein Buch geschenkt gekregen, da standen lauter solche Sachen ein; dies auch. Das war ein kleines Buch mit Bildern. Haifisch hieß der Mann. – Lieber Freund, ich kann dir mitteilen, was er da sang, das war Unsinn, und was er sagte, das war auch Unsinn. Wir kuckten uns an. Heinrich Folgmann steckte sein Gesicht hinter dem Ofen raus. Er sprach: Meine Großmutter kannte einen Menschen, der führte einen solchen Lebenswandel: Erst trank er sich voll, dann fiel er unter den Tisch. Dann sprach er: Das ist eine ganz natürliche Sache. – Wir kuckten uns noch mal an, aber wir konnten nichts gegen das Buch sagen, denn wir kannten es nicht. In Not waren wir auch. So ging der Exam weiter. Nun kommt der Katechismus, sagte ich, kennst du den noch? – Gewiß. Aber meinen hat der Kapitän einbehalten. – Wieviel Hauptstücke stehen da drin? Er wußte es nicht. – Wie lautet das vierte Gebot? Er tippte auf seine Pfeife und sagte: Die hat auch nicht recht Luft. – Wie lautet dein christlicher Glaube? Er purrte an der Pfeife rum. Er sog lange daran. Er sprach: Du mußt mir den Anfang sagen. So sprach ich vor, und er sprach nach: Ich glaube an Gott den Vater, allmächtigen Schöpfer Himmels und der Erden. Er schwieg. Wir halfen ein. Er rauchte. Er setzte wieder an. Er schwieg. Wir halfen wieder ein. Endlich mußten wir damit aufhalten, und das war noch lange vor Pontius Pilatus.

Da waren wir mit der Religion fertig. Ich sprach: Na, in heiligen Dingen bist du im ganzen man ziemlich mäßig beschlagen. Aber etwas hast du ja gewußt. Nun sollst du noch geprüft werden in Lesen, Schreiben und Rechnen. Ich nahm das Lesebuch. Ich schlug eine Geschichte auf. Ich schob ihm das Buch rüber, tippte mit der Pfeife auf die Überschrift und sprach: Lies das mal! – Er kuckte das Buch an. Er kuckte uns an. Er kuckte das Buch wieder an. Er kuckte uns wieder an. Dann wurde er falsch und sprach: Über Kopf lesen, das war zu meiner Zeit noch nicht Mode. Wenn eure Kinder so lesen lernen sollen, denn müßt ihr euch einen andern Schulmeister suchen. Dies ist ja eine ganz verrückte Landschaft hier. – Wir kuckten ihn an. Wir kuckten uns an. Heinrich Folgmann steckte sein Gesicht wieder hinter dem Ofen hervor. Er sprach: Meine Großmutter kannte einen Menschen, dem war als Kind ein Ziegelstein auf den Kopf gefallen. Darum betrachtete er sich gern die Natur. Er sprach: Der Krebs ist das einzige Geschöpf, das einen vernünftigen Lebenswandel führt. Es wird erst wieder besser werden in dieser verdrehten Welt, wenn wir unser Leben machen wie die Krebse.

Am liebsten hätte ich unsern Obersteward rausgeschmissen. Aber wir waren in Not. Darum kam jetzt Schreiben. Ich schob ihm einen halben Bogen Schreibpapier hin: Da schreib mal deinen Namen auf, damit wir sehen, wie du im Schriftlichen bist. Er hieß mit seinem Namen Bernhard Stöwesand. Aber er war mit dem Stöwe knapp fertig, da war er schon über den Bogen rüber.

Zuletzt Rechnen. Ich sprach: Wovil ist die Halbscheid von 23? Da hat er sich lange besonnen und viele Schwefelsticken verbraucht. Zuletzt sagte er: Die Aufgabe ist falsch. Es geht nicht auf. 11 ist zu wenig, 12 ist zuviel. So gab ich ihm noch eine Aufgabe: Zwei Araber saßen am Rande der Wüste unter einer Palme. Sprach der eine zum andern: Wo ist deine Tochter, die Rose von Schiras? Antwortete der andre und sprach: Meine Tochter, deine Magd, treibt eine Herde Gänse auf den Wochenmarkt nach Marokko. Eine geht vor zwei, eine hinter zwei und eine zwischen zwei. Nun rechne aus, wieviel Gänse es waren. – Die Aufgabe hatte ich ein Jahr zurück im Kalender gelesen, und du hattest sie uns in der Schule auch schon aufgegeben, bloß ohne diese Rose von Schiras.

Da hat er ein Blatt Papier 15 mal 20 Zoll von oben bis unten vollgerechnet, und so beide Seiten. Lauter Zahlen, eine ganze Masse. Aber rausgekriegt hat er immer neun Gänse. Und damit war die Prüfung zu Ende.

Wir schickten ihn raus und besprachen uns. Heinrich Folgmann steckte sein Gesicht wieder hinter dem Ofen hervor. Er sprach: Meine Großmutter kannte einen Menschen ... – Ich antwortete: Deine Großmutter war eine rechtschaffene Frau, Heinrich: aber hier kann sie uns auch nicht helfen, denn wir sind in Not. So dauerte die Beratung nur kurze Zeit. Als wir fertig waren, holten wir ihn wieder rein. Ich sprach: Bernhard Stöwesand, du hast den Exam bestanden! – Dann mußte er uns noch versprechen, das Saufen zu lassen, denn für seine Trinkschulden täten wir nicht aufkommen. Als das fertig war, gaben wir ihm zu essen und zu trinken. Dann ging er hin, und meine Pfeife nahm er gleich mit.

Na, die Herrlichkeit dauerte nicht lange. Nach vierzehn Tagen fing Wieschen an zu reden. Wieschen spricht wenig. Sie sagt: Es ist genug, wenn einer in der Familie redet. Damit meint sie mich. Nein, ihre Zunge ist nicht wie das Schwert Jakobs, das gerne aus- und einging. Wenn sie aber anfängt, dann hat das seine Bedeutung. Sie sprach: Für die Mädchen ist es besser, Strümpfe zu stopfen als zur Schule zu gehen. Und für die Jungs ist es auch besser, wenn sie Stubben brennen und Wurzeln absammeln. Acht Tage weiter, da schickten Karl Diehn und Wilhelm Jahnke ihre Kinder nicht mehr hin. Und Heinrich Folgmann ließ mir eine Botschaft ausrichten von seiner Großmutter und daß sie einen Menschen kannte ...

Daß er in der Schule rauchte, dagegen wollte ich noch nichts sagen, wenn es auch meine Pfeife war. Aber das Trinken besorgte er auch schon in der Schule. Manchmal war er voll Branntwein bis zu den Zähnen im Leibe, und die Jungs haben ihm mal seine Schnapsbuddel aus der Tasche geholt und ausgegossen und mit Petroleum wieder aufgefüllt. Na, die kriegten ein paar hinter die Ohren, und ich hatte schon vor, ihn mal gehörig zu verkonfirmieren, wo ich ihn doch geprüft hatte. Aber ich kam nicht mehr dazu. Er machte sich schon vorher auf und davon. Ich hab ihn nicht wieder gesehen. Meine Pfeife auch nicht.

Dann kam ein Dicker, so bei 250 Pfund rum. Einen mächtigen Spitzbauch trug er bedächtig vor sich her. Wir dachten: Was muß der Mann dafür ausgegeben haben! Denn umsonst ist so was nicht. Wir hatten uns geirrt. Er aß sich rund auf den Farmen. Aber ein Essen war das nicht mehr. War er voll, dann fing er an zu erzählen. Er wußte alles, er verstand alles, er kannte alles von der Zeder auf dem Libanon bis zum Ysop, der an der Wand wächst. Was er nicht kannte, darüber redete er am sichersten. Er log uns allen ein Loch quer durch den Bauch. Zuerst glaubten wir ihm, weil er so sicher log. Zuletzt wurde es uns zu doll. Es war auf einer Gemeindeversammlung. Da fing er wieder an. Da nahm Schröder ihn sich vor. Er erzählte ihm seinen Kreidekistentraum. Der paßt manchmal ganz gut. Er sprach zu dem Dicken:

Das ist gut, daß du gerade hier bist. Von dir hab ich die letzte Nacht geträumt. – Das bringt Glück, antwortete er. – Abwarten! sagte Schröder. So schön wie Josef kann ich nicht träumen. Mir hat geträumt, du warst gestorben. Du kamst an die Himmelstür. Petrus wollte dich nicht reinlassen. Er sprach: Erst mußt du hier auf der Wandtafel so viel Kreuze machen, als du in deinem Leben gelogen hast. Es ist von wegen der Ordnung. – Du gingst hin und holtest Kreide. Du fingst schnell an, um schnell fertig zu werden. – Ein Jahr nachher starb ich auch. Petrus gab mir denselben Bescheid. Wat sall einer dorbi dauhn! dachte ich und ging hin, um mir auch ein Stück Kreide zu holen. Unterwegs traf ich dich. Du hattest eine große Kiste auf dem Puckel. Ich sprach: Wo kommst du her und wo willst du hin? Und was hast du da in deiner Kiste? – Ach, sagtest du, das ist schon die achte Kiste Kreide, die ich mir aus Chicago kommen lasse. – Ja, und dann wachte ich auf, und der Traum war zu Ende.

Bald nachher packte er seine Sachen. Wir brauchten ihm nicht erst aufzusagen. Wir konnten zu der Zeit noch nicht viel Geld ausgeben. So hatten wir viele Lehrer, dünne und dicke, gerechte und ungerechte. Aber einer war dazwischen, von dem sprechen wir noch oft. Er war nur schmal in den Schultern, aber wie aus Draht. Er war klein von Statur, aber groß in unseren Augen und Herzen. Er brauchte den Stock nicht. Er schalt nicht. Er regierte alles mit seinen Augen. Dem einen hat Gott Macht gegeben durch den starken Arm, dem andern durch die redende Zunge; aber ihm durch die Augen. Die machten ihm offenbar, was im Menschen war. Er sah durch die Kinder hindurch wie unsereins durch Glas. Da muckten auch die wildesten Rangen nicht. Als er kam, sah es in der Schule bunt aus. Als er das erstemal rein kam, da tobten die Kinder auf den Bänken und im Gang. Bloß auf seinem Platz saß keiner. Da hat er sich hingestellt und hat sie bloß angesehen und kein Wort dazu gesagt. Am zweiten Morgen auch, und am dritten Morgen hat er gesiegt. Mit seinen Augen hat er gesiegt. Er regierte die Schüler mit den Augen wie der alte Fritz seine Soldaten mit dem Krückstock. Sein Erzählen half ihm dabei. Damit band er die Schüler an sich. Zu keiner Zeit haben unsere Kinder so wenig in der Schule gefehlt als zu seiner Zeit. Kein Wetter war ihnen zu schlecht. Wenn er zu uns kam, so war das immer eine Ehre für uns. Jetzt ist er Schulsuperintendent im Osten.

Nachher hat der Pastor lange Zeit Schule gehalten. Jetzt haben wir meist junge Lehrerinnen. Davon sind die welchen ja auch noch unbedarwt wie die Gössel und verdammeln die Schulzeit. Aber die welchen sind auch gut und bringen die Schule vorwärts.

Wir haben uns ein schönes, neues Schulhaus gebaut. Das Bild schicke ich dir im nächsten Brief. Die Bänke sind zweisitzig und zum Klappen eingerichtet. Es wurde auch Zeit. Das alte Schulhaus wollte zusammenfallen. Es war unsre alte Blockhauskirche. Die Örgel hatten wir runtergenommen und unten aufgeschlagen. Nun wollte die Nordwand umfallen. Sie dachte: Ich habe lange genug gestanden. Ich bin müde geworden. Ich will mich hinlegen und ausruhen. Die andern Wände dachten auch so. Der Fußboden war wackelig. Die Jungs kannten die Stellen, die am besten quiekten und knarrten. Da traten sie nicht vorbei. Das ist so die Gewohnheit von den Jungs in aller Welt. Die Bretter hatten große Löcher. Die Kinder blieben mit den Füßen darin stecken, und der Lehrer mußte sie wieder loseisen. Dazu brauchte er sein Messer, ein paarmal auch die Axt. Davon wurden die Löcher nicht kleiner.

Der Ofen sprach: Mir wird heiß. Ich will meinen Rock ausziehen. Er knöpfte sich auf. Die Steine waren zehn Zoll, aber dazwischen große Ritzen. Das Feuer war neugierig. Es kuckte in die Stube rein, was die kleinen Kinder da wohl machten. Aber der Rauch sprach: Hier ist es mir zu eng; ich muß mich mal ordentlich ausrecken. Er zog in die Schulstube. Sie war ganz blau. Unser Lehrer hatte keine Schuld. Das Holz war naß und qualmte. Es war mürrisch und knackte. Es sprach: Wo kann ich lustig brennen, wenn ich Wasser im Bauch habe. Die Stube war schon morgens voll Rauch und Qualm. Man mußte zweimal ziehen, wenn man einmal Luft holen wollte. Der Lehrer mußte schon um fünf anheizen. Etliche Kinder wohnen fünf bis sechs Meilen ab. Bei nassem Wetter war nicht durchzukommen. Die Wege waren noch schlimmer als auf Schröders Ecke am Lasen, wo der Weg nach dem Püttberg runtergeht. Die meisten Schüler trugen Gummistiefel. Man bloß, sie blieben oft stecken in der Maratz. Manchmal fuhren wir sie auch hin. Sechs Jahre zurück, da war ein Winter, da hab ich unsre Gören ein paar Wochen lang im Schlitten hingezogen. Ich hab mir das als Jung auch nicht träumen lassen, daß ich auf meine alten Tage in Amerika noch mal Pferd spielen sollte. Aber den Kindern gefiel das. Wenn ich keine Zeit hatte, spannte Wieschen sich vor. War nicht durchzukommen, dann blieben sie zu Hause. Das gefiel ihnen auch. Aber nach und nach ist alles anders geworden und besser. Jetzt haben wir auch feste Straßen.

Nun kommt das Beste, was ich dir erzählen will. Solche Freude hab ich lange nicht erlebt. Wer trat da in die Tür, und wer saß da an meinem Tisch? – Siehe, das war dein Enkelkind Magdalene. Wat seggst nu? – Nu stopp di man irst de Piep un sett di orndlich fast in'n Lehnstuhl. – So, nu les man wieder!

Unser Pastor war auf eine andre Stelle verzogen, und sein Nachfolger an Gottes Wort stammt aus dem Priesterhause Serrahn, so dein Ältester seine Frau her hat. Wie das nun so kommt. Kinder sind wie junge Vögel; wenn sie flügge sind, dann fliegen sie aus dem Nest, und sie ist von Bremen gleich nach Amerika geflogen. Hier hat ihr Onkel sie gleich in der Schule angestellt, und das ist mir extra zur Freude geschehen. Man bloß, ähnlich sieht sie dir nicht. Sie sagt, ähnlich sieht sie bloß ihrer Photographie und ihrem Großvater in Serrahn. Na, das schadet ihr weiter nicht in meinen Augen. Sie ist oft zu uns gekommen, und wir haben viel von der alten Heimat gesprochen und von dir.

Sie ist ein rankes, frisches Mädchen, binnen und buten gesund. An ihren Augen sehe ich das. In der Schule hat sie sich bald in Achtung gebracht, und hinter ihrem Rücken hab ich ihr so'n bißchen dabei geholfen. Was ich so bei fünf Meilen rund an Gören traf, zu denen hab ich gesagt: Gnad euch Gott, wenn ihr die nicht lieb habt! – Aber das Beste hat sie doch selbst dabei getan, und Heiligabend bin ich richtig stolz auf sie gewesen. Vorher hab ich sie bloß gern gehabt und leiden gemocht.

Von dem Heiligabend will ich dir erzählen, wo du doch der Großvater über sie bist und draußen viel Schnee liegt. Wir fuhren alle zur Kirche. Unterwegs hab ich viel an die Weihnachtsfeier gedacht, die du den Kindern im Dorf all die Jahre her in der Schule machst. Da kamen die Alten auch, und die Schulstube war proppenvoll, und viele standen noch draußen im Garten. Aber inwendig brannte der Tannenbaum.

Als ich das gedacht hatte, da dachte ich noch was: Siehe, da hinter dem Walde, da macht nun sein Enkelkind die Weihnachtsfeier für die Farmerskinder. Es geht doch nirgend sonderbarer zu als auf dieser Welt. Aber sie ist im fremden Lande, und Mädchens sind manchmal bange. So mußt du ihr ein wenig Trost in ihr Herz hineinsprechen.

Als ich das zu Ende gedacht hatte, ließ ich die Pferde laufen und kam vor den andern an. Da war in ihren Augen wahrhaftig etwas von Angst. So hab ich zu ihr gesagt: Wesen Sie man nicht bange, Fräulein Magdalene. Wir sind hier beinah lauter Meckelbörger, und Sie können sich auf uns verlassen. Und wenn ich hier so vor Ihnen stehe, dann denken Sie man, Ihr Großvater steht vor Ihnen und sieht Sie freundlich an. Der hat uns viel Gutes getan; siehe, so tun wir dir wieder Gutes. Und nun mach man wieder deine blanken Augen. Das mit der Feier, das wird grade so schön als wie zu Hause.

Da hat sie mir die Hand gegeben und gesagt: Das ist ein gutes Wort für mich, und bange will ich auch nicht mehr sein. Man bloß zu Anfang ist das nicht leicht. Darauf hab ich ihr auch die Hand gegeben und gesagt: So mag ick di lieden, lütt Dirn, un nu kiek di hier mal bloß üm! Luter Volk ut Meckelborg, un wi stahn nu hier, un ick bunn in de Eldenaer Kirch döfft und du in de Serrahner. Hest du di dat dunn woll drömen laten, dat wi hier noch beid' tausammen stahn würden an'n Heiligabend. – Da kuckte sie mich ganz ernsthaft an; dann lachte sie und sagte: Nein, das hätte sie sich bei ihrer Taufe wirklich nicht träumen lassen, und es täte ihr leid, daß sie damals nicht daran gedacht habe. Da mußte ich auch lachen, und es war alles gut.

Die Kirche war voll von Menschen. Auch aus dem Town waren viele da. Denn am Weihnachtsabend in der Staatsschule, da ist von Weihnacht nicht viel zu merken. Dafür gibt es lebende Bilder mit bengalischer Beleuchtung und viel albernen Kram und Hokuspokus, der mehr auf den Jahrmarkt paßt und in die Hanswurstbuden. Darum kommen viele zu uns raus, und unsre Feier war eine richtige Weihnachtsfeier. Die Kinder sangen: Ehre sei Gott; Es ist ein Ros' entsprungen; O du fröhliche; Vom Himmel hoch – und all die Lieder, die wir bei dir auch gesungen haben. Dazwischen aus der Bibel die Weissagungen und die Weihnachtsgeschichte. Auch Fragen aus der Schrift und aus dem Verstand. Zuletzt noch Gemeindegesang und eine kurze Ansprache vom Pastor. Aber die Kinderfeier war doch das Haupt, und sie antworteten laut und deutlich, daß es man so schallte.

Lieber Freund, ich kann dir mitteilen, dein Enkelkind hat großes Lob und Dank geerntet von allen Eltern, und das ist gut, denn die Weihnachtsfeier ist hier der Exam für die Lehrerin. Das ist so die Gewohnheit in diesem Lande. Taugt die Feier nichts, dann taugt auch die Lehrerin nichts. Hier aber war lauter Lob, und alle haben sich bei ihr bedankt. Aber als sie zurückkam, da riß der Pastor die Tür weit auf vor ihr und machte eine große Verbeugung, als wenn Teddy seine Tochter da reinkäme, und er sagte zu uns: So fein hab ich mir das selbst nicht gedacht! – Dann fuhren wir im Mondschein wieder nach Hause und waren stolz und glücklich. Und das hat der Mensch gern in seinem Herzen, wenn er da glücklich in sein kann. Erst recht am Heiligabend.

Nun will ich weiterschreiben. Nun ist sie fort. Sie ist zu einem andern Onkel gereist. Der ist Pastor in Wisconsin. Bis Ostern wollte sie auch man hierbleiben. Es tut mir leid. Denn es ist ein Unterschied, ob man mit einem großen schönen Mädchen spricht, oder ob man sich mit Pferden und Kühen unterhält. Es ist nicht dasselbe. – Zwischen Neujahr und Ostern hat sie uns oft besucht. Abends fuhr ich sie zurück. Ich hab sie bloß einmal umgeschmissen. Der Schlitten kippte um, weil der Weg schlecht war. Da hat sie sich mit Lachen wieder aufgesammelt und mir ein paar Hände voll Schnee an den Kopf geworfen. Das hat ein alter Mann gern.

Im Schummern saßen wir oft zusammen und erzählten uns was von gestern und heut. Ich am liebsten von gestern. Sie am liebsten von heut. Ich am liebsten von unserm Dorf. Sie am liebsten von hier. So sind wir ganz gut miteinander fertig geworden. So sind wir auch zum Dusagen gekommen, wie das so zu gehen pflegt im menschlichen Leben. Sie hat mich ordentlich Onkel genannt. Sie hat mich dabei angelacht und gesagt: So, nun hab ich ein halbes Dutzend voll. Das sagt sie so, als wenn sie tausend Dollars auf der Sparbank voll hat. – Welches halbe Dutzend? – Das halbe Dutzend Onkels hier in Amerika! – Da haben wir beide gelacht. Sie ist ein verständiges Mädchen und nicht so wie viele im Lande. – Ausbenommen Berti, sagt Wieschen, als ich ihr das vorlese. Das muß wahr sein, Wieschen, sage ich, das will ich ihm gern schreiben. – Es mag auch noch andre geben, aber die meisten haben Flausen im Kopf und warten bloß darauf, daß ihnen ein Mannsmensch in den Weg läuft. Und das kommt bloß von der Liebe, wie sie das so nennen, und da kann kein Mensch was bei tun. Na, unser Herrgott mag die Sorte ja auch wohl gern haben, denn siehe, seine Welt ist bunt.

So haben wir oft über dies Land gesprochen, und ich hab tüchtig gescholten auf dies und das. Da macht sie ihre blanken Augen und meint: Warum bist du denn hergezogen? Es geht dir doch ganz gut auf deiner Farm, und du hast gar nicht nötig zu schelten. Dabei lacht sie mir noch ins Gesicht. So sage ich: Ich will dir mal was sagen, Magdalene. Jeder Deutsche muß was zu schelten haben; sonst fühlt er sich nicht gemütlich in seinem Fell. Sein inwendiger Mensch ist nun einmal so getrachtet. Und warum ich ausgewandert bin, das will ich dir auch sagen. Ich wollte frei werden und eigen Grund und Boden unter den Füßen haben. Nicht bloß ein paar hundert Ruten Pachtland, sondern was zu vererben für die Kinder. Denn es ist dem Menschen eingeboren, daß er eigen Hüsing haben will, und das ist was Gutes, was dem Menschen da eingeboren ist.

Da hat sie nicht mehr gelacht. Sie hat gesagt: Onkel, das ist eine Idee, was du da von der Freimachung sagst, und das gefällt mir. Ich sage: Ob das eine Idee ist, weiß ich nicht. Ich mag die fremden Wörter nicht leiden, wenn ich mir nichts dabei denken kann. Mit einer Idee, wie du das nennst, bringe ich es auch nicht zu einer Farm. Der Weg geht durch viel Arbeit. Aber gerade der kleine Mann, der Tagelöhner, wird hier eher selbständig als drüben. Weil die Deutschen hier scharf arbeiten und das Land hochbringen, darum gelten sie auch was in den Staaten. Wir könnten hier noch mehr gelten; aber da sind etliche, wenn die rüberkommen, dann verachten sie ihr altes Land und wollen nichts mehr von ihm wissen. Es muß wohl erst eine Zeit der Not oder ein Jahr des großen Zorns für die Amerikadeutschen kommen. Dann werden sie sich mehr zusammenschließen. Dann werden sie auch mehr gelten in den Staaten und im Weißen Haus.

Es gibt ja Leute, die gehen leichter durchs Leben, wenn sie ihre Erinnerungen über Bord werfen und ihren deutschen Rock an den Nagel hängen. Mir geht das nicht so. Vielen andern auch nicht. Wir tragen alle etwas Erde aus unserm Heimatdorf in den Stiefeln mit uns. So lange, bis wir sie ausziehen. Der eine Sand, der andre Lehm. Das macht unsern Gang hier nicht leichter; aber ich möchte die Heimaterde an meinen Stiefeln nicht missen.

So ungefähr hab ich zu ihr gesagt, und sie hat ganz nipping zugehört und genickköppt. Das hast du gut gesagt, Onkel; aber darum bist du doch gut vorwärtsgekommen im neuen Lande. – Darum doch? Ne, Kind, grad darum und deswegen. Jetzt geh ich hier auf breiter Erde, aber zu Anfang war es man ein schmaler Steig. Ich bin mein Leben lang durch tiefen Sand und schweren Lehm gegangen, und davon kriegt man einen schweren Schritt und langsame Gedanken. Aber man ackert sein Leben und seine Gedanken auch ganz anders durch, als wenn man so die Chaussee langtrödelt. Hier im Lande ist das Korn ja bloß eine Handelsware. Aber aus der Heimat und aus meinem Anfang her weiß ich, wieviel Schweiß und Arbeit in ein Brot hineingebacken ist. Vom Pflügen und Säen an bis zum Mähen, Dreschen und Backen. Und daß ich das in meinem Herzen weiß, das hab ich der Heimat zu verdanken.

Mit das Beste in meinem Leben ist doch die alte Heimat. Sie war arm und hart für mich, aber der Gedanke daran ist mir wie die Ruhe am Feierabend. Tagsüber bei der Arbeit hab ich keine Zeit dazu, aber für die Schummerstunde ist das gut. Da kann man auch besser in sich hineinsehen als am hellen Tage. – So ungefähr hab ich in den Wochen zu ihr gesagt, und so sage ich es auch zu dir.

Sie meinte noch: Onkel, dann wirst du auf deine alten Tage wohl in dein Dorf zurückkehren und dich da zur Ruhe setzen?

Ne, das werde ich darum doch nicht tun, denn das Dorf und die Menschen sind heute nicht mehr die alten. Ich aber will das alte Bild in meinem Herzen festhalten. In die Stadt ziehen will ich auch nicht, wenn ich meine Farm abgebe. Erst recht nicht nach Chicago. Da laufen die Menschen wie verrückt durcheinander. Ich wollte da nicht wohnen. Zu viel Erde an den Stiefeln, das ist nichts für die Stadt. Da ziehen die Menschen alle paar Mond oder alle paar Jahre um in eine andre Straße. Die Häuser, die Gesichter, die Nachbarn, die Handwerker – das wechselt alles, wie wenn der Mensch sein Hemd wechselt. Dabei können auch die Kinder nicht fest werden.

Siehe, das ist auch ein Grund, warum ich am alten Dorf hänge. Wo der junge Diehn heut auf der Guhls mäht, da hat sein Großvater auch schon die Sense geführt, und die Kinder von dem jungen Saß spielen in demselben Strohkaten, in dem schon der Urgroßvater als kleiner Jung in der Wiege gelegen hat. Friels Kinder schütteln die Äpfel von den Bäumen, die der Großvater pflanzte, und die Störche, die nun bald wieder auf Brünings Haus klappern, sind wohl die Nachkommen von dem Adebar, zu dem der Alte sich schon als Kind gefreut hat so bei 1800 rum. Ich hab ihn noch so eben gekannt. Und du – du lehrst heute noch die Kinder in demselben Dorf, in dem schon dein Vater und dein Großvater als Lehrer arbeiteten, und das Amt ist auch schon über hundert Jahre in der Familie.

Ich kann dir das nicht sagen, wie ich das richtig fühlen tu in meinem Herzen; aber du wirst mich wohl auch so verstehen. Das ist es, was uns hier fehlt. Was hier seine zehn Jahre im Lande sitzt, das ist schon eine sehr lange Zeit. Hier wachsen keine Geschichten und Erinnerungen aus alter Zeit, die mit unsern Vätern und mit der Erde unter unsern Füßen verbunden sind. In unsern Städten wachsen sie erst recht nicht. Es mag sein, daß zu viel Erinnerungen auch vom Übel sind, ebenso wie zu viel Ballast. Das gilt auch wohl für ein ganzes Volk. Wer vorwärts will, der muß helle Augen haben, der darf nicht zu viel über den Rücken sehen, der muß sich mal gründlich über die Augen wischen und alten Staub wegwischen. Das gilt auch wohl für ein ganzes Volk. Wer vorwärts will und siegen will, der muß jung sein und Glauben haben. Wenn man alt ist, siegt man nicht mehr. Dann ruht man sich aus bei seinen Erinnerungen. Aber mir sind meine Erinnerungen etwas Schönes und Heiliges.

Siehe, das sind alles solche Gedanken, die im Schummern aus den Winkeln und Ecken der Stuben und des Herzens aufsteigen. Darauf borgt mir hier keiner einen Cent. Man sagt so was auch selten, und wenn man es sagt, dann kommt es verdwas heraus. Mit der Feder geht es auch man ungeschickt. Ja, so sünd de Meckelbörger: dat Best seggen sei meist nich, und wenn sei dat doch seggen, denn is dat gewöhnlich tau lat, odder sei kamen dormit verdwas tau Platz. Meiner alten Mutter sagte ich so was auch mal in den Tagen, als es mit ihr zu Ende ging. Da hat sie mich mit großen und merkwürdigen Augen angesehen. Wenn ich heute daran denke, muß ich sagen: es waren hungrige Augen. Aber dann stieg mir was in der Kehle rauf, und ich konnte ihr man bloß über ihre Backe straken und über ihre Hand. Na, sie hat mich doch wohl verstanden, denn es war meine Mutter. Es ist eben so: Inwendige Sachen behält der Norddeutsche meist für sich.

Ich mußte das mal auspacken. Das ist alles lebendig geworden durch dein Enkelkind, wo ich nun Onkel über bin. Und weil noch Frost in der Erde sitzt und ich grade beim Auspacken von solchen Sachen bin, die man sonst nicht leicht aus seiner Kommode vorholt, so will ich aus der untersten Schublade auch noch was rausholen. Das sind die alten, frommen Lieder, die wir bei dir in der Schule gelernt haben. Siehe, sie sind mit uns über das große Wasser gefahren. Auf dem Ochsenkarren sind sie mit uns in den Busch gezogen, und im Blockhaus haben sie bei uns gewohnt. Sie sind verdeckt gewesen unter Schweiß und Arbeit, aber sie sind wieder aufgewacht. Sie sind mit uns ins neue Haus gezogen, und jetzt spielen unsre Kinder sie auf der Orgel, und wir singen sie abends zur Andacht: Ach, Herr, laß dein lieb Engelein – weißt du, was so hoch anfängt! Herr, mein Hirt, Brunn aller Freuden. Schreib meinen Namen aufs beste. Laß mich diese Nacht empfinden. Soll diese Nacht die letzte sein – und die andern all. Und unsere Kinder beten auch die alten Verse, die wir in der Schule gebetet haben.

Lieber Freund, ich kann dir mitteilen, wenn wir das hier so singen und beten tun, dann geht mir das manchmal ganz sonderbar. Dann mach ich bloß die Augen zu, und dann bin ich nicht mehr in Amerika als alter Farmer mit müden Knochen. Dann bin ich wieder ein kleiner Jung, und wir sitzen bei dir in der Schule auf den langen Bänken und singen die Lieder nachmittags vier Uhr, wenn die Winterschule aus ist. Und ich sehe die ganze Schulstube vor mir. Es wird schon dunkel in der Stube. Die Fenster sind beschlagen, daß die Tropfen runterlaufen. Die Wände sind auch beschlagen, und links in der Ecke steht der braune Kachelofen. Hinter dem Pult hängt die schwarze Wandtafel, und du stehst davor und siehst auf uns, und wir sehen auf dich. Aber an den Wänden hängen viele

Bilder und die Kränze und Girlanden vom letzten Weihnachten her. Das sehe ich alles ganz genau, als wenn ich das mit meinen Händen greifen kann. Und das ganze Bild wird wieder lebendig bloß von dem Singen der alten Lieder, und es ist doch schon viele, viele Jahre her. Ist das nicht sonderbar?

Wieschen sagt das auch. Sie sagt, ihr geht das grade so. Als sie bei euch diente, da habt ihr die Verse abends zur Andacht gesungen, und wenn wir sie nun hier so singen, dann sieht sie eure ganze Stube: oben rechts auf dem Bücherbord das Andachtsbuch, das sie dann runterholte. Neben dem Sofa steht die große Wanduhr mit den roten Rosen auf dem Zifferblatt. Links der Schrank mit den grünen Gardinen, aber am Fenster dein Schreibtisch. So malen ihr die Verse beim Singen die ganze Wohnstube aus und euch mit euren Kindern darin. Es mag ja sein, daß die Verse heut nicht mehr so recht gelten bei dem jungen Volk, wie es jetzt ist. Aber wir vergessen sie nicht. Wir sorgen auch dafür, daß unsre Kinder sie nicht vergessen, sondern sie lieb und wert halten. – Un nu will ick de Schuwlad' man wedder rinschuwen, und den Slätel stek ick in de Tasch.

Jetzt ist ein langer Winter mit wenig zu tun. So will ich meinen Winterbrief wieder anfangen, denn der Sommer ist nicht zum Schreiben da. Darum sind meine Briefe Winterbriefe.

Lieber Freund, in der Schule haben wir immer gedacht: Wenn wir man bloß erst aus der Schule sind. Jetzt wünschen unsre Kinder sich das. Denn sie schlachten nach ihren Vätern. Unter sich reden sie ja meist englisch. Darum müssen wir sorgen, daß sie auch deutsch lernen. Das tun wir auch, und die deutschen Lieder helfen uns dabei. Wenn wir abends fertig sind mit der Arbeit, dann sitze ich im Schummern gern am Ofen, und Wieschen liegt im Schaukelstuhl. Da hinter dem Ofen, das ist eine schöne Landschaft im Winter. Dann singen die Kinder in der Stube oder draußen die Lieder, die wir bei dir in der Schule gelernt haben: Ich hatt einen Kameraden. Ich weiß nicht, was soll es bedeuten. Alle Vögel sind schon da. Der Mai ist gekommen. Und du kannst glauben, die Lieder klingen hier auf der Farm ebensogut und deutsch wie in old Country. Das kannst du mir richtig glauben.

Die Lieder lernen die Kinder hier in der deutschen Schule. Wir haben hier zwei Sorten Schulen, die Gemeindeschule und die Staatsschule. Wenn ich von der Staatsschule schreibe, das meint die englische Schule. Wenn ich aber von der Gemeindeschule schreibe, das meint immer die deutsche Schule. Die Staatsschule hat bloß etwas Deutsch. Aber die Gemeindeschule haben wir gegründet, damit unsere Kinder deutsch lernen und daß sie gute Christen werden.

In diesem Winter hab ich abends oft in den Lesebüchern der Kinder gelesen. Die werden groß und legen die Bücher aus der Hand. Siehe, so werden wir alt und nehmen die Lesebücher wieder in die Hand. Du mußt aber nicht glauben, daß wir sonst nicht genug zu lesen haben. Wir haben viel Papier im Hause, alles schwarz bedruckt. Aber zu glauben braucht man nicht alles, was da steht. – Da ist die ›Germania‹, das ist die große Zeitung, mit viel Papier. Dann eine kleine Zeitung mit dem, was so in der Umgegend von Springfield passiert. Du glaubst gar nicht, was da oft für Sachen drin stehen. Ganz andre als in euren Blättern.

So will ich dir aufschreiben, was so in unsern kleinen Zeitungen steht: Fred Miller hat seinem Sohn Charly in Mr. Wilsons Shop eine goldene Uhr zu 70 Dollars gekauft. In unserm Dorf würde der Jung Korl Möller heißen. – Henry Schmidt hat sich die Hand an einem Nagel aufgerissen; heilt gut nach den Umständen. – Mr. Acreman hat seit vorgestern Besuch von seinem Freund mit Tochter aus Virginia. Hatten sich zehn Jahr zurück zum letzten Mal gesehen. Mr. A. hat aus Freude ein Fest angestellt, wo es plenty Wein gab. – Wat seggst nu? Ja, das steht in unsrer Zeitung. Das muß der Zeitungsmann bringen, denn Fred Miller und die andren halten sie und wollen das von sich lesen. Na, so gut ist das auch noch, als wenn im Ludwigsluster Anzeiger steht, daß da achter Grabow ein Stall abgebrannt ist. – Dann halten wir noch die ›Abendschule‹. Das ist ein großes, dickes Heft mit vielen Bildern und schönen Geschichten und Beschreibungen aus Amerika und Deutschland. Sie kommt alle vierzehn Tage.

Aber die Lesebücher nehme ich doch immer wieder in die Hand. Sie riechen mehr nach der Heimat, denn viele von den alten Geschichten von drüben finde ich da wieder auf. Aber ich habe da was auf dem Herzen; darum muß ich dich fragen. Das mußt du mir ausdeuten. Wenn man den Winter über im Hause sitzt, dann macht man sich so seine Gedanken über das, was man liest. In der Jugend tut man das nicht. Aber nun werde ich bei manchen Sachen stutzig und fange an zu denken und muß mit dem Kopf schütteln, und dann sage ich: Das ist doch Unsinn, was da geschrieben steht. So mußt du es mir mal richtig ausdeuten. Wieschen sagt das auch. Sie sagt: Jürnjakob, zu viel denken ist ungesund. Es wird Zeit, daß es wieder warm wird, auf daß du draußen wirtschaften kannst. Jürnjakob, du hast von dem vielen Lesen Mehlwürmer im Kopf gekriegt. Ja, so sagt sie.

Dann stehen schöne Geschichten drin, die ich noch von der Schule her kenne, als da sind: Doktor Allwissend; Die Bremer Stadtmusikanten; Vom Wolf und den sieben Geißlein; Rotkäppchen; Frau Holle; Hans im Glück; Wessen Licht brennt länger? und die lustige Geschichte von den Heinzelmännchen in Köln. Auch die alten Fabeln von Luther lese ich gern wieder. Da ist Sinn drin, und sie passen noch heute zum Nachdenken. Auch mit den Kindern kann man die Sache bereden, daß das auch für uns hier paßt.

Auch schöne Gedichte sind in ihrem Lesebuch.

Aber dann sind da wieder Sachen, die sich ganz von selbst verstehen. So die Katze. Mein Junge liest: Die Katze hat einen runden Kopf, einen langen Schwanz und vier Beine. – Und von der Erde. Er liest: Die Erde ist nicht überall eben, es gibt vielmehr hohe Berge. Ich sage: Da steck man deine Nase nicht ins Buch. Kuck man lieber aus dem Fenster raus, da kannst du schon Berge sehen, und zu Hause war die Erde auch nicht eben. Da hatten wir den Buchenberg, den Schnellenberg, den Püttberg und noch andre. Aber aus Büchern haben wir das nicht gelernt, daß die da waren. – Er liest: Im Winter friert das Wasser. Ich sage: Das ist gut, daß das im Buche steht. Woher sollten wir das bei fünfzehn Grad Kälte sonst auch wissen. – Er liest: Von großer Wichtigkeit ist für den Landmann der Mist. Ich sage: Ja, das ist ein großer Trost, daß der Mist auch im Lesebuch steht. – Er liest: Das Schaf ist kleiner als der Ochse. Ich sage: Wo steht das? – Seite 184, Vater. – Die Seite mußt du dir merken. Wenn du dann in den Stall gehst, dann brauchst du bloß die Seite aufzuschlagen. Dann weißt du gleich, ob das Stück Vieh ein Schaf oder ein Ochse ist.

Dann vom Löwen. Er liest: Wenn der Löwe hungrig ist, so richtet er seine Mähne in die Höhe und schlägt mit dem Schwanz auf den Rücken. In einem solchen Fall wirft er alles um, was ihm in den Weg kommt. Wedelt er aber nicht mit dem Schwanz, so hat man nichts zu besorgen. – Lies das noch mal! – Er tut es. Ich sage: Wenn du draußen also einem Löwen begegnest, dann schlag man fix noch mal im Lesebuch nach, und dann mußt du nach dem Schwanz kucken. Läßt er ihn niederhängen, wie unsre Kühe, dann kannst du dreist auf ihn losgehen und ihn wegjagen. Wenn er damit aber auf dem Rücken rumhantiert wie die Kühe, wenn sie birsen wollen, dann ist es Zeit; dann kneif aus! Sonst stößt er dich um und Mutters Milchkannen und Eimer draußen und alles, was ihm in den Weg kommt. Er sagt: Ich weiß was Besseres, Vater. Ich brenne ihm einen mit der Büchse auf den Pelz.

Er liest den Heringsbrief. Da heißt es zuletzt: Sobald ich wieder einen Hering esse, werde ich mich lebhaft an alles erinnern, was uns der Lehrer über den Fang dieses wertvollen Tieres gesagt hat. Nimm auch Du beim Verspeisen des nächsten Herings meinen Brief noch einmal vor und vergegenwärtige Dir den Lebenslauf dieses trefflichen Bewohners des nördlichen Eismeeres. Schenke auch ferner Deine Liebe Deinem Freunde Paul. – Ich sage: Das ist eine umständliche Geschichte. Paß du man lieber auf, daß dir beim nächsten Hering keine Gräten in den Hals kommen. Das ist besser, als wenn du dir den treffli-

chen Eismeerbewohner im Brief vergegenwärtigen tust. Er sagt:
Ja, Vater, warum steht es denn da?

Lieber Freund, warum stehen solche Sachen im Lesebuch?
Das versteht sich ja alles von selbst. Wenn die Jungens ihre
Augen aufmachen, dann sehen sie das so, daß das Wasser im
Winter friert und daß das Schaf kleiner ist als der Ochse. Dazu
brauchen sie kein Buch. Sie wissen das auch lange vorher, eh sie
einen Buchstaben kennenlernen. Die das nicht sehen, das sind
Schlafmützen. Die lernen es aus dem Buch auch nicht, so daß sie
es brauchen können im Leben. Da kann ich den Mann wieder
nicht achten. So geht das hin und her: Achten – nicht achten –
achten – nicht achten. Akkurat wie bei Fritz Reuter: Hier geiht
hei hen – dor geiht hei hen. Darum mußt du mir das Lesebuch
mal auslegen, was du von den Sachen hältst, die ich dir geschrieben habe. –

Nun muß ich noch mal von solchen Sachen anfangen. Ich
muß dir von zwei Knaben erzählen. Sie heißen Jakob und Fritz,
manchmal auch anders. Aber bloß die Namen sind anders. Die
Jungs sind dieselben. Sie leben nicht in diesem Lande. Sie leben
bloß in den Sonntagsblättern für die Kinder und im Lesebuch.
Sie sind immer böse und unartig. Sie gehen nicht zur Schule und
lernen nicht. Sie stehlen dem Nachbarn am Sonntag die schönsten Äpfel vom Baum. Aber als sie reinbeißen, da sind die Äpfel
madig, und es kommt ein alter, ehrwürdiger Mann mit einem
langen Bart. Der priestert an ihnen rum und sagt ihnen einen
langen, schweren Vers vor:

Das Böse mußt du anfangs gleich vernichten,
sonst wird's am Ende dich zugrunde richten.
War's heut noch im Entstehen zu ersticken,
steht's morgen riesenstark vor deinen Blicken.

Und dann bekehren sie sich. Aber nur für diese Geschichte. An
einem andern Tag stehlen sie der Mutter Honig, Marmelade
und Candy. Dabei geraten sie über Mausgift her und müssen
lange im Bett liegen. Oder sie wollen sich eine Wurst aus des
Nachbars Speisekammer holen. Aber da kommt jemand, sie
springen aus dem Fenster und brechen ein Bein. Und dann
kommt wieder der alte, ehrwürdige Mann mit dem langen Bart
und den schweren Versen, und sie bekehren sich. Auf einen
andern Tag quälen sie einen großen Hund, der an der Kette
liegt; aber der Hund reißt sich los und beißt sie ins Bein. In

einer andern Geschichte fahren sie sonntags im Kahn und fischen. Da kommt ein Gewitter auf, und der Blitz schlägt dicht neben ihnen ins Wasser. Aber der ehrwürdige Mann ist auch wieder da. Er rettet sie und sagt ihnen wieder einen von seinen langen, schweren Versen vor. Davon weiß er einen ganzen Posten. Damit bekehrt er sie, und dann trocknet er sie ab.

Sieh, so geht es immer mit den beiden Knaben im Sonntagsblatt. So was wie Äpfel stehlen oder Kahn fahren und Hunde quälen, das hab ich auch schon erlebt. Aber am Ende kam es meist anders als in den Geschichten. Die gestohlenen Äpfel waren nicht madig, der Hund riß sich nicht los, und Mausgift naschten die Jungs auch nicht. Wenn einer Schacht kriegte, dann war das gewöhnlich der, der stehenblieb, weil er ein gutes Gewissen hatte. Die andern kniffen rechtzeitig aus. Daß ein Haus angesteckt wurde, hab ich auch schon erlebt. Ebenso, daß ein armes Kind von einem reichen verachtet wurde. Aber der alte, ehrwürdige Mann mit dem langen Bart und den schweren Versen, nein, der war dann grade nicht da. Daß die Geschichten in den Blättern und Büchern stehen, das mag ja ganz gut sein, denn mancher Unband lernt da am Ende aufmerken. Aber im Leben ist das meist anders als in den Geschichten. Die Geschichten sind ja meist alle erfunden. Paßt nun das Leben, wie es für gewöhnlich ist, nicht zu den Geschichten oder passen die Geschichten nicht zum Leben? Das mußt du mir auch mal ausdeuten, daß ich da einen Klug in kriege.

Mit den Bekehrungsgeschichten für die Großen ist es manchmal auch nicht anders. Da war mal ein armer, alter Mann, der aß sein Brot mit Besenbinden und hieß Mellinger. Der gewann 500 Gulden in der Lotterie. Die Geschichte ist über drei Seiten lang und hört damit auf, daß der Alte sich das Geld für das Los zusammengebettelt hatte, und den Gewinn hat er auch vertrunken, und zuletzt ist er im Armenhaus gestorben. Wo er her war, stand nicht dabei. Aber die Geschichte paßt gar nicht fürs Land Amerika, denn das Lotteriespielen ist hier verboten und kommt selten vor. Dafür werden hier viele Wetten gemacht. Wieschen hat auch schon ein paar Dollars damit gewonnen. Aber das ist lange her. Jetzt wettet sie nicht mehr. Sie sagt: Wetten ist ganz schön; aber es hat den Fehler, daß die Wettmachersleute oft mit dem Gelde auskneifen, und dann hat man das Nachsehen.

Nach meinem Verstand ist Geld auch besser als kein Geld. So wie ich hier nun auf meiner Farm sitze, da könnte ruhig einer herkommen und sagen: Ich will dir viel Geld geben, wenn du dann wieder arm sein willst – siehe, ich würde das nicht eingehen. Aber das stimmt auch: ich bin durch Arbeit vorwärtsgekommen und nicht durch Lotteriespielen oder Wetten. Die Geschichte ist mir zu unsicher. Aber etwas Unrechtes kann ich da nicht drin finden und Sünde erst recht nicht, wenn der alte Besenbinder seine 500 Gulden auch zehnmal versauft. Na, es wird für den Sonntagsgeschichtenmann auch wohl schwer sein, es allen Leuten gerecht zu machen. Erst recht, wenn einer davon sich im langen Winter steife Knochen ansitzt und sich einen dicken Kopf anliest, daß er davon Mehlwürmer im Kopf kriegen tut, wie Wieschen sagt.

Ich habe dir von den Fabeln geschrieben und daß sie gut zum Nachdenken passen. Lieber Freund, der Umgang mit Fabeln ist nicht ganz leicht im Land Amerika; denn die Kinder fragen manchmal Dinge, auf die kein Mensch antworten kann. Wieschen ist manchmal auch so. Ich las: Es lief ein Hund durch einen Wasserstrom und hatte ein Stück Fleisch im Maul. Wieschen sagte: Die Frau hätte man lieber die Tür zumachen sollen, daß der Hund ihr nicht in die Küche kam. Ich las weiter, aber bloß mit dem Mund. In meinem Herzen sprach ich: In den Fabeln ist Sinn drin; aber was das Weib da eben sagt, das ist auch nicht ohne Verstand. – Nachher lese ich: Ein Hahn scharrte auf dem Mist und fand eine köstliche Perle. Wieschen spricht: Der Hund trägt das Fleisch aus der Küche, und die Perlen liegen im Mist rum. Das muß eine ganz lotterige Wirtschaft gewesen sein. Da gefällt mir die Frau im Evangelium besser, denn sie suchte ihr Geldstück, bis sie es fand, und das war man bloß ein Groschen. Das war eine ordentliche Frau.

Ich aber war ärgerlich in meinem Herzen, daß sie die Fabeln verachtete. Darum sprach ich: Na, Wieschen, als Muster und Beispiel kann ich die Frau grade nicht achten. Denn als sie den Groschen gefunden hatte, da lud sie alle ihre Freundinnen und Nachbarinnen ein, als wenn sie wunder was gefunden hatte. Da hat es natürlich Kaffee, Kuchen und Candy gegeben, und dabei ist der Groschen drauf gegangen und die andern neun auch und vielleicht noch mehr. – Als ich das gesagt hatte, da merkte ich, daß ich unverständig gesprochen hatte. Aber es war zu spät, denn es fielen alle über mich und sprachen: Das ist eine unchristliche Rede, die du tust, Vater, denn die Frau steht im Evangelium und ist ein Gleichnis. Darauf konnte ich ihnen nicht antworten.

Es kam ein anderer Tag, und ich las: Eine Maus wäre gern

über ein Wasser gewesen und konnte nicht. Da bat sie einen Frosch um Rat und Hilfe. Die Kinder sprachen: Vater, warum ist die Maus nicht auf ihrer Seite geblieben? Vater, hatte die Maus einen Bindfaden bei sich oder haben sie das mit dem Schwanz von der Maus gemacht? Vater, wenn der Knuppen ordentlich fest gemacht war, dann konnte der Frosch doch nicht schwimmen. – Da hab ich ihnen die Fabel ausgedeutet: Wer andern eine Grube gräbt, fällt selbst hinein. Aber damit waren sie auch nicht zufrieden und sprachen: Die Maus ist unschuldig gewesen und doch mit gefressen worden. Wo bleibt da die Gerechtigkeit, Vater? Aber ich war müde von ihrem Fragen und sprach: Ein Narr fragt mehr, als sieben Weise antworten können. Damit machte ich, daß ich fortkam. Draußen sprach ich zu mir: Wenn man heut ein Vater ist im Land Amerika, dann muß man bei Luther seinen Fabeln manchmal schwitzen.

Darum habe ich ihnen lange Zeit keine Fabeln mehr erzählt. Darum hab ich mich mehr zu den Sprichwörtern bekehrt. Das ist eine lustige Gesellschaft und ist Weisheit von der Gasse, was über die Sprüche Salomonis zu lesen ist. Aber die Kinder hatten mich mit ihren Fragen angesteckt. Sie sahen den Frosch, die Maus, den Hund und den Hahn mit andern Augen an. Als ich mir die Sprichwörter mit meinen Augen besah, da war da Sinn und Verstand drin wie in den Fabeln. Als ich sie aber mit den andern Augen betrachtete, da waren ihre Wörter oft töricht und unsinnig, und man kann sein Leben keine 24 Stunden lang mit ihnen einrichten.

Zum Exempel. Ich hatte zu den Kindern gesagt: Ein Narr fragt mehr, als sieben Weise antworten können. Aber das hält kein Narr aus, wenn da sieben weise Männer um ihn her sind und auf ihn losreden; denn alle weisen Männer in den Büchern reden viel.

Salz und Brot macht Wangen rot. Schinken und Brot ist sicherer. – Man darf die Katze nicht im Sack kaufen. Das tut auch keiner. Junge Katzen kriegt man meist geschenkt. – Einem geschenkten Gaul sieht man nicht ins Maul. Das tut man auch nicht, weil einem kein Gaul geschenkt wird. Das ist anders als bei den Katzen. Aber im Sprichwort wird die Katze gekauft und der Gaul geschenkt. Wer einmal lügt, dem glaubt man nicht. Es gibt viele Leute, die lügen und betrügen ihr ganzes Leben lang und machen dabei gute Geschäfte. – Geduldige Schafe gehen viel in einen Stall. Das ist ein schöner Trost für die geduldigen Schafe. Aber die ungeduldigen Schafe und die Böcke, die um sich stoßen, die werden bedient wie der Präsident im Geschäft, in der Eisenbahn und im Hotel.

Mit Geduld und Spucke fängt man eine Mucke. Das gilt bloß für Leute, die weiter nichts zu tun haben. Hier auf der Farm geht das schlecht. Im Sommer gibt es Mücken, aber dann hab ich keine Zeit dazu. Im Winter hab ich Zeit, aber dann gibt es keine Mücken. Wenn ein weiser Mann kommt und mir mit dem Sprichwort einen guten Rat gibt, soll ich mich dann geduldig hinsetzen und spucken und Mücken fangen? Wenn Wieschen oder die Nachbarn das gewahr werden, dann stecken sie mich bei lebendigem Leibe ins Bett und machen mir kalte Umschläge. Und wenn ich das einen Tag lang doch tu und so'n Stücker zehn Mücken zusammenkriege, was soll ich dann damit anfangen?

Ja, so ist das mit den Sprichwörtern, wenn man sie mit den andern Augen ansieht. Dann sind sie unklug, und man kann sein Leben nicht nach ihnen einrichten. Aber weißt du, was Wieschen sagt? Sie sagt: Jürnjakob, es ist ein Glück, daß du übermorgen anfangen willst zu pflügen. – Warum ist das ein Glück, Wieschen? – Weil du dir dabei die andern Augen wieder abschaffst. Die Hantierung mit dem Federhalter ist nicht so gesund als die mit dem Pflugstock. Und den weisen Mann, den kannst du dann beim Meßstreuen anstellen. Das ist mehr wert als sein Rumpredigen, wo er doch immer zu spät kommt mit seinen Sprichwörtern und mit seinen Versen.

Da wunderte ich mich bei mir selbst und sprach: Was das Weib da eben gesagt hat, das könnte ganz gut in einem Buch von der Weisheit auf der Gasse stehen, denn da ist Sinn drin. Sie hat auch andre Augen. Sie sieht Sprichwörter und Fabeln von Haus und Hof aus an. Von da aus sieht sie auch alle Dinge und Menschen. Darum ist ihr Auge auch so sicher und gesund. Ihr Sichersein ist inwendig und kommt nicht von außen. Du bist all die Jahre neben Wieschen hergegangen und hast es nicht gewußt; aber du mußt Ehrfurcht vor ihr haben. Denn siehe, das ist eine ganz andre Nation, die, wo ihre Sicherheit in sich selbst hat und nicht davon abweicht, weder zur Rechten noch zur Linken.

Jürnjakob, das ist Heimweh!

Lieber Freund! Alle meine Briefe waren Winterbriefe. Nun kommt ein Sommerbrief. Der hat einen dünnen Leib. Wenn du ihn siehst, dann wirst du dich wundern und sagen: Der Alte wird doch nicht krank geworden sein? Denn das ist gegen seine Natur und Angewohnheit. – Es ist keine Krankheit von der Sorte, wobei man den Doktor holt. Aber es ist etwas in mir, das hat mich unruhig gemacht und will nicht untergehen. Da ist was sitzen geblieben. Darum muß ich dir davon schreiben.

Am letzten Sonntagnachmittag saßen Wieschen und ich am Tisch und sprachen über dies und das, wie das so zu gehen pflegt. Und es dauerte nicht lange, da waren wir mit unserm Sprechen wieder im alten Dorf, wie das auch so zu gehen pflegt. Da fiel mir was ein, und ich sagte: Was ist das, Wieschen, und woher kommt das, daß wir mit unserm Sprechen immer so bald im alten Dorf sind? Da hörte Wieschen auf mit ihrem Strumpfstopfen und sah mich still an und sprach: Jürnjakob, das ist Heimweh! – Was soll das sein? – Heimweh, sagt sie und sieht mich wieder still an, Heimweh nach unserm alten Dorf. – Das soll Heimweh sein? Das haben wir doch nie nicht gehabt. Woher soll das nun mit einmal kommen, wo wir hier doch alt geworden sind? Wie kann das Heimweh sein, wenn wir bloß dann und wann von zu Hause reden tun? – Jürnjakob, sagt sie und sieht mich wieder still an, du hast es all die Jahre gehabt und ich auch. – Und das sagt sie so still vor sich hin, als wenn einer abends sagt: Die Sonne geht auch bald unter.

Ich war so verdutzt und erschrocken, daß ich kein Wort mehr sagen konnte. Ich nahm meine Mütze und Vaters eichen Gundagstock und lief ein paar Stunden auf den Feldern rum. Ich sprach zu mir: Jürnjakob Swehn, das soll Heimweh sein? Heimweh ist doch bloß eine Krankheit für die Alten, die hier nicht mehr fest werden können; aber du bist doch bald achtundvierzig Jahre hier. Wie kann einer nach der Zeit und auf seine alten Tage das noch kriegen? – Ich mußte mal stillstehen und mich verpusten. Dann ging ich weiter: Du hast es all die Jahre gehabt und ich auch; so sagt sie. – Da mußte ich wieder stillstehen: Wie kann das Heimweh sein, wo Wieschen doch bei dir ist, und die Kinder sind hier geboren und groß geworden? Du hast hier eigen Hüsung, du hast hier gesät und geerntet auf eigen Grund und Boden. Ich hob meine Augen auf und ging weiter: Wie kannst du da Heimweh kriegen? Du bist hier vorwärtsgekommen und nicht drüben; hier wohnen beinah lauter Landsleute um dich her, und Gottes Sonne scheint hier ebenso gut wie drüben. Wonach sollst du da Heimweh haben? Doch nicht nach dem alten Katen mit seiner Armut oder nach den jungen Gesichtern, von denen du keins mehr kennst?

So fragte ich weiter, und an dem vielen Fragen merkte ich, daß doch was an dem war, was sie gesagt hatte. Und das hatte mit dem Vorwärtskommen hier und mit der Armut in dem Katen dort nichts zu tun. Ich habe mich dagegen gewehrt, aber es war stärker als ich. Das war etwas Inwendiges und nicht in Dollars umzurechnen.

Ich stand wieder still: An dem alten Tagelöhnerkaten hängst du doch mit deiner Seele. Und dann sind da noch die alten Leute. Mit denen hast du als Junge gespielt auf dem Brink, in der Drift, auf dem Plahst und unten im Dannenkamp. Dann seid ihr größer geworden und habt zusammen die Kühe gehütet auf der Guhls und in der Strichel. Und nun sitzen sie in ihrem Dorf hinter dem Ofen oder vor der Tür und schmöken, und wenn sie dich hier sehen könnten, dann würden sie sagen: Nu löppt hei as unklauk dor up sin Feld rüm un trampelt sinen schönen Klewer (Klee) dal. Hei ded ok beter, wenn hei herkem un en beten bi uns sitten güng. Denn künnen wi wedder mal von olle Tieden klöhnen. – Und dann die alten Strohkaten der Bauern. Die stehen da so breit und behäbig und gemütlich wie kein Haus in den Staaten. Was wissen die für Geschichten zu erzählen! Und die Jungen, die nun da aus und ein gehen, ob die wohl nach den Alten schlachten? Und dann erst dein alter Lehrer!

Die Strohkaten und die Menschen sind alt geworden, und du bist auch alt geworden; aber du kannst das Dorf nicht vergessen. Jahr für Jahr ist es lebendiger geworden in dir, und du hast dich ausgeruht bei dem Gedanken an deine Heimat, und manchmal hat es dich ordentlich wieder jung gemacht auf deine alten Tage und auf deine müden Stunden. Da ist etwas, das läßt sich nicht mit den Händen greifen; aber es ist doch da. Land Amerika hat sein Gutes, aber das hat es auch nicht. Es hat keine Zeit, sich zu besinnen. Darum ist es dir inwendig fremd geblieben.

Dann stand ich wieder still: Wenn das Heimweh ist, dann ist Heimweh keine Krankheit. Dann ist Heimweh das Beste, was der Mensch mitnehmen kann von Hause. Dann ist Heimat das Beste, was der Mensch auf Erden hat. Und wenn er Flügel der Morgenröte nimmt oder wenn er über die halbe Erde fährt und an die fünfzig Jahre als Farmer in Iowa arbeitet, er reißt sich doch nicht von ihr los. Sie hält ihn fest wie ein starkes Seil, und keine Macht der Erde bindet mehr, als die Heimat bindet.

Ich ging wieder zurück. Als ich meine Farm liegen sah, da kamen die Fragen wieder. Die Sonne war untergegangen, und ich war müde geworden. Wieschen wartete schon an der Fenz. Sie sprach: Es ist man gut, daß du wieder da bist. Es wird Abend, und da macht man, daß man nach Hause kommt. – Ja, sagte ich und nahm sie bei der Hand, es wird Abend, und da macht man, daß man nach Hause kommt. Aber wo ist unser Zuhause? Ich habe geglaubt, hier auf der Farm, wo du bei mir bist. Aber siehe, nun bin ich in Not und weiß den Weg nicht. – Sie sprach: Hans wird in diesen Tagen das Heu allein reinbringen, es sind ja nur noch die paar Fuder unten am Drifthill. Und du bleibst zu Hause und schreibst in den nächsten Tagen an unsern alten Lehrer. Das Grübeln nützt nichts. – Ja, das will ich tun, das ist ein guter Gedanke. Aber vorher will ich noch in der Bibel nachschlagen, ob da was über das Heimweh steht. – Lieber Freund, ich habe nichts gefunden. So mußt du noch einmal unser Lehrer sein, und wir sind deine alten Schüler. Du mußt uns das mit dem Heimweh ausdeuten und uns den rechten Weg weisen.

Es ist am Ende ganz gut eingerichtet im Leben, daß der Mensch manchmal inwendig einen Puff kriegt, wenn er alt wird. Er muß sich dann sowieso öfter hinsetzen und sich verpusten. Er hat dann auch mehr Zeit, nachzudenken über inwendige Sachen. Wieschen und ich haben das auch schon oft getan, und in den letzten Jahren sind wir manchmal dann so sachte dabei eingeschlafen. Aber diesmal ist es eine inwendige Not, und sie ist groß, und unsre Augen sind alt geworden, und wir wandeln im Dunkeln. So mußt du uns den Weg weisen.

Lieber Freund! Wieschen sagt: Dat is en schönen Breif. Du mößt em gliek wedder schriewen un di bedanken. Das will ich gerne tun, denn es ist ein gutes und großes Wort, das du uns geschrieben hast: Selig sind, die da Heimweh haben, denn sie sollen nach Hause kommen. Das ist beinah, als wenn einer von den alten Propheten da abends über die Berge geht und ruft das aus über sein Volk. Ich hab auch gleich in der Bibel nachgeschlagen. Es steht nicht unter den Seligpreisungen, aber es könnte ganz gut dabei stehen. Wieschen sagt: Jürnjakob, da ist noch was drin von einem andern Zuhause, und das schimmert wie der Abendstern durch die Wolken. – Ich denke nach. Ich sage: Da hast du wieder mal recht, Wieschen. Man kann es lesen, wie man will: es gibt immer einen Trost von sich. Es geht etwas von ihm aus, das macht die Menschen ruhig. Und dein Gleichnis mit dem Abendstern, das paßt auch ganz gut für zwei alte Leute, die den Weg nicht mehr recht finden konnten. Nun aber wandeln wir nicht mehr im Dunkeln. Nun ist das Wort ein Licht auf unserm Wege. Nun haben wir wieder einen gewissen Weg. Es ist nicht mehr so enge um uns und im Herzen nicht mehr so bange. Es ist kein Wort für den Krammarkt, sondern für das, was verborgen im Menschen ist. Es ist man ein kurzes Wort, aber du hast uns damit etwas Großes gegeben. Darum tu ich mich bei dir bedanken. Mit meinem Herzen tu ich das.

Nun wird alles andre auch seinen Schick kriegen. Du schreibst: Ihr müßt euch selbst raten, und ihr werdet euch selbst raten, wenn eure Zeit gekommen ist. Da hast du wohl recht. – Du schreibst: Ich bin mit ganzem Herzen bei euch in allem, was ihr vorhabt und beschließt. Das hat uns fröhlich gemacht. – Du schreibst: Rate ich zur Rückwanderung, was werden dann eure Kinder sagen? Lieber Freund, ich kann dir mitteilen, daß mein Zweiter das Farmen lange schon besser versteht als ich. Er übernimmt die Farm. Mein Ältester bleibt bei seinen Kranken, und Berti kommt mit uns, wenn ihr bis dahin noch kein zweckmäßiger Mensch zum Heiraten in den Weg gelaufen ist. – Du schreibst: Rate ich zu, was wird dann euer Präsident sagen? Wird er nicht sagen: Wie kann der Alte mir einen von meinen besten Farmern in Iowa abspannen, abdringen oder abwendig machen? – Lieber Freund, ich kann dir mitteilen, daß ich ein ganz gleichgültiger Mensch bin, wenn der Präsident was meint, wo er gar nichts zu meinen hat. Ich hab genug gefarmt in meinem Leben. Nun will ich meine Ruhe haben, und die finde ich bei euch im alten Dorf besser als hier.

Du schreibst vom Wiedersehen und von der Freude und von der Überschau über dein langes Leben und von der langen Reihe alter Schüler, mit denen du verbunden bist in Leid und Freud, in Zeit und Ewigkeit. Das hat uns glücklich gemacht in unserm Herzen. – Aber du schreibst auch vom Niederlegen deines Wanderstabes, und daß die Zeit nicht mehr ferne sein wird. Das hat uns traurig gemacht in unserm Herzen. – Ich sage zu Wieschen: Wir wollen wieder nach Hause. Wann es dazu kommt, das können wir heute noch nicht sagen. Aber wir wissen nun wo unser Zuhause ist. Unser alter Lehrer hat uns wieder mal den Weg gewiesen. Er ist auch einer von denen, die da Heimweh haben und nach Hause wollen. Aber nach dem andern Zuhause, das da durchschimmert. Und das Wort, das er uns davon geschrieben hat, das hat er uns aus seinem Herzen heraus geschrieben. Wenn wir sein Angesicht noch einmal in Ehrfurcht sehen, das wird als wie ein Gnadengeschenk sein, für das wir Gott ruhig danken können. – Und nun leg den Brief man in die Bibel, zu Matthäi 5, auf daß wir ihn immer zur Hand haben.

Wir grüßen dich mit unserer Seele.

Jack London
im dtv

Lockruf des Goldes

Aus der Wildnis Alaskas gerät
der Goldsucher Burning Daylight
in den Finanz- und Börsen-
dschungel New Yorks, wo sich
sein Leben grundlegend ändert.
dtv 871

König Alkohol

Ein faszinierender, stark auto-
biographisch gefärbter Roman:
»Ich ahnte nicht, daß alles Tun in
dieser Welt der Männer mit dem
Alkohol verknüpft war.« dtv 899

Der Seewolf

Voller Abscheu und doch fasziniert
erlebt ein schöngeistiger Literat den
brutalen Robbenfängerkapitän Wolf
Larsen, in dessen Hände er nach
einem Schiffbruch geraten ist.
dtv 1027

Wolfsblut

»Wenn je ein Geschöpf der Feind
seiner Gattung wurde, so war es
Wolfsblut. Er gab keinen Pardon
und verlangte auch keinen.« Die
berühmte Tiergeschichte über das
Leben eines Außenseiters und
Mischlings, der mehr Wolf als Hund
ist. dtv 1298

Der Ruf der Wildnis

Die realistische Beschreibung des
Lebens von Menschen und Tieren
unter extremsten Bedingungen in
dieser klassischen Hundegeschichte
gilt als unübertroffen.
dtv 1563

Seven Great Stories
Sieben Meistererzählungen
englisch-deutsch
dtv zweisprachig 9227

Knut Hamsun
im dtv

Segen der Erde
Roman
dtv 11055

Pan
Schwärmer
Die Nachbarschaft
dtv 11095

Victoria
Die Geschichte einer Liebe
dtv 11107

Unter Herbststernen
Gedämpftes Saitenspiel
Die letzte Freude
Romantriologie
dtv 11122

Mysterien
Roman
dtv 11157

Auf überwachsenen Pfaden
dtv 11177

Benoni
Roman
dtv 11221

Rosa
Roman
dtv 11228

Landstreicher
Roman
dtv 11248

August Weltumsegler
Roman
dtv 11320

Hunger
Roman
dtv 11398

Nach Jahr und Tag
Roman
dtv 11433

Kinder ihrer Zeit
Roman
dtv 11479 (Dez. 1991)

Robert Ferguson:
Knut Hamsun
Leben gegen den Strom
Biographie
dtv 11491 (Jan. 1992)

Gudrun Pausewang
im dtv

Foto: Kraufmann + Scheerer

Die Freiheit des Ramon Acosta

Der »Aussteiger« Ramon Acosta
versucht mit seiner Freundin im
Urwald zu überleben. Doch das
Paradies wird zur Hölle...
dtv 10122

Kinderbesuch

Ein deutsches Ehepaar besucht
seine in Südamerika lebende
Tochter. Tief beeindruckt vom
Reichtum des Schwiegersohns,
stehen sie der Armut und dem
Elend rund um das vornehme
Villenviertel verständnislos gegen-
über. Als sie eines Tages allein
zu Hause sind, öffnen sie einem
kleinen bettelnden Mädchen die
Tür ... dtv 10676

Der Weg nach Tongay

Durch eine südamerikanische
Wüstenlandschaft führt der Weg
einer alten Drehorgelspielerin.
Fast Unmenschliches fordert ihr
diese Reise ab, auf der sie ein her-
gelaufener Hund begleitet, der zu
ihrem ganzen Lebensinhalt wird.
dtv 10854

Pepe Amado

Die unglaubliche Geschichte eines
Schwarzen in Südamerika, der wie
ein Sklave gehalten wird, bis man
ihm eines Tages einen Vulkan
»schenkt«. Ein modernes Märchen,
das von der Lüge und der Hoffnung
auf Veränderung erzählt. dtv 11088

Aufstieg und Untergang
der Insel Delphina

In den ersten dreihundert Jahren,
nachdem Delphina aus dem
Karibischen Meer aufgetaucht ist,
geschieht dort fast nichts, in den
folgenden dreihundert Jahren bis
zu ihrem Untergang um so mehr ...
dtv 11218

John Steinbeck
im dtv

Früchte des Zorns
Roman
dtv 10474

Autobus auf Seitenwegen
Roman
dtv 10475

Geld bringt Geld
Roman
dtv 10505

Die wilde Flamme
Novelle
dtv 10521

Der rote Pony
und andere Erzählungen
dtv 10613

Die Straße der Ölsardinen
Roman
dtv 10625

Das Tal des Himmels
Roman
dtv 10675

Die Perle
Roman
dtv 10690

Der Mong ging unter
Roman
dtv 10702

Tagebuch eines Romans
dtv 10717

Stürmische Ernte
Roman
dtv 10734

Tortilla Flat
Roman
dtv 10764

Wonniger Donnerstag
Roman
dtv 10776

Eine Handvoll Gold
Roman
dtv 10786

Von Mäusen und Menschen
Roman
dtv 10797

Jenseits von Eden
Roman
dtv 10810

Laßt uns König spielen
Ein fabriziertes Märchen
dtv 10845

König Artus und die Heldentaten
der Ritter seiner Tafelrunde
dtv 11490

Meine Reise mit Charley
Auf der Suche nach Amerika
dtv 10879

Entdecken Sie drei Kontinente!

Afrika, Asien, Lateinamerika und die arabische Welt erleben wir als exotisch und fremd. Dabei vergessen wir leicht, daß wir alle in einer Welt leben und an einer Weltkultur teilhaben. Es gibt viele Wege, das Denken und Fühlen der Menschen anderer Länder kennenzulernen. Einer der besten, aber auch unterhaltsamsten ist sicher die Literatur. Bringen uns ein Gedicht oder ein Roman die Menschen Nicaraguas oder Indiens nicht tausendmal näher als eine Nachrichtensendung oder eine Statistik?

Gioconda Belli:
In der Farbe
des Morgens
Gedichte

dtv

11565
Dieser Band enthält eine Auswahl aus allen bisher in deutscher Sprache veröffentlichten Gedichtbänden Gioconda Bellis – 49 Gedichte, davon 17 auch in spanischer Sprache.

J. M. Coetzee:
Im Herzen
des Landes
Roman

dtv

11566
Magdas Vater nimmt sich eine junge, schwarze Geliebte, und die ledig gebliebene Tochter sinnt auf Rache…
Ein archaisches Drama über einsame Menschen.

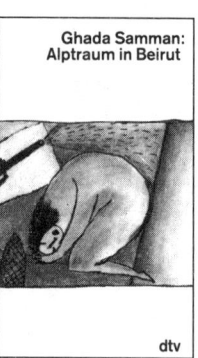

Ghada Samman:
Alptraum in Beirut

dtv

11567
Krieg und Bürgerkrieg gehören zum Alltag in den Ländern des Nahen Ostens. Was das für das Leben der Menschen wirklich bedeutet, machen uns Bücher wie dieses eindringlich klar.

Drei Kontinente
Ein Lesebuch aus
Lateinamerika, Asien, Afrika
und der arabischen Welt

dtv

Ruth Prawer Jhabvala:
Eine Witwe mit Geld
Erzählungen

dtv/Klett-Cotta

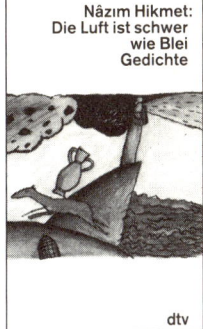

Nâzım Hikmet:
Die Luft ist schwer
wie Blei
Gedichte

dtv

11568
Erzählungen, Repor-
tagen, Gedichte von
Menschen aller Rassen
und Religionen aus
Lateinamerika, Afrika,
Asien und der arabi-
schen Welt.

11569
Von europäischen
Selbstverwirklichungs-
Touristinnen, von mis-
sionarisch angehauchten
Wohlfahrtsclub-Memsa-
hibs und natürlich vom
Kampf der indischen
Frauen gegen die Fesseln
der Konvention.

11570 (Sept. '92)
Im poetischen Werk die-
ses größten türkischen
Dichters im 20. Jahrhun-
dert spiegelt sich bei-
spielhaft die Geschichte
der Türkei und ihrer
Menschen wider, in
deren Dienst er sein
eigenes Leben stellte.

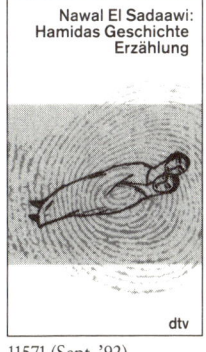

Nawal El Sadaawi:
Hamidas Geschichte
Erzählung

dtv

José Mauro
de Vasconcelos:
Meine Brüder,
der Wind und das Meer
Roman

dtv

11571 (Sept. '92)
Mit hypnotischer Inten-
sität schildert Nawal
El Sadaawi, die ägypti-
sche Vorkämpferin der
Frauen aus der patriar-
chalischen Gewalt,
das Schicksal des Mäd-
chens Hamida.

11572 (Sept. '92)
Der Waisenjunge Chicão
auf der Suche nach einer
»lebenswerten Existenz«.
Ein Schicksalsroman
und bei aller Sozial- und
Gesellschaftskritik
eine Liebeserklärung an
Brasilien.